云之彼端 约定的地方

(日) 新海诚 —— 原作
(日) 加纳新太 —— 著
陈颢 —— 译

北京联合出版公司

目录

序章

1

夏之章

13

沉眠之章

159

塔之章

283

序章

> 那片有座高塔哭着朝北方奔去的天空
> 是我此刻遍寻不着的风景
>
> ——宫泽贤治

序章

我站在小田急 HALC 百货前方的斑马线旁等待绿灯亮起。短短的数十秒间,我不经意地抬起头望向天空。

新宿车站西门的天空,因四面高楼环立,只得以在一片狭小的空间中展露它的风貌。那数米见方的空间,在清晨的阳光下并不是特别鲜艳。然而,在灰色的街景衬托之下,那片天空已经蓝得足以让人们感受到夏天的气息。在我的眼中,那一片夏天的味道就如同一片浓密的空气,缓缓地从视线的彼端沉甸甸地朝地面扩散开来。

我眯着眼,试图在这片空气中抓住那年夏天残留在我脑海中的光景。瞬间,那个属于我的特殊季节横跨了十六个年头,悄悄地涌上了我的心头。

当年的感觉瞬间充满了我的内心,使我无法自然地呼吸,情绪化为模糊眼睛的泪水夺眶而出。行人专用的指示灯变成了绿色,我呆站着没有马上察觉,一会儿之后才慌慌张张地追着前方的人群,快步朝着车站西门的检票口走去。

时值上班高峰时段,涌动着的人潮在稳定的流速中被一整列的自动检票机给吸了进去。我习以为常地看着眼前的这幅景象,心中丝毫没有伴随着讶异或感慨。这样的心境究竟是从什么时候开始的呢？我忽然察觉到了自己的疲态。三十一岁的我，肩上扛着三十一岁男人应担当的沉重负担。这其实不是多么深刻的问题，然而我却也无法轻松地就这样一笑置之。

此时，我忽然想从每天既定的工作行程之中逃开。

我整个人忽然感觉哪里不对劲儿，简直就像个年轻的小鬼头一样。不过话又说回来，在学生的时代，我真的逃过课吗？我在记忆中遍寻不着类似的回忆。我果然还是无法成为一个出色的成年人。像我这样失败的成年人，大概都是因为小时候没有办法为自己创造一个精彩的童年。我不知成年的价值究竟在哪里。至少，我心中那些没有完全成熟的幼稚部分，始终让我对于成年的自己抱持着怀疑，并且纠缠在我的内心深处。

我回想自己今天的工作行程，没有找到任何需要跟别人会面的安排。虽然不是没有迫在眉睫的案子，不过总有办法解决的吧。我来到车站内的存物柜前，投下几枚硬币打开了柜子，放妥公文包并且上锁，接着从口袋里取出了手机，按下了几个号码，打算拨个电话到公司去……

瞬间的想法让我改变心意关掉了手机。我将手机放回到了口袋里面。既然要翘班，不如就彻底像个小孩子一样不闻不问吧。

面对接下来的目的地，我毫不犹豫地便搭上了中央线的列车来到东京车站。我在售票口买了一张前往青森的车票，还有到八户站的东北新干线特快车车票。然后我搭上了八点五十六分的"疾风号"，窝在狭小的座位上半睡半醒地度过了列车行驶中的三个小时。

我在八户车站换乘了一般特快车抵达了青森，在青森车站等了三十分钟左右，又坐上柴油列车，经由这条以津轻半岛为终点站的路线，在本州岛最北方的铁路上朝着此行的目的地而去。

这是一条令人怀念的地区路线，一天只有五班车。

沿途的风景完全没有改变，空荡荡的车厢中飘荡着一股不可思议的温柔气息。津轻地区的居民全都仰赖这唯一的一条铁路作为长距离的移动方式。车厢里温柔的气息便是只有这种铁路才会散发出来的独特亲密感。

然而坐在车厢里的我，却感受到了一种些微的疏离氛围。

这样的疏离感，是因为我对这个地方而言，已然是一个异乡来的访客。这条铁路线上特有的亲密氛围，早已将我排拒在外。

车厢那头的四人对坐席位上，一对初中生情侣愉快地谈着天。我面带微笑，注视着眼前这个勾起我心中愉悦回忆的景象。他们身上穿的是我母校的制服。制服的样式也维持着当年的模样。他们的对话传到了我的耳中。说到对话的内容，不过就是些小孩子谈笑、不值得一提的话题罢了。不过这对情侣似乎相当乐在其中——毫无保留地沉醉在属于他们两人的时间中。

过去的我，也有这般毫无保留地散发着青春之光的年代。那个纯真的年代尽管微不足道，却是一段快乐无比的宝贵时光。

在那一段青春的回忆之中，我身边有一位挚友，还有一个十分靓丽可人的女孩。我们三人曾经一起搭乘这辆列车，暗自希望这钝重的柴油火车可以放慢速度，不要太快抵达终点。然而，这段回忆似乎已经距离现在的我非常遥远……

是的。

我远远地离开了过去那块土地。那时的我使劲地迈开了脚步,并且拼了命地伸展自己的双手。而这一切的努力,为的就是能够来到我现在身处的这个位置吗?

我不知道。

我在终点站的前一站,津轻滨名车站下了车。经过一个小小的停车场,再穿过了维持在完工状态却始终没有开通的新津轻海峡高架铁路下方,我背对着疏落的民宅离开了车站,接下来要步行经过一段平缓的坡道。走了好长一段路之后,我终于来到了一座几近荒废的组合屋厂房前。我横越了厂房前的空地,屈身钻过墙垣的破洞,花了三十分钟左右从容地攀上了厂房背后的一座小山丘。

广阔的风景一下子从树影交错的隙缝间展现出来。

眼前是一片牧场风光,漫无边际的翠绿色草原横亘在我眼前。绿草的嫩芽遍地横生,任由吹过整片草原的徐风将青草的香气带到每一处角落。这是一片视线所到之处,尽是染满了翠绿色,并且宽广得不能再宽广的风景。

我漫步在这片大草原中,脚下青草的窸窣声轻轻地搔弄着我的耳根。

一座荒废的车站矗立在我右手边的彼端。水泥质地的三座月台并列该处。月台上方,一座木造的路桥将它们以三维空间的方式连接了起来。路桥的墙垣与地板早已残破不堪。这座车站在完工之后便一直弃置不用,是一座从来没有列车通行的废车站。

这座车站从没有行经的旅客，也无法由此前往他处。

整片宽阔的草原，曾经是我生命中的全部。

我不禁抬头，整片辽阔得不能再辽阔的天空展现在我的眼前。靛青色的苍穹之上，一片片饱满丰厚的高积云飘游其中。随着我不停地转头仰望，天空跟着旋转了起来，令我瞬间有一种被蔚蓝的空气包围的错觉。

在那一片深邃的高空之中，一架飞机滑翔过天际。那是一架拥有纯白机身的小巧的飞机。

（薇拉希拉……）

我的记忆融进了现实的风景而合成了眼前的视觉影像。

那架飞机不可能出现在这片天空下，因为它只能够在我深邃的记忆里展翅飞翔。即使翻遍了所有的航空书籍，也找不着这架飞机。它不可思议的外形不可能出现在任何的航空图鉴之中。

薇拉希拉——那是集合了我们三人心血的结晶，拥有着凄美外形的纯白机体。

"好棒……"

耳边传来了佐由理的声音。

不……那只是我的错觉，那只是这片熟悉的天空触发了我脑中残存的记忆。

尽管如此，我的眼睛此刻却像看到了实体一般捕捉到她的身影。佐由理的幻影在青草的窸窣声中轻盈地从我的身后跑到了前方，并且回过头来。她身上的制服短裙在风中翻飞，过肩的黑发也同时迎风飘扬。

"是飞机呢！"佐由理兴奋地叫道。

眼前的她仍是十六年前中学时的模样。为何她会以这个模样出现在我的面前呢？明明我的记忆中也存着她更成熟时的身影。

意识在微风的吹拂下回到了现实。

这阵风似乎也卷走了薇拉希拉，甚至卷走了佐由理的身影。被留下来的我，茫然地凝望着她的幻影出现的方向。

我在原处呆然伫立了好一会儿，其间我只是默默地盯着眼前那片绿荫下的草地与蔚蓝的天空。远方地表隆起的丘陵的尽头是一座高起的海岬，海岬前方是一片苍郁的黑色海洋。海洋的颜色深邃而晦暗，却同时也带着诡异的透明感。这样的海洋，是夏天的津轻海峡特有的风貌。再向着这片海洋的彼方看去，一片灰蓝色几乎与天空融在一起的大地，是模糊的北海道地区。

比对着这片景色与我记忆中的模样，让我不由得感受到些许怪异。

对了，那座塔！

以前从这里眺望海洋彼方的北海道，淹没在云雾之中的彼岸有一座耸立其中的高塔。那是一座从我身处的津轻半岛便得以看见的高塔，实物想必巨大无比。它就像某期少年科学杂志中介绍的轨道升降想象图一般，以一道纯白色的漂亮线条笔直地伸入天际。它就是这样一座如梦似幻的建筑，仿佛从异世界的某个文明移植过来的高塔。

那座原本应该出现在这个画面中的高塔不见了。

它已经不存在了。

那座高塔如今已消失在所有人的眼中。

翠绿的草地在徐风吹拂之下仿佛海浪一般整齐地起伏摆荡。同时，风中再度传来佐由理的气息。

这样的预感总是在我的心中挥之不去，一种仿佛就要失去什么的预感……明明世界就是这样的美丽……

没错，她总是这么说着。还是中学生的我，明明应该还无法体会什么叫作美感，却不可思议地被这句话撼动了心灵。

那是在战争开始前几年的事情。当时北海道还被称为虾夷，属于敌国的领土。那座岛屿明明就近在眼前，却是个永远也不可能踏上的土地。

无法触及的云之彼端。我们相约的地方。

对，我们三人，在那年的夏天，从这里眺望着对岸的高塔，彼此许下了一个小小的约定。

被埋藏在记忆深处的那个日子，云之彼端，有着我和她之间的约定。

那座塔是因为我而消失的。

佐由理如今也已经不在我身边了。佐由理……她现在到底怎么样了？为什么现在的我无法跟佐由理在一起？

青草窸窣摇摆的声音传入了我的耳中。我一边听着，一边低头屈指细数。

细数这十多年间，我失去的、我伤害的、我舍弃的……

我得出的数字似乎不如想象中来得大。不过为何寥寥可数的几个经验却沉重得让我透不过气来呢？

我缓缓地迈开了脚步，朝着铺设了铁轨之后便弃置不用的车站走去。那儿有一处两条铁路线交会的地方。我走到那里，在生锈的铁轨前弯下了腰。泪水轻轻地从我的脸上滑落。也许，我所失去的，正是我生命中绝对不该放手的东西。然而，只要我是我，他是他，佐由理是佐由理，在这个前提之下，这便是怎么也无法避开的结局。我们的人生，就像无法变更路线、无法变更目的地的火车一般。

在天色被夕阳染红之前，我让自己就这么静静地处在这片草原中。我甩甩头，想借此驱赶哀伤的情绪。我轻轻拍下长裤边缘沾上的锈铁屑，缓缓地站起身。"现在"，是该回去的时候了。我转身背过了那片海洋，默默地迈开了脚步。

夏之章

1

时间追溯到十多年前。

我在青森县的外滨町出生、长大。那是津轻半岛最外侧的小镇。也许说那里是"日本最北边的小镇"比较能够让人意会吧。

总之,那是个什么都没有的小镇。唯一可见的只有山、海、疏落的民房与田地,还有龙飞崎津轻纪念碑而已,连要去最近的超市,都要花上几十分钟的车程,是个没有车就无法生活的地方。

那个地方曾经因为岩岸垂钓盛行而风光一时。不过,因为对岸便是联邦国,在两国断交之后,前来垂钓的旅客一夕之间便消失了。不只如此,就连滨名港的渔业今后也不知该何去何从。

不过话说回来,这里可以说从来不曾有过什么繁荣景象。因此这样的改变对于这里的居民来说其实也不会造成什么困扰。他们依旧过着悠闲的生活。

若要说一般人对于青森的印象,大概就是雷国、太宰治①、寺山

---

① 太宰治,出生于青森县的知名小说家。颓废的文风让日本文坛将他归类为写实派作家,不过他也留下了《御伽草纸》《畜犬谈》《新释诸国话》等充满幽默感的作品。他的思想及著作都成了日本文学界讨论与研究的对象。

修司①、美军与日军共驻的三泽基地，还有驱睡祭②等吧。

雷国其实就跟字面上的意思一样。每到冬季，大雪便会轰隆轰隆地从天上掉下来（真的可以用轰隆轰隆来形容）。不过，就我个人对这块土地的印象而言，这里其实是一片非常浓郁的绿色。

说到津轻半岛，这是个布满了低矮的丘陵、绵延直达海岸的地方。一旦夏天冰雪融化，津轻半岛上满山满谷的林木则仿佛是绘画用的橄榄绿浓缩淬炼之后的艳丽色彩，漆满整个大地。除此之外，草原上的嫩芽则带着清新的嫩绿色，辉映着夏日的阳光。这种新绿与墨绿的对比，是当地人家窗前常驻的风景。一旦置身室内眺望这样的窗景，整个人便得以放松下来，情绪也会因此而变得平静。它总是可以驱散我心中的郁闷，让我一下子豁然开朗，心情也安适了下来。

这种充满田园风光的土地，却因为紧张的国际情势，在这十多年间成了世界关注的焦点。这当然是因为津轻海峡的彼岸就是联邦国占领下的虾夷之故。

势力遍及半个世界的巨大共产主义国家邦联——联邦国。它以津轻海峡为界，与这个名为日本的国家隔海相望。

青森中学一年级的社会科都有一堂特别的课，专门讲述近代日本

---

① 寺山修司，生于青森县，是诗人、小说家、剧作家、评论家、电影导演，也是赛马评论家，生平留有以"丢掉书本，到街上走走吧"为主题的多部电影、小说、诗歌、戏剧剧本、评论书等作品。青森县三泽市设有寺山修司纪念馆。
② 驱睡祭，包含青森县在内，日本多数东北地区于夏日举办的祭典。由居民呼口号，一齐扛起装饰着"武者绘"的神轿游街，是庆典中的主要活动。关于庆典名称的解释有多种说法，一般多以夏末秋初驱赶妨碍劳动的睡意而于七夕举办较为普遍。

与联邦国之间的历史，主要用意便是希望当地的青少年能够熟知自己居住的这片土地。

虽然授课的内容相当无趣，不过其中讲述的内容却意外深刻地烙印在我的心里。一九四五年，苏联背弃了日苏和平条约，于十月攻陷了北海道。在一九五〇年，日本恢复了独立主权之后，当时的北海道也另立了"虾夷"的新名号归属到苏联体制之下。一九六五年，赫鲁晓夫在第二十届共产党大会上宣布统合苏联、东欧、西亚所有共产主义国家的统一政体"联邦国"诞生。二十世纪六十年代后半期，虾夷内部民族主义运动高涨。因应这个情势，联邦国于一九七五年与日本断交，自此日本南北分裂的情势便一直持续到了今日……这些都是考试必考的问题，所以有关联邦国的近代历史事件年表，我都还记得一清二楚。

不，也许我会记得这些并非全然因为考试或课堂上的内容所致。

津轻半岛上到处都存在着因为日联一九七五年的断交而与亲族分隔于北海道、本州两地无缘再会的人们。

与表亲分隔两地的例子多得不胜枚举，班上甚至有许多同学，他们的祖父母都住在虾夷。至于我，我的一位伯父也在南北分裂而失序的情势之下不知去向。

这么说起来，也许是因为这样的现实就血淋淋地发生在我的眼前，所以我便自然地熟知这些近代史实。

除此之外，还有那座高塔。

来谈谈有关那座塔的事情。

我喜欢那座高塔。在我出生之前，那座高塔便早已矗立在虾夷的土地上。我每天望着那座高塔长大。

在我住的这个甚至不能称之为镇的小镇上，朝着北方的天空望去，在广阔的北海道岛屿上，可以看得到那座细细长长的白色高塔，像自动铅笔的笔芯一样毫无节制地朝着天际延伸出去。

现在回想那样的景象，真的是十分不可思议。

我每天注视着那样的光景，却从来不曾习惯这样的惊奇。

那是座非常高大的巨塔。我的视线总是随着它的根部向塔顶笔直地追移过去。它朝着天际无边无尽地向上延展，塔身变得越来越细，终于模糊地消失在大气层的彼方。它没有所谓的顶点。不对，塔顶实际上是存在的，只是无法用肉眼确认而已。

我从小幻想着这座高塔一直延伸到宇宙的尽头，与其他的行星相接。它就是这么一座引人遐想的巨大建筑。

在我居住的津轻半岛，只要是看得到天空的地方，必定能够用眼睛捕捉到那座高塔的身影。就好像天空中永远可以看得到星星、月亮、太阳一般，那座高塔也必定矗立在北方的天空中。

若要说它跟太阳或星星有什么不一样，那就是它毫无疑问是座人造建筑，也是个只要想去就可以到得了的地方。不过实际上因为津轻海峡两岸之间紧张的国际形势，要踏上敌国的领地其实并没有那么简单。

然而，我的心里总是存着想去那里看看的想法。

我想到那座塔那儿去。

那座高塔撼动了许多人与我的心灵,其中一个理由便是因为没有任何人知道,它被建造出来的目的。

没有人知道它到底是什么。不过任谁都能从它身上感受到一股非凡的魄力。

它在人们(或者只有我)心中挑起了一丝浪漫的遐想。

当然,联邦国不可能在没有任何目的的情况下,只为了单纯的浪漫主义思想而投入巨额的资金建造这座高塔。

它一定是基于某种特殊目的而被建造出来的。

其中一定有什么原因。

没错,它一定是为了某种非常不得了的目的,为了那个任谁也难以想象的目的而建造出来的。

然而,它也有可能是为了什么辉煌耀眼的目的,为了足以改变整个世界的浩瀚成就而被建造出来的。

因为没有人知道其中的原委,于是这座高塔存在的意义便任由人们的想象加以发挥。想象则进一步变成了愿望,将我心中那份想要过去看看的想法,进一步渲染成为"一定要去看看"的意念。甚至到了最后,我的心中更是充斥着"非去不可"的高亢情绪。

"那里应该是有些什么东西吧?"这样的疑问不知不觉累积成了"一定有什么东西在那里!"的信念。

我不知何时开始深信高塔之下绝对有我所需要的重要事物存在,深信我的世界会因为那件神秘的事物而得以重生。

"我必须到那座塔那儿去。"我确信如此。

这样的想法成了我心中难以撼动的信念。我深信那里蕴藏着我人生的无限可能。因此我要是到不了那里,未来的我将哪里也去不成;如果我到不了那座高塔,我生命中的一切机会将会因此而消失;要是我错失了它,我将不再是我,亦无法成为出色的人物,只是单纯地随波逐流,等待时间流逝而腐化……

我身边也有许多跟我一样的人对那座高塔怀有憧憬。不过我想拥有这般执念的人一定没有这么多。然而,我却对自己心中根深蒂固的信念深信不疑。

而我的挚友,拓也,他就是其中一个拥有这种想法的人。

2

虽然只有一点点,但是也许我至今仍然在心中的某处对佐由理怀有那么一点埋怨。

不管怎么说,佐由理的介入让我跟拓也之间的关系产生了微妙的变化是不争的事实。

我家住在外滨町的三厩。《源义经传》中远近驰名的义经庙便在我家旁边。拓也的家也在三厩,我们两家之间只有步行十分钟左右的距离。然而,我跟拓也彼此在上中学以前完全不认识。小学学区的分界恰巧就处在我们两家之间,因此我们两人分别从不同的小学毕业。

我跟拓也在中学分进了同一个班级，我们也是因此才互相认识的。开学典礼那天，明明全班所有人都要一个一个站起来做自我介绍，然而我却完全不记得他当时说了什么。

我只记得我们彼此认识的契机是飞机的相关话题。结果，到头来我们之间也只有飞机。

那是暑假之前的事，所以我想大概是六月。我从小学进入中学之后三个月的时间，无论是面对新老师还是新学科都已经失去了新鲜感，因而当时的我在课堂上偷偷地翻起了航空杂志。

忽然间，我感觉到有东西打在我的后脑勺上。

"什么东西？！"

我带着这样的反应回头，看到身后一个同学左手拿着一堆橡皮屑，右手同时也放了一块在中指的指甲上作势要弹向我。我们四目相对的过程中，那家伙对我露出了微笑。

这样的举动不是出现在别人身上，而是白川拓也，这让我着实感到吃惊。

有种人不需要有什么特别引人注目的举动，却在入学之后很快便成了全校的大明星。

白川拓也就是这种人。

别的不说，单凭他那张姣好的脸蛋儿，不知不觉他便成了女生们爱慕的对象。除此之外，他的个性也相当沉稳，仿佛已经是个成人一般。他有那种引起他人好感的费洛蒙。白川拓也的运动神经很出色，成绩更是表现得比他运动方面更为杰出。听说他在入学考试还有期中考试中都以遥遥领先的成绩夺下了学年第一名。事后我问过他，证实了这样的传闻。

"这世界上还真是有那种什么都行的家伙呢!"

这样的事实让我感到十分惊讶,我也坦率地对他的表现由衷地佩服。不过若要问我其他的感想,我真的不记得自己对这个人有更多的印象了。

至于我,无论从哪方面看来都不是全能的典型。虽然我也有自己擅长的领域,不过表现不好的部分就真的很差劲了。其实比起我的长处,挤不出优秀表现的项目还比较多呢。所以就算拓也那样的家伙就在身边,该怎么说呢,他对我来说是不同世界的人,就算想比较我也提不起劲儿。

然而,那个白川拓也却忽然主动找我搭话,这让我一时之间完全摸不着头绪。

下课后,拓也便马上从位子上走了出来,径直来到了我的面前。

"你那个是飞机杂志吧?让我看一下。"

他说完便指向我的抽屉里露出其中一角的飞机杂志。

我应了一声,将那本用骑马钉装订得厚厚的杂志拿出来递给了他。他就站在原地单手接过去,随即另一只手则举起来,以利落的动作翻起了那本杂志。真是的,这家伙无论做什么都挺有架势的。

"我超喜欢前掠式主翼的飞机。"他说,"对一个飞机迷来说,这样的兴趣也许司空见惯,不过这种设计其实挺别具一格的,有种稀世珍品的趣味。"

"是啊!这种感受我很能够体会。"我搭腔说道,"像 F-16FSW,光看照片就觉得它跟一般的 F-16 完全不一样。不过这种感觉却让人觉得十分激动。"

"雷鸟二号也是。"

"雷鸟二号非常棒!"他说着露出了微笑,那是充满了亲密感的笑容,"你觉得YF-22跟YF-23哪一架好?"

那两架战斗机是争夺美军次世代主力机地位的实验机。

"YF-22吧。"我说。

"你一定是看上了它的V形尾翼吧?"

"说对了。不过你为什么会知道?"

"因为我也是呀!"

此刻的我确信我跟他绝对可以成为好朋友。

"看来你也很喜欢飞机的嘛!"他带着感叹的语气开口说道。

"我在家里会做飞机哟!虽然是模型飞机,不过可以飞呢!"

"什么!真的假的?"

他仿佛被我刚说出口的话吓了一跳。

"喂,这到底是真的还是假的啊?这种事情要早点说呀!我可以今天就到你家去看吗?"

他激动得上半身整个靠了过来。这举动让我有些讶异。

"今天要来吗?可是我们有社团活动吧?你有,我也有……"

"什么社团活动,当然是逃掉啦!"我才说完,他没多耽搁一秒钟便接过了话茬儿,"社团活动什么时候参加都可以。不过我今天想看你做的飞机,要是多等一天兴致就会大减。我最讨厌这种事了!别犹豫了,今天放学马上就带我去看吧!"

结果,我在加入了弓道社当天就第一次开溜,我带着拓也来到了家里。那是因为……

"要是多等一天兴致就会大减。"

也许是因为这句话让我心中产生了莫名的深刻感受所致。

因为我也有同感,我的心中随时都会浮现跟他一样的想法。

我从小面对想做的事情不马上行动就会坐立不安。我没办法让自己多等一些时候酝酿更成熟的计划。当我想要做飞机,便不顾其他事情马上开始动手。因此,吃饭、睡觉、学校的作业都被我摆到了第二或第三顺位。这样的个性虽然让我经历了多次的挫折,但我却从来不曾想过要改掉这种做事的习惯。

在我们家的庭院旁有一间破旧的木造车库(虽然我们擅自管它叫车库,不过一旦要在人前这么叫还真让我觉得丢脸)。在那扇铁卷门嘎啦嘎啦地打开的同时……

"好棒!"

拓也睁大了眼睛,表现出一副十分兴奋的模样。

"真是太棒了!这东西超级棒!"

"真的吗?"我被夸得有些羞怯,"这些东西并不是全都由我自己一个人完成的啦。"

这间车库本来是伯父(我父亲的哥哥)在用的。其实我从没有见过这位伯父,不过总觉得一提到他便让我有一种十足的亲切感。他也是一个飞机迷。

伯父是自卫队的飞行员,在一九七五年南北分裂的骚乱中失踪了。这是我出生以前的事情。要是他没有在意外中丧生,就一定还活在联邦国的某处。

因为伯父失踪的关系,父亲便继承了家业。他留下了这间车库,还有车库里面的所有东西,像各式各样的遥控飞机及模型、螺旋桨、座舱挡风玻璃外罩、操纵杆等实机料件,还有设计图、分解图、自行开发的模型用材料……这些东西塞满了整间车库。里面甚至还找得到车床、钻床、钣金设备这些大型机具。这间车库对我来说简直就像一座宝山。由于父亲对于航空机具完全不感兴趣,加上我又是家里的独子,于是便顺理成章地独占了伯父的所有遗产。

我从小便在这间车库里玩耍,这间车库几乎成了我的房间。可惜这间车库会漏风,不能把生活起居全都移到这里。不过,除了睡觉之外,这间车库几乎成了我生活中的全部。因为只要待在这里,我就有着堆积成山的收藏品相伴。

在我上小学以前,每天都沉浸在飞机、航空模型堆中。每当面对学校的劳作习题,我一定都是交与飞机相关的作品出去。就算学校没有留作业,我也多半都在制作跟飞机有关的东西,诸如纸板飞机模型、木制橡皮动力飞机模型,或是室内轻型飞机,等等。所有的成品都放进靠在墙边的柜子里展示,如果到了我的手上,我便会马上试着要让它们飞起来。市售的遥控飞机套件我当然也做过。不过不知何时,套装的遥控飞机已经不能满足我的欲望了,于是我便将它解体,只留下了引擎部分,其他全都重新依照我的想法进行改装。最后完工的成品并非采用电力驱动的模块,而是装配了四冲程引擎的具有强悍动力的模型飞机。这东西大概是一年前完成的,在我上小学六年级的时候。

"这是你自己做的吗?一点也不马虎呢!"

拓也双脚踏进了这间车库,带着亢奋的表情,不知安分为何物地东张西望。现在的他像极了处在玩具屋里的小孩子。不过说起来，他脸上的表情跟我置身模型店时一模一样。他这样的表现让我感到十分意外，因为平常的他总是散发着一股成熟稳重的气质，无论面对什么事情他都不曾露出动摇的一面，没人见过他急躁的模样，像极了一个看破红尘、大彻大悟的高僧。

因此他这般我前所未见的表现让我着实感到吃惊。同时，心中也涌出一股极为亲切的感受。

不对，不只是亲切感这么单纯。就在这个瞬间，他让我心中涌出了特别的好感。

拓也毫无顾忌地参观着我的车库，同时伸手指着车库里的各项收藏，一一要求我给他说明。面对他这样的举动，我当然十分热情地给予回应。我为他说明这些东西是什么，根据什么想法做出来的，哪些地方特别费了功夫，另外一些东西又是花了我多久的时间，其中的料件从哪里、用什么方法弄到手的……

在我的心中一直有种无法抑制的冲动，我一直想将至今在这间仓库里费的苦心说给谁听。我打从心底渴望着一位能够理解我这样的付出究竟有多了不起的朋友出现。

我搬出了去年那架自行设计完工的模型飞机，并且将遥控器给了拓也，于是两人一起来到了附近的田里。我们家的四周只有疏疏落落的几间民宅，十分适合模型飞机飞行。

飞机起飞的瞬间，我们两人不约而同地呼喊起来。

每当手中的飞机飞起来的时候，总能同时带起我高亢的情绪。我想我这样的反应一定永远都不会改变。

每当手中的飞机飞起来的时候，我总是兴奋得为之颤抖——拥有坚硬的双翼、我亲手做的飞机在天空中翱翔。无论何时，手中的飞机起飞总能带给我这般不可思议的感受，一股激荡的、亢奋的情绪。

遥控器的操作方式不需要详细说明，拓也便马上能够领会。没几分钟他便找到了诀窍，让飞机自在地在空中划出漂亮的弧度。那小小的引擎机具划破了天空，将它在空气中大幅的震荡传递到了我们身上。一架双手可以捧起来的模型飞机，此刻正时高时低、回旋翱翔在橙红色的天空之中。

虾夷岛上那座细长的高塔，今天也清晰地出现在北方的天空。拓也让飞机朝着高塔飞去，然后一个轻巧的回旋，仿佛要缠绕那座高塔一般。

我抬起头，整个大气呈现出浑厚的透明质感，像极了一片覆盖了大地的透镜。此刻的我，觉得自己的心灵被紧紧地扣在这片透镜的焦点之中。

"浩纪，你现在在做的是什么？接下来想要做什么样的东西？"拓也坐在制图桌前的圆板凳上开口向我问道。

我一边保养着方才翱翔在天空中的遥控飞机，一边用喉咙发出了没有意义的低鸣作为应答。

"现在还在构思的阶段，"我说，"还没有进入实际动手阶段。其实我接下来想做的东西有点复杂，目前还不知道该怎么具体地表现出来。其实这个想法怎么看都有点难以实现。"

"什么呀？是什么秘密吗？"

"也不是秘密啦……"

我变得有些吞吞吐吐的。

"其实我想尝试做一架飞行中可以变形的飞机。"

"变形?像 F-14 那样吗?"

"嗯,那也不错。不过……"

我原本觉得心里的想法说出来肯定会被嘲笑,所以不打算说。不过我还是硬着头皮告诉了拓也。

"我想做一架像星际大战那样拥有 X 形机翼的华丽机体。"

他没有笑,不过却露出了一脸受不了的表情。

"那东西能飞吗?"

"我是说'像那样',要是全照着那种形状去做,当然肯定飞不起来啦。其实不是你想的那样啦……该怎么说呢?我想,一架飞机如果能在飞行中稍稍改变一下外形,那一定很漂亮、很帅。其实就是这么简单的想法而已。"

拓也开始思考我说的话。

"不过,"我说,"变形机体如果不是建立在空气力学的原理上,那么就一点意义也没有了。唉,我虽然想过很多方法……"

我将遥控飞机摆回到柜子里,然后走到制图桌旁,伸手拿起了摊在桌上的笔记本。这本笔记本是我专门用来以素描方式记录想法的。我翻到笔记本中有关变形飞机的内容摆到了桌上给拓也看。

"我有几个跟机体外形设计有关的构想,不过问题还是出在机体的平衡性上。不管怎么改都会变成非常复杂的设计,总觉得那些不像是可以做得出来的东西……"

"喂,铅笔借我一下。"

拓也的视线紧紧盯在桌上的笔记本上,一会儿之后才开口说话,并且随即取出我铅笔盒中的铅笔,翻到了空白页开始作画。

"你在画什么?"

"你别说话,安静地等着。"

我探头窥视他眼前的笔记本,然而却被他用手给遮了起来。看来他是不喜欢在画画的途中被旁人观看的典型。

"你觉得这种设计方式怎么样?"

一会儿之后,他将笔记本递给了我,让我终于得以拜赏他画出来的东西。

我吓了一大跳。

他用笔将我的设计以能够实现的方式画出了其中的平衡机体。那是徒手画出来的线条,因此细节都省略掉了,有点像涂鸦的东西。不过我照着他标记的箭头与叙述仔细地审视了一遍,清楚地明白这个设计的可行性。那是崭新的设计构想。他将我的设计图在变形机体之中加入了重心的移动以保持机体的平衡,是非常优雅的变形系统。

我沉默了一会儿,然后圆睁着双眼注视着他。

"……这东西,可以做得出来呢!"

"因为我本来就是朝着可以制作的方向去思考的嘛!"他一副见怪不怪的模样答道。

用极为保守的方式形容,其实我非常震惊。在这个方面我有相当的自信。我暗自以为自己的设计思想遑论同龄人,就连成年人中也找不出几个拥有可以跟我一较高下的才能的。然而,我在这两个月间完全找不到头绪的问题,他竟然一瞬间就解开了。

"你到底是个什么样的家伙呀?!"我在一阵惊愕之中终于开口

叹道。

"其实我爸爸是从事机械设计相关的工作啦。我在耳濡目染之下，自己也可以切割金属了。虽然没什么好骄傲的，不过高等技术学院的机器人竞技对我来说就好像小孩子的游戏一样。"

"真厉害！"今天他口中一再重复的台词，这次从我的口中溜了出来，"你是天才呀……"

"你可以多夸我一些呀！"拓也得意地扬起了嘴角。

在我对他感到一阵佩服之后，我忽然想到一件事。

"可是……"我说。

"对了，还有那个'可是'。"

拓也的设计有一个重大的问题。这点他自己当然也知道。

我吸了一口气开口说道："这么复杂的结构，以模型的尺寸几乎不可能做得出来……"

"嗯。"

他画出来的这个构想太过先进，要求的精致度也异常地高，不是模型尺寸可以做得出来的东西。

"如果是实机的话……"

我的口中不禁冒出了这样的一句话，让我自己也吓了一跳。

"是呀，如果真的要做，干脆就做实机吧。装台计算机让它来调整飞机的平衡。"拓也一副理所当然的语气如是说道。

实机……这个想法浮现的当下便让我感到十分震撼。为什么我过去从没想过要制作实机呢？我甚至从没有过哪天要制作实机的梦想。这真是一件奇妙的事。

总有一天要制作一架真正的飞机……对，还有这种方法，不是吗？

这种想法让我产生了前所未有的亢奋情绪，并且为之陶醉。

"浩纪，我想跟你商量一件事。"

拓也的一句话让我回过头朝他望去。

"什么？"

"暑假结束不是会举办文化祭吗？我们以那个为目的，一起做点什么好不好？"

"嗯，好啊！"

我认为这个主意不错。过去我总是一个人做决定，独自做事。这种行为模式也许已经让我感到些许疲惫了。

"不过你说要合作，那我们要做什么呢？"

"你说呢？"他的脸上露出了微笑，"当然是我们两个人过去都没有制作过的东西啰！"

3

我们要做的是遥控的喷射机。我过去所做的飞机全都是螺旋桨式的，模型用的喷射引擎的从来没有碰过。

"就是那个！"当我提出这样的想法之后得到了拓也的附和。

"不过呀，"我说，"模型用的喷射引擎的造价可是动辄百万，贵得离谱呢！就连中古引擎最少也要几十万呀。"

"这我当然知道。"拓也冷冷地答道。

"那你说该怎么办呢？"

"不一定要花钱买嘛。只要想办法从其他渠道弄一具过来不就好了吗？"

"你说的那是什么意思呀？哪有什么办法可以从其他渠道弄来这种东西？"

"嗯，这你就交给我来处理。我有办法。"

几天后的周日，拓也真的将一个模型用的喷射引擎带到我们家来。他骑来的自行车上载着一小桶装满了柴油的塑料油箱。喷射引擎并非新品，上面有使用过的痕迹。不过这个西德制的喷射引擎是非常出色的好东西，是我每每望着型录上的照片，总不免感叹一番的高级料件。

我来回抚摩着引擎，双手好长一段时间沉醉在它表面冰冷的金属触感之中。我从各个角度欣赏着它充满性能之美的外形，兴奋不已。油料刺鼻的气味让我为之陶醉。我伸手触摸它的空气阀，瞬间仿佛一阵电流穿过了我的全身。这世上就是有这样充满了感官之美的东西。我完全忘却了时间的流逝与站在一旁的拓也。

好一阵子之后，我忽然想到了什么，于是回头开口向拓也问道："这东西，你是怎么弄到手的？"

他露出了有点伤脑筋的表情，开口答道："这个呀……你想听吗?"

"喂,说嘛!"

"要听也可以,不过我觉得不听会比较好。因为这会让你在用这个引擎的时候抱有罪恶感。"

"为什么?"

看来拓也似乎是用了什么不太方便启齿的方法弄到这东西的。

我想我此时的表情一定非常微妙。然而,拓也却不慌不忙地用他爽朗的声音答道:"有什么关系?这东西现在都搬到这里来了。我想,比起被封存起来,这具引擎更想在天空中翱翔才对。"

他说完便用手敲了敲引擎的外壳。那是打算结束这个话题的动作,让我无法继续追问下去。

之后我慢慢地察觉到,拓也在平常模范生的外表之下,还有落差相当大的小混混性格。不过那究竟是他的本性,还是单纯装出来的模样则不得而知。

足以证明我这种说法的事证不少,他会抽烟就是其中一例。这家伙明明还是个初一的学生,可是却已经是个烟瘾相当重的烟民了。

"每天都必须装出一副好孩子的模样,这么一来可是会累积不少压力呢!你就当作没看见吧。"

我们一起丈量着引擎的尺寸,拓也则不太习惯地从口中吐出烟雾。他对于维持自己的形象丝毫没有疏忽,因此所有人都不知道他会抽烟。不过在我面前他却整个人放松了下来,一抽就是接连好几根。

因为他这样的习惯,让我不得不时时刻刻留意自己的头发或衣服有没有沾到烟味,免得被老师或家人发现。

"不是有那种用来喷在衣服上除皱用的喷雾剂吗?只要用了那个就完全闻不到烟味了。"

听了拓也的建议,我于是每天都借用了父亲的除皱喷剂,丝毫不敢大意地喷满衬衫跟裤子。多亏了拓也,我想我跟他相处的这三年间看起来都是个十分爱干净的少年才对。

"看来当模范生其实并不轻松啊……"我叹了口气,带着深深的感慨说道。

"不过对我来说,就算多少有点压力也好,我真想当一阵子模范生看看。"

"你这是胡诌的吧。"

拓也将烟蒂捻熄在空的乌龙茶铁罐里,然后露出了戏谑的笑容。

"你明明就没有这么想过,还真敢说。"

"什么啦!我这么想过好不好!"

"不,你没这么想过。我可以感觉得出来。"

拓也十分笃定地下了这样的断语,然后他忽然丢出了一句话。

"其实我反而比较羡慕你呢!"

听到他这么说,我的反应显得有些狼狈。

"为什么会羡慕我?"

"你可以依照自己的步调,默默地做自己喜欢做的事呀!周遭的人对你不会构成任何影响,你就只是你自己。我很向往这样的生活。像我这样的人,永远都会被这种生活方式所吸引。"

"这样啊……"

他说话时的语气格外沉重,让我也不禁跟着安静了下来。

"我在同学中应该很显眼吧？甚至显眼到碍眼的程度吧？"

"嗯。"我坦白地应答。

确实，拓也无论做什么都是众人目光的焦点。

"人一旦成为众所瞩目的焦点，人们的目光跟评价也会随之落到你的身上。然后，许许多多的责任跟重担就会自然而然地落到你的头上，你的生活就变得没有办法随心所欲了。这种生活真的很辛苦呢！"

"嗯……"

我没有直接作答。他会有这样的心境，我还是第一次听到。这个世界的样子真是多变，只要所处的立场不同，就算身在同样的环境，读同一所学校，个人的感触还是会截然不同。

"所以呀，其实我从开学以来，就一直特别注意你的行为。因为你让我很在意，觉得你是个可怕的家伙。你其实是一个非常朴实而不会标新立异的人，不过我总是从你身上感受到一种'要是移开视线，你就会马上搞出什么不得了的名堂来'的压力。你总是让我处在一种焦躁的情绪中。"

"嗯，这样呀。"

我一边将视线投射到了引擎上开始作业，一边低声地回应了拓也的对话。同时，我也深深地为他这番话动容。

这种事情可以说是我个性上的弱点。拓也一派轻松的口气说着像是别人身上发生的事情，这让我体验到了过去从未有过且不可思议的感受。

他这般不假思索的琐碎对话对我来说也是一种刺激。

我的个性其实相当朴实，至少我不是个个性特别复杂的人。因此拓也这种明显将社会赋予他的角色与他自己真诚的人格完全区分开来生活的人，让我感到既惊讶又新鲜。

在拓也身上，我明显地可以看到一种吸引我的特质。

"不过我说呀，抽烟很伤身体哦！"

我觉得此刻我非开口说些什么不可，于是吐出了这般了无新意的言辞。

拓也又点了一根烟，露出了有些嫌恶的表情，然后他忽然站起身，重重地将口中的一团白雾吐在我的脸上。

"你干什么？！"

我咳嗽不止，边说话边用手驱散眼前的烟雾。拓也看到我的反应露出了诡异的微笑。

"有什么关系？我们就一起得肺癌死掉吧！"

我们以实际存在的机体作为制作蓝本，采用了接近传统形式的外形作为机体呈现的方针，这么做可以确保飞机航行的可行性。

我过去花了不少心力钻研航空力学，也曾经以独创的外形实际制作了可以飞行的飞机，所以对于这方面的判断能力我有相当的自信。飞机外形设计的有趣之处在于它们全都必须符合航空力学的标准，只要完全依照航空力学的要求设计，飞机就绝对飞得起来。如果不然，那么一定是机体外形设计方面出了问题，或是实际操作方面的精致度不足。

在这两方面的要求上我都有十足的自信。一般来说，我做出来的飞机绝对可以飞。不过，这也是让我觉得有些无趣的地方。我希望有一些冒险性的尝试。

我有一种成见,觉得看起来像飞机的东西才应该飞在天上。然而,在我的内心深处却又有另一个愿望,希望看到某种与现今的飞机截然不同的东西在天空中翱翔。我想试着开发那种看起来不知道能不能飞得起来的东西。

"你觉得飞翼①的机型怎么样?"

拓也摊开了飞机杂志,指着其中的一张照片。

"像这种看起来跟 UFO 一样的外形是不是比较别致呢?"

"这种形状真的很有趣,不过我觉得要让它飞起来似乎不是件容易的事情。"

"你还真是个麻烦的家伙……"

拓也皱起了一边的眉毛,一副表达了他心中"你真是够了"的不满之情。

"明明我们的目的就是要做一架可以飞的飞机,但是你却偏偏讨厌一眼就知道它能飞的设计。"

"有什么办法呢?不用做就知道结果的东西,一点乐趣也没有,不是吗?"

"你太嚣张啦!"他叼着烟头,嘴巴半张地说道,"不过这种心情我能够了解。"

"你说你了解吗?真的吗?"我反问他。

"当然了解。"他说,"从来没有看过的东西、过去从来不曾知道

---

① 飞翼,泛指没有尾翼设计,且机身主要部分隐藏在厚厚的主翼中的飞机。其中最具代表性的飞机乃美军的 B-2 幽灵式轰炸机。有些飞翼型的飞机仍保留机身,但没有尾翼的这个共通点则没有例外。

的事情、从未有过的经验、从没感受过的事物，我想追求的目标跟你一样。这个世界上唯一有价值的东西只有一种，那就是所谓的'未知'。"

"竟然讲出这种大道理来……"

"环状机翼怎么样？"

"环状机翼呀……"

我思考着拓也的提议。所谓的环状机翼就是飞机的主翼环绕于机体外侧呈现一个圆环，或者说是轮状。因为这样的机翼没有所谓的翼缘，所以不会有机翼尖端失速的问题。因为环状翼的机翼面积比起平板式的机翼来得少，因此乍看之下会让人怀疑它在空气力学方面的飞行能力，不过却是可行的小型机翼设计。如果要比喻的话，这种飞机的外形看起来有点接近火箭的形状。不过……

"看起来制作工程会格外费工夫呢……"我不禁脱口说出这样的感想。

"这不正好符合你的期望吗？"拓也抓住了我前后说辞上的矛盾乘胜追击，"就这么决定了。"

决定了之后，我们当天便开始进行外形设计的制图工作。那时的拓也对于航空力学还不熟悉，不过他一晚就读完了三本专门讲解这门科目的书，一下子将空气力学方面的知识提升到了制作模型完全没有问题的程度。我花了不少时间才弄懂的知识，他仅仅用一个晚上就追了上来。天才的潜力真是可怕。他这样的表现让我感受到几近恐惧的焦急，不过却又对于自己获得了一位可以在差不多的程度上对谈的朋友而感到高兴。我有生以来第一次看到同龄人，在使用车床跟铣床的技术方面可以跟我一较高下。

"这工具我们家也有,我从还很小的时候就觉得操纵它很快乐。不过做这么危险的事情,而我现在居然还能保有两手的十个手指头,真可以说是奇迹啊!"

看着他面对我说话时的笑容,我也不禁跟着笑了起来。人们面对能够感同身受的朋友总是能够发出会心的微笑。我的手指头一根没少,完全可以说是奇迹。

针对环状机翼的空气阻力设计果然相当麻烦,不过在我们两个人协力之下总算克服了这个问题。当然,无论是我还是拓也,对于"只要能飞就好"这种妥协的想法是绝对不可能接受的。除了能飞之外,还要有帅气的外形,这才是符合我们要求的设计。我们这也不行、那也不对地在纸上尝试了许许多多的设计,最后得以在满意的结果之下收尾。好不容易脱离了制图作业的阶段,已经是七月底左右的事情了。

机体的材料我们采用了碳纤维还有模型用轻木材。选择这种材料的理由多得不胜枚举,不过最重要的原因还是这种材料我们家里多到可以开店。基于这个缘故,我打从心底对那位素未谋面的伯父满怀着感激之情。

跟别人一起制作一件作品是非常快乐的事情。

我跟拓也整个暑假都窝在我们家的车库里,埋头制作那架模型飞机。从选材到成形的过程中,我跟拓也都带着认真严肃的表情默默地专注在手中的砂纸跟材料上。当一个人全身心投入于制作什么东西的时候,他通常什么也听不到,什么话也不想说。

不过,跟拓也合作的整个过程中,我在眼睛与耳朵之外的某种感官上，清楚地意识到这位同伴的存在。至于拓也是否跟我一样，这我并不晓得。不过我打从心底希望他能够跟我有一样的感受，同时深信拓也心中一定也是如此。

在短暂的休憩中，我跟拓也才会开口交谈。聊天的内容有彼此家族成员的事、同班同学的话题，或者之前看过的电视节目，等等，尽是些不值一提的内容。

我们偶尔会给自己放一天假，一起搭乘电车到青森市去好好放松一下。我们在那里逛街购物，到车站百货店的餐厅吃饭，甚至去游泳池游泳。这些行程中，我一点都感受不到那种跟初相识的朋友出游时毫无意义的高亢情绪。拓也在我的身旁就好像一个私交甚笃的多年老友。

八月二十日，在日本东北地区短暂的暑假结束的时候，我们的飞机机体部分几乎都完工了。距离九月二十五日的文化祭还有一个月的时间，这段时间我们将心思全都用在机体的涂装、微调，还有引擎的保养上面。

飞机的颜色是鲜艳的蓝色。

"蓝色的飞机在天空中看起来最有速度感。"拓也如是说道。

我对此莫名地认同。我想他的看法一定有什么科学或心理方面的根据。不过当我问他才知道……

"没有啊，那完全是个人的喜好而已。"

这让我受到了轻微的震动。不过，蓝色是非常美的颜色。我非常喜欢空中自卫队里的蓝色脉冲小队的那种天蓝色。

无论是我还是拓也，对于取消正式航行前的试飞作业这个意见有着一致的看法。让已经知道可以飞行的飞机飞给别人看不过是一种表演罢了，实在是没什么意思。对于观众来说当然也会觉得无聊，不过这种感受对于实际操作飞机的我们来说更是难以忍受。

我们都想尝试些不知道结果会怎么样的冒险，也想让别人看看我们的冒险。

不过说归说，如果我被问到这架飞机能不能飞，这个答案绝对是肯定的。对此我有十足的自信。至于这份自信的根据，当然是因为那是我们做的飞机，是我跟拓也做的飞机。

4

我是个"雨男"，虽然这不是什么值得骄傲的事情。从以前的校外教学到运动会，只要我出席就会下雨（或下雪）。不过这次的文化祭终于放晴了。今天的天气完全表现了"晴天"这两个字，是个万里无云的大晴天。天空的颜色，是夏日余韵中不可思议的蓝色。

早晨，我从南蓬田车站朝着学校走去，在这条没有多远距离的路上我抬头望向湛蓝的天空，同时深深地吸了一口气。我们学校周边除了矮小的不知名树种之外，就只有稻田、田间的小路，跟几间疏落的民宅。低矮的山脉远远地横在地平线的彼方，在这样的环境下，一旦天空透出了辽阔的蓝色,这般宽阔的感受有时甚至足以叫人窒息。无论是天时还是地利,全都是适合飞机翱翔的条件。我的视线追随着与眼睛高度平行的红蜻蜓划出轻快而利落的线条,同时敞开胸膛深深地呼吸,盼着能缓和些亢奋的情绪。

明明距离班级活动还有三十分钟,拓也已经在教室里了。

"浩纪,你好慢哟!"

"才不慢呢!是你到得太早啦!"

我们身边只有负责装饰教室的两个同班同学,班上决定在文化祭推出的活动,是多到泛滥的餐券制点心店。拓也走近我的身边,以不让旁人听见的音量小声对我说道:"飞机已经组好了。"

"什么?你已经组好了?你到底什么时候来的?"

"大概一个小时前。我总觉得自己兴奋得安静不下来。"

我们的飞机好几天前就已拆成几部分,一点一点运进学校里了。当然,必要的工具还有燃料也都一起搬了过来。

不知道拓也到底是怎么办到的。他有一把从教职员办公室里偷出来的钥匙可以打开学校角落里那间荒废的木造仓库。虽然里面都是沙子和灰尘,不过因为没人会到那里去,所以他可以躲在那边抽烟。我们将飞机藏在那间仓库里面。

我们打算在文化祭中做的事情无论是学校还是同班同学都没有人知道。也就是说,这是一项秘密计划。

这个计划在老师那边尤其非保密不可,他们要是知道了肯定会在安全问题或是其他方面啰唆个没完。最糟糕的情况甚至可能让这个计划遭到否决。无论是我还是拓也都不喜欢让大人们评鉴我们的所作所为，尤其是那些完全不了解飞机的外行人插嘴更让我们难以忍受。我们最讨厌自己想做什么都得受制于他人。

我们想要成为真实的自己，希望由自己来引导自己的未来。我跟拓也在这方面的想法就好像双胞胎一样契合。

班级活动结束，文化祭活动正式展开。我跟拓也用简洁的说辞甩开了班上负责店面的同学一起冲出了教室。对于文化祭中的各项活动我们瞧都没瞧过一眼，直接依照事先演练过的计划分头进行各自负责的工作。

飞机的正式航行定在下午一点钟。不过因为组装作业已经提前完工，所以我们决定将计划提前一个小时实施。

我跟拓也拿了仓库的钥匙，来到了飞机旁仔细地审视，防范任何可能的疏忽。从我们开始制作飞机的那一刻起，拓也经手的部分都由我来检查，而我制作的部分则由拓也进行验收。拓也的组装完全没有问题。我通电检查过副翼、升降舵，还有起落架，所有部分的接合状况都十分完善。唯独起落架的收纳和展开有些不顺，我稍微花了点时间做了些调整。

稍后我便点火温热引擎。

其实我身处在一间不甚宽阔的木造空间之内，这么做有一定的危险性，不过没有其他的办法了。室内的空气温度瞬间升高了起来。由于引擎的废气开始蔓延至整个仓库，我便稍微拉开了门。仓库里的东西堆得杂乱，门缝中透出来的风在室内到处乱窜。不过这种情况发生在眼前这个时候，其实反而会让人觉得庆幸。

在我温热引擎的时候，拓也便着手准备飞机起降用的跑道。

我们这所中学的校舍背面，有铺设了柏油的教职员停车场。因为这所学校盖在农田中央,所以土地多得让这个停车场得以占有广大的面积。

停车场的内侧有一条笔直的通道,若不是有事来学校的人绝对不会出现在这条柏油路上。

拓也在我们一起去青森市玩的时候,到日常用品店买了黄色跟黑色的塑料绳索。他用绳索在停车场中央拉出了起降跑道。这么做是为了避免人、车通行干扰飞机的起降作业。那条起降跑道笔直地延伸到了停车场内侧的通道上。根据我们的计算,光是停车场内的空间便足以让飞机起飞,不过为了以防万一,我们还是将停车场内侧的通道圈入了起降跑道的范围之内。除此之外,一本正经的拓也还在不知从哪里的工地捡回来的一块栅栏上面挂了一块木板,写着——"今天因文化祭活动之故,本通道禁止通行!"

事后我看到了不禁笑了出来。明明就是胡诌,竟然还写得这么煞有介事。事前我们还在计划阶段的时候,我向拓也问道,要是我们擅自划定通行规章,被老师们发现的话会不会受罚。结果他回我道:

"只要我们用一副理所当然的态度做这种合情合理的事情,那么就算事情本身只是我们自作主张的行为,也不会有人觉得奇怪了。"

"所以起降跑道的张罗就由我来负责吧。"拓也接着说,"你呀,要你用一种堂堂正正的态度去做亏心事是强人所难吧!"

因为我真的就如他所说的不善于隐藏自己的歉疚,所以深表同意地点头回应,然后按照他的安排行事。

拓也的"扑克脸"策略似乎相当奏效。在我惶恐地抱着飞机还有遥控器跟工具箱来到校舍后面,看到的是他没有受到任何责备地张罗好了飞机用的起降跑道。

"这边是起降跑道的进入点。"

拓也说着用他脚上的橡胶鞋鞋底在柏油路上画了一条线告诉我位置。我于是将飞机放到了该处,再度点火温热机身里的引擎。红、蓝两色渐层的透明火焰在空气中喷射,偶尔空气中飘来油料燃烧的汽油味。我心中满溢着紧张的情绪,因此无法加以应对。

目前的动作已经十分醒目,围观的人慢慢地聚集了起来。其中亦不乏老师的身影。因为我们态度十分从容,所以老师似乎没有发觉这是未经许可擅自举办的活动。不对,也许他们只是装作不知道而已。

"喂,你们这是火箭吗?"

人群中传来了认识的同学的问话。

"不是,是飞机。"

"可是这架飞机没有翅膀呀!"

"有,这个就是。"

"那能飞吗?该不会只是插花搞笑吧?"

"你少废话,安静地看着吧!拓也,我们提前让它起飞。"

我耐不住现场的压力,对拓也提出了这样的建议。

"嗯,也好。说开始就开始吧。"

拓也张开手,示意让围观的群众退开。我则拾起了置于地上的遥控器,拉开收纳起来的天线。操纵杆轻轻地滑动,机体内部顺势发出了零件转动的声音。副翼与升降舵像是飞机在做伸展操一般开始活动。仅仅是这种起飞前的准备,围观的群众便发出了一阵轻微的骚动声。

我深呼吸。

"要起飞啰!"

"飞吧!"

我将遥控器上的滑杆往前推。飞机尾部的喷射引擎甩开了身后什么也没有的空间,在反作用力之下笔直地冲了出去。

金属质感的尖锐声响撼动了耳膜。刻意轻化的机身对柏油路上的细微起伏产生了反应,机身在冲刺之中小幅度地不断震荡。我尽管感受到自己心中的不安情绪,但我仍然清楚地知道手中的滑杆不能有任何的松动,右手的大拇指僵硬地将其固定。

瞬间,机身仿佛在空气的阻力之下微幅地跃起,轻轻地飘了起来。每次看着飞机离陆地的瞬间,我总有心脏被往上抛了出去的错觉。

飞机升空了。

喷射引擎带动的速度跟我过去操控的螺旋桨飞机截然不同。那是疾驰的高速。我让飞机腾空做出了回旋,掉头往我们的方向飞了过来。喷射引擎驱动的飞机反应比我想象中来得敏感,在它回旋的时候着实让我的神经抽动了一下。

每当我操控飞机飞行时都会出现的紧张感此刻又从我的背脊蹿了上来。它麻痹了我全身的每一个细胞。

我让它横过了校舍上方,在空中做出了三次大幅度回旋。

直至此刻,围观群众的喧嚣才终于传入了我的耳中。

我瞄了一下身旁的人群,发现他们全都露出了呆滞的表情抬头望向天空。这是个非常奇特的景观。校舍的二楼跟三楼也有许多注意到这架喷射机的人探出了头。围观的人出奇地多。

我想在更近的距离之下观看这架喷射机飞翔的模样,于是我让它在几乎与地面接触的高度贴地飞行。飞机瞬间划过我的面前,只留下引擎的咆哮在多普勒效应的影响下变得沉重。

没错,就是这种感觉。

这种感觉该如何形容?一旁围观的群众能够理解我心中的感受吗?

我觉得此时此刻的这个空间中,有两个我存在。

现在,藤泽浩纪这个人既是起降跑道前拿着飞机遥控器的男生,也是那架划破了空气、翱翔于天空之中的喷射机。我不是在遥控,我是我,同时也化成了天空中的飞机。现在的我,在这个短暂的时刻同时包含了两种不同的可能性,其中一半是天空中飞驰的生物,另一半则是双脚踏在地上的另一种生物。我抬头望着飞在天空中的我,同时也在空中低头俯瞰着双脚紧贴于地面的另一个自己。这是一种心旷神怡的意识分裂,多种不同的自我由此产生。我将此刻自己的心情传达给另一个自己,同时也接受另一个自己回传过来的情绪。这真的是一种很奇妙的体验。我并非将自己寄托在翱翔天际的飞机上,也不是与飞机融为一体,我只能用"自己体内的一部分可能在此刻飞离了我的身体"加以形容。

空中与地上的我,同时呈现两种不同的酣醉。

"喂,你发什么呆呀?"拓也的声音传入了我的耳中,"该换手了吧?"

我让飞机稳定飞行,示意让拓也接过遥控器。

让遥控器在飞机飞行中换手必须要有一点诀窍。我用手指固定着两个滑杆的倾斜角度,维持着这个姿势将遥控器递给拓也,让拓也的手指压在我的手上，然后我再让手指逐一抽离开来。以上这些动作必须在短暂的时间内完成。由于我们预先练习过好几次，所以遥控器易手的过程非常顺利。

当我从遥控器上抽出手之后，我的精神出现了短暂的恍惚。

抽手之后，我终于可以冷静地以旁观者的眼光观看这架喷射机。它划破天空的速度，有着与螺旋桨飞机截然不同的锐利感，这是一种足以让身上的每一个细胞觉醒的战栗感受。细长如火箭般的机体在风中撕开了一条逆向的航道。我感受到喷射机外圈的环状机翼削过了一层空气外皮，同时深入了我的心脏。那是一种身心袒露在外的感动，使我全身的细胞为之振奋。

我不禁仰头伸展着身体，任由高亢情绪的驱使而发出了一阵咆哮。

我的嘶吼融进了喷射引擎中的金属质音爆，转瞬间便消失在空气中。高分贝的引擎脉冲不知不觉引来了许多人从窗户里探出头来，四周传来轻轻的掌声。

我从拓也手中接过了遥控器。此刻我的肌肉一阵紧绷，被滑杆吸附的手指再度渲染了我的意识。

我畅快地在风中高速穿梭。

终于，某种异样的感受在我的心头浮现。那是一种仿佛预知自己将要感冒一般，根本找不出身体哪儿不舒服的违和感。

一会儿之后，我们才察觉到机体的反应早已变得迟钝。

"喂，浩纪，你不觉得怪怪的吗？"

拓也开口说话之后，引擎旋即发出了不和谐的哀鸣。

"糟糕!"

我们试图让飞机掉头紧急迫降,然而这个动作已经太迟了。引擎在半空中停止运转,飞机在两栋校舍夹道的空间中滑翔,然后消失在校舍的那头。

视线的彼方传来"锵"的巨响。

"掉到体育馆去了!"

我跟拓也惊叫出声,同时拔腿便朝着体育馆奔去。我们飞也似的绕过了校舍来到了操场这头,眼前就是我们的目的地。我们直觉那架失控的喷射机会撞上体育馆的墙壁或窗户,两人的视线于是扫过体育馆的正面。飞机不在这里。

远处传来了叫声。我们回过头,看到校舍三楼的窗户里几个人探出了头,他们齐手指着体育馆的屋顶。

"在上面吗?"

我于是又朝向校舍奔去,拓也则跟在我的身后。我们赶到了楼梯口,一步三阶地飞奔上了三楼,然后冲进了一旁的教室。那恰巧是没人使用的教室。这是一所位于人口稀少区域的乡下学校,教室没人使用的情况相当普遍。

我们冲到窗前,两人同时探出头去。

这栋有着银丝卷外形的体育馆上方,我们的飞机就挂在它的屋檐外缘。蓝色的飞机跟体育馆的水色铁皮屋顶出奇地相衬。仿佛我们的飞机迫降在一片大范围的滑水道上,正一路向下滑行。结构脆弱的机首整个被撞得烂掉了,似乎就是因为这个部分钩住了屋顶,才得以避免整架飞机摔到地上。

"啊啊啊啊!"

看到眼前这个景象,我跟拓也同时发出了一阵丢脸的哀号。接着几秒钟的空白里,我们就这么呆望着那架坠毁的飞机。

一会儿之后,一股夹带着轻松与滑稽的心绪涌上了我的心头。

这种不知为何而来的笑意搔弄着我的腹部。面对自己莫名的反应,我努力地绷紧了面部的肌肉试图压抑。然后我不禁转过头,看到一旁的拓也的表情竟然也跟我一样扭曲。

我们同时从喉咙里呛出了气息。

在彼此分别颤抖着身子持续了一阵窸窣的偷笑之后,我们终于耐不住性子放声大笑了起来。我们笑得几近疯狂。尽管明知眼前这个状况不是该笑的时候,我们却无法压抑自己心中这股奇怪的情绪。

我跟拓也各自靠在铝窗窗边和桌子前,弯着腰笑到喘不过气来。

"唉……"

拓也笑累了之后发出了叹息,然后他开口说道:"我们真是默契十足的搭档呢!"

那是我人生中截至今日的三十一个年头里最让人感到亲密,同时也最能温暖心灵的一句话了。

之后我跟拓也一起被叫到了教师办公室狠狠地被训了一顿。站在我们面前的老师严肃地告诫我们不要再有这种危险的举动。这天深夜,我们两人偷偷地潜入了学校,那时天空下着雨,我们趁飞机没被大人拿走之前将它取回。

5

每当我回忆起佐由理,脑中必然总有几个伴随着她同时出现的场面。其中之一便是以南蓬田车站为背景,我巧遇了这个少女的往事。

南蓬田车站是距离我们中学最近的车站。它在津轻线铁路中算是较大的一站。然而,车站里不过也就只有两个月台,而检票口也只有回程月台前的一列。如果想要搭乘去程的列车,那么非得从横在两座月台上方的铁皮便桥走过去不可。

车站里月台上旅客面前的景色,尽是一片稻田、杂木林,还有被民宅稀疏点缀的田园风光。总之,这条铁路线是普遍存在于国内各乡下、永远处于亏损状态的那种路线。检票口前设置了一间木造的候车室,冬天室内总会点着装有燃料的电暖炉。若要说这样的光景就是雪国的特色,那应该没有人会反对吧。

像我们这样的中学生除了骑自行车之外,几乎都是利用这条铁路线当作上下学时的交通工具。虽说是多数学生利用的铁路,不过这毕竟是一所乡下的学校,所以人数之少也许不难想象。我跟拓也每天都得花上四十分钟的时间搭乘电车上下学,而佐由理也是一样。

我记得那是在初二的尾声,大约是遥控喷射机事件过后一年半的事。我不记得确切的日期,不过应该是在学期结束的前两天吧。

我们学校的学生把下午三点半驶进车站的电车称为"放学电车",五点半的电车称为"社团活动电车"。我跟拓也每天搭乘社团活动电车回家。拓也参加的是竞速滑冰社,而我是弓道社。我们每天都热衷于社团活动。

每当电车进站的时刻,我跟拓也总是站在同样的位置等着对方一起从同一扇车门上车,然后占据那个永远属于我们的位子。无论天气多么寒冷,我们从来不曾躲到候车室,始终遵循着我们之间这项不成文的约定。

因为只要站在月台上,即便是在车站外头还是可以看到对方的身影。

那天傍晚,我一如往常地站在去程列车的月台上等着电车,还有结束社团活动的拓也。那是个晴天,我穿着短袖夹克抬头望着天空,注视着夕阳浓烈的橙红色一点一点蚀去蓝天白云的光景。我呼出来的气体遇冷而化成了一团白色的水汽,在眼前扩散开来之后被风吹散。

几位女生嬉笑打闹着一起通过了检票口,我闻声朝她们望去。

我之所以会产生这样的反应,是因为佐由理的声音。佐由理的身影抓住了我的视线,然而我又在瞬间连忙移开了眼睛,只用眼角的余光追逐着这个女生。

"还有几分钟?"

"还来得及啦。"

我似乎隐隐约约地听到了佐由理与朋友之间的对话。毕竟这条铁路的班次非常稀少，要是错过的话，那可得再等上好一阵子了。

那时的佐由理绑着两条麻花辫，尽管风格朴素，却很适合她当时的模样。那天她身着一袭连帽风衣，围着围巾，笑容满面地跟朋友谈笑着。

我之所以会记得这样的画面，那是因为这样的景象在我的记忆中并不多见。

她们通过了检票口，确认过列车还没有进站便随即躲进了月台旁的候车室。在她们离去之后，我紧绷的意识才得以松一口气，缓和了下来。

仿佛铁皮便桥净空之后下一个人才得以通行一般，桥上又响起了一阵皮鞋踩在铁质地板上的规律的脚步声。是拓也来了。他将两罐从自动贩卖机买来的咖啡拿在手上。那两罐咖啡偶尔也让他觉得烫手而在手掌与指尖中传来传去。他下了便桥来到月台的同时，旋即将右手上的那罐咖啡抛给了我。热腾腾的咖啡落到我冻僵的双手中，我险些因为耐不住高温而松手。我跟拓也前一天打了赌，这罐咖啡便是我从拓也那边赢来的奖品。

拓也喝了一口咖啡，视线毫无意识地只是停留在对面的月台，开口对我说道："浩纪，工厂那边你下一次预计什么时候去？"

"嗯，对啊……"

这个时期的我们都瞒着学校偷偷打工。

"社团活动到明天为止，所以大概后天吧。你呢？"

"我们滑冰社明天的晨间练习也是最后一天，那就后天吧。"

"好啊。"

我们就读的这所中学，大家基本上了三年级之后就会退出社团活动,原因当然是为了专心念书考高中。不过我跟拓也还是趁着空闲时间在外面打工。平日在学期中都只有周末才能过去,不过后天开始就放寒假了,可以全身心投入工作。

我们针对隐瞒打工的蒙混方法演练了几套说辞,然后便静静地等待列车进站。我们两人基本上都不是多话的个性,所以常常会有这种静默的时刻。

听到列车进站的铃声响起,我稍稍前倾过上半身,探头遥望笔直的铁路那端,等待小小的列车车灯浮现。车头随着距离拉近变得越来越清晰,钝重的车身缓缓滑进了车站。在一阵金属的摩擦声中,列车停了下来。我透过车厢两侧的玻璃看到对面月台检票口处,佐由理跟她的同学们慌慌张张地跑上便桥的模样。我的注意力下意识地凝聚在她们上下便桥时踩踏铁皮所发出的急促脚步声。

直到拓也将空咖啡罐投入了垃圾桶中发出哐当的声音,我才察觉到自己手中的咖啡只喝了一半。我连忙将其饮尽,隔着一段距离将空罐抛向垃圾桶。罐子碰到桶缘差点就弹出来,还好最后顺利地掉进了垃圾桶。

我回过头。佐由理跟同学们用朋友间亲密的小动作嬉笑打闹着,从我的视线外缘走进车厢。

"我们上车吧。"

听到拓也的催促,我慌忙地追在他的身后朝着车门走去。

就在进门之前,我不经意地抬头看了看此刻已经是整片橙红色的天空。

车窗外头,那座高塔在形状纤细的云层包围之下,依旧出现在北方的天空之中。它就像刺穿了整个大气层一般,晕染上了夕阳的余晖,耸立在远方民宅聚集的瓦砾上方。也许就是这种只能远观却无法触及的东西才会让我深深着迷吧。

我跟拓也依旧占据了车厢中两张对坐的双人座椅,两个人四只脚非常没有坐相地翘在对面的椅子上。我们用一成不变的坐姿坐在每天固定的这个位子上。拓也翻阅起了麦金塔的主题计算机杂志,而我则摊开一本比起大都市总会晚一天才到货的《JUMP》漫画周刊消磨乘车的时间。

我们在车上多半不会交谈。这种静默的空气总是非常自然地围绕在我们的身边。我知道很多人的嘴巴连一刻都安静不下来,不过我却无法理解他们到底为什么感到不安,非得开口说话不可。我跟拓也之间这种静谧的气氛反而会带给我一种安定的闲适心情。除此之外,电车奔驰的规律震荡以及周围乘客的对话也是让我感到愉悦的要素之一。窗外的景色逐渐变得朦胧,在整片寂寥的夜色笼罩之下,被疏落民宅点缀的田园风光逐渐消失,此时镶在车厢窗框里的玻璃就好像一面镜子,模糊地照出了我的模样。透过这片玻璃,我仿佛能够清楚地感受到自己所处的这个时空。这种感受让我有一种难以言喻的亲密感,让我觉得自己被仔细地呵护着。

这天,一股不安的情绪悄悄地涌上我的心头。我全身上下的每一寸肌肤为此紧绷了起来。起初我完全无法理解这种感受究竟从何而来。然而,这股不安的情绪一下子化成了声波传入了我的脑中。

那是佐由理的声音,她的声音混在那群女生的对话之中传到了我的耳里。佐由理之外的其他女生，她们的声音都夹杂在其他各种杂音之中变得模糊，只有佐由理所说的话，以非常清晰的波形传到了我的耳里。她的声音穿过了车厢内所有的杂音深入我的脑中，我不知所措起来，一种叫人不禁瑟缩起身子的不安同时包裹了我全身。

我试图假装平静，刻意将自己的注意力挪到窗外的夜色之中。窗框内的玻璃映出了拓也的脸。他的视线依旧停留在杂志上，只是此刻的我却也可以从他身上读出他心中鲜少出现的紧张情绪。

忽然间，我仿佛知道此时的拓也耳中也只有佐由理的声音。

这是一种几近笃定的直觉。我的胸口瞬间涌上一股深刻的苦楚，肺部因而急剧地一阵收缩，两颊的肌肉随即紧紧地扯住了上下两侧的颌根。

那是一种不言而喻的挫败感。因为我的对手拓也，是个非常聪明的男生。而我，是那个被女生们放在拓也旁边比较之后绝对不会考虑的对象。

除此之外，其他的原因当然更是不胜枚举。

6

翌日，毫无意义却漫长得令人感到厌烦的结业式终于落幕。我换上了运动夹克朝弓道场走去。虽然社团活动到今天早上的晨练就已经结束了,不过我却想再多拉几下弓箭。

射箭这项运动反映了我的个性。

同样的空间里只有我跟箭靶,我让自己的意识笔直地朝靶心飞去。在这样的意念之下,我跟靶心之间便会闪过一道锐利的直线。

每当这个时候,周围的景物跟杂音会完全消失,我将得以进入一种浑然忘我的境界。这种心境每每让我产生一种错觉,觉得自己跟箭靶合而为一,甚至我成了箭靶,箭靶成了我。这个瞬间,我于是成了箭靶狙击的目标。

我在这一刻获得了无比澄澈的心境。

远方一阵干涩的声音响起,提醒我对面的靶心已被箭矢贯穿。

当然,不是任何时候都可以这么顺利。我心中偶尔也有无法除去的杂念,出现箭矢偏离靶心的状况。这种时候射出去的箭当然无法漂亮地击中靶心。

尤其是最近这一阵子,我完全没办法集中精神。杂乱的思绪在我的脑中不断疯狂地乱窜,只是身体还是记住了射箭的技巧,飞出去的箭矢并没有偏离靶心太远。唯一的差别只是那种澄澈的心境不会出现罢了。

我消耗了所有的注意力,正打算退出射击线而转身,就在这个时候,我透过弓道场的窗户看到了拓也探头窥视着练习场。

"我来见习。你现在要射箭吗?"

"不……刚好要休息。今天状态不好。"

我们赶在福利社关门前买了三角包装的咖啡牛奶,走到操场边的饮水区旁坐了下来。

"明明我们就要退出社团活动了,结果你今天还去练习呀,真是投入。"拓也一手用吸管戳破了三角包装的牛奶同时开口说道。

"没什么投入不投入的。你呢?"

"我怎么样?"

"今天早上的社团活动毕竟是最后的晨练,应该发生了不少事情吧?没有什么特别的聚会或是欢送之类的活动吗?"

"噢,有啊。"他接着开口说出令人感到震撼的内容,"活动结束后,有女生为了当作退出社团活动的纪念而跟我告白了。"

"什么!又来了呀!"

"嗯。"

拓也用他平淡的口吻继续讲述当时发生的事情。在晨练结束之后,他被三个平常便十分要好的女生叫住,一位姓松浦的学妹递上了一封信,之后又说了很多怎么样怎么样的话……当然拓也不是会把这种事情随便跟其他人讲的人。他会提起这种事,就只有跟我两个人在一起的时候而已。说这种话的拓也从来不曾带着什么骄傲自满的表情,因为这种事情对他来说并非什么值得骄傲的事。

我叹了一口气然后开口说道:"真叫人羡慕。你这是第几次啦?"

"也没有几次吧!四月到现在也不过第二个人而已。"

"够多了啦。"

"噢,也许是吧。"

拓也把手伸进裤子口袋里摸了摸,然后取出一只打火机。我知道他烟瘾又犯了想点烟,什么话也没说便直接踹了他的鞋子。我的举动让他想起自己身在学校,于是将准备掏香烟的另一只手从口袋里抽了出来。

"然后呢?"我问。

"什么?"

"你这次也回绝了那个女生吗?"

"嗯。"

我将空牛奶包用吸管吹得鼓鼓的。

"真是暴殄天物呢!那个叫松浦的女生是一年二班的松浦吧?她长得很可爱呀……真是太可惜了。"

尽管我当时是直觉式地将这句话脱口而出,不过事后回想起来,我也许在无意识之间想借着这句话试探拓也的想法。

"你这家伙真的这么想吗?"

他劈头便接过了这么一句话,让我的心脏瞬间抽了一下。

"是啊。她很受欢迎呢!而你就这么把她甩了,一般人都会觉得没道理吧?"

"我才不管一般人怎么想呢!"

他将打火机放在手中"咔嚓、咔嚓"地玩起了滚轮打火石。

"既然你这么说,那要不要干脆让你跟她交往呢?"

他唐突地冒出这么一句话。

"什么?你这个结论怎么来的?"

"如果换成是你,你会跟她交往吗?"

经拓也这么一问,我沉默了。

"松浦可奈呀,她确实是很可爱,也是个很乖的女生。这点我当然知道,我也有同感。不过光有这样的观感没办法构成交往的条件吧！"

"嗯……"

"男女之间交往的真正要素，我觉得应该落在更重要的环节上，跟暴殄天物或是可惜之类想法一点关系也没有。你也这么想吧，浩纪？"

"……嗯，确实是如此。"

我回答时稍微压低了音量。他的见解非常有道理，而我却只能说出人云亦云的廉价观感。

"所以说呀，"他窥视着我的表情开口说道，"干脆你去跟松浦交往算了。"

"不不不，我早说过这种结论有问题嘛！"

"这么说松浦也不是你愿意交往的对象啰？那谁才合你的意呢？"

在拓也问话的瞬间，我的脑中浮现出了佐由理的脸庞。我旋即抛开了这个意识，但是依旧支支吾吾无法作答。

"嗯……那个……"

"到底怎么样？快说！"

此时拓也脸上浮现出了带着恶意的笑容。看到他这副表情我于是明白了，这是他对我方才出言试探他的反击。我胡乱搪塞了过去，然后刻意地说出了违背实情的答案。

"哎呀，那个……其实松浦也不是不行啦！毕竟她长得可爱呀……嗯,不过话说回来，我又不知道要怎么做才能跟她交往。所以呀，该怎么说呢……我可以接受松浦呀。"

拓也一脸得意地哼了一声，继续把玩着他手上的打火机。他对我丝毫没有条理的说话方式仔细地玩味了一番之后转头面向我，在我耳边低声说道："我说啊，被告白的人不是你吧？"

"不是你这么问我的吗？"

"哈哈哈！要你装出这种来者不拒的态度简直比登天还难呢！哈哈！"

面对恼羞成怒的我，一旁的拓也依旧维持着他那副诡异的表情大笑了好一阵子。

这种愚蠢的对话在我们日常相处的过程中其实是常常出现的，所以这个话题没多久也就被轻松带过了。不过事后回想起来，我们当时的对话内容其实非常危险。

拓也相当受同学的爱戴，个性也非常稳重，带有一种吸引人的气质。一般来说，这种人其实身边都没有什么需要烦恼的事情，问题是拓也是个好人，是个为人处世可靠、个性一本正经的家伙。在我的观念里，认真的思考模式对于一个人来说其实非常重要，也非常难得。

这样的拓也，他的目光总是被佐由理吸引。为人正经的他，总是以坦荡荡的方式表现自己对佐由理的感情。他跟我不一样，不会像我一样闪烁其词，故意装作自己对佐由理没有兴趣而含糊带过这类的谈话。

他这种为人处世的方式让我真的非常欣赏他。他是我不可或缺的挚友。

我是个对待别人一律都很和善的人，因此无论跟谁的关系都相当和睦。在班上或其他场合我都有许多玩伴，我常常会跟这些朋友厮混一整天。不过跟拓也相处的时间却跟那种平凡的友谊不同,是十分特别的关系。

我不想伤害我跟拓也之间这种特别的情谊。这种心情比起我被佐由理吸引的感情要来得强烈——至少现在这个时刻是如此。

我觉得在我心中的这把量尺,似乎有一天会给我截然不同的答案。我对此感到恐惧,害怕得不能自已。

除此之外,拓也是个十分敏感的人。他一定也已经察觉到我被佐由理吸引的事情了。早在这个时候,我们两人之间的深刻情谊已经萌生了某种微妙的紧张关系。

*

我跟拓也第一次邂逅这名叫作泽渡佐由理的女生是在初二那年。

不对,正确来说,在这所小规模的学校之中,我们不可能到二年级才知道有这样的一个女生,只是我们之间没有交集罢了。在我们升到二年级之前,这位女生对我们来说连名字和长相都对不起来,只是个同年级的女生,根本不能说是认识。毕竟要跟别班的女生成为朋友,唯一的机会就是社团活动。不过佐由理参加的是音乐社。

当我们上了二年级,整个学年重新编班。我跟几个一起嬉笑打闹的朋友都分到了别的班级去,这让我非常失望。不过值得庆幸的是,我跟拓也在二年级依旧是同班同学。就在新学期的学年编班表前,我跟拓也面对面地示以微笑,像擂台上钟响后的拳击手彼此轻触了对方的拳头。

在我跟拓也的新班级中，出现了佐由理的身影。

她是个非常美丽的女生。然而在男生之间却从来没有听过"泽渡很可爱""是个美女"等这类赞许她容貌的传言。

该怎么说呢？佐由理的美是一种内敛的气质。就好像戴着耳机的人，美丽的音乐只会飘荡在他的心中，不会扩散到外面的世界。佐由理的美就是这种类型。所以，如果没有带着深刻的意识仔细地观察她，并不会察觉到她身上那种耀眼的特质。佐由理的这种特质，跟无论做什么都自然地散发出一股迷人风采而受到瞩目的拓也比起来，恰好成为一种极端的对比。

就在我察觉到佐由理这种内敛气质的当下，我有了一种非常不可思议的感受。为何所有人都没有注意到这个女生出众迷人的风采呢？为何每天都会看到这位如梦似幻一般的女孩子，众人却没有产生些许的骚动呢？

不过说归说，尽管佐由理的气质让我十分惊艳，我却也不是在看到她的第一时间就察觉到她这般吸引人的特质。佐由理给我的这种印象，是在某个机缘之下，我们之间的关系变得亲密使然。

二年级的现代语文教科书中收录了几首宫泽贤治的诗歌。在我们班上负责教这门课的老师姓吉鹤。这个人每当开始上课的时候仿佛当下就换了一张脸似的，不但在态度方面一下子变得积极，就连嗓门跟说话的速度都会马上展现出非凡的魄力。

在这位老师的观点之下，宫泽贤治是一位非常伟大的诗人，他还说既然我们懂日语就应该要熟读宫泽贤治的所有诗歌。他执教的明明是一所中学，却影印了不知道哪一所大学的论文期刊发给学生，要我们去念。他还要我们做大学的报告，学期末更要我们以团体研究的方式提交报告。

结果那份报告是我跟拓也还有佐由理三个人一起做的。

会出现这样的组合完全出于偶然。我跟拓也本来是打算两个人一起做的，不过刚好分组的那天佐由理请假，而我们这组又是班上人数最少的组别，于是佐由理便半强制性地被分配到了我们这组来。

"那家伙是因为年轻时的文学志向未达成才会变成这样吧？"

拓也坐在图书馆里的书桌前单手撑着下巴开口说道。他口中的"那家伙"指的便是我们的现代语文老师——吉鹤。

"是啊，真是够了。这东西怎么会是中学生该做的习题啊！"

我跟拓也一个鼻孔出气，两人不满地抱怨着。

佐由理看着我们笑了出来，然后开口说道：

"宫泽贤治可是拥有很多忠实的诗迷呢！好多人对他的作品喜欢得不得了。虽然不知道吉鹤老师是什么情况，不过听说文学社有不少人就是单纯为了研读宫泽贤治的诗歌而入社的。"

"真的假的……"

我听着佐由理的声音，心中不禁泛起了悸动的涟漪。

她单独跟我们两个男生在一起，却完全没有任何不悦的神情，或者是害羞的神态。这让我感到十分意外。我一直认为女生身旁要是没有时时刻刻跟着一个同性的朋友，她们就会觉得不安。然而佐由理却似乎是个完全不怕生的女生（至少现在的她看起来是这样）。面对我们语带抱怨的言论，她可以如此从容地插话进来，这举动让我感到有些讶异。

"不过你们说归说,其实都还蛮喜欢吉鹤老师的吧?"

听到佐由理如此唐突的诘问,我跟拓也不禁互看了一眼,然后转头盯着她。我是不知道拓也怎么想,不过佐由理这番话其实完全说中了我的想法。

"为什么你会这么想?"拓也问道。

"因为我觉得你们跟吉鹤老师应该是同一种人吧!你们都拥有让自己全身心投入的事物,总是随时都会沉醉在那些事物之中。我觉得你们在这方面很像,应该会有亲切感吧?"

"嗯……"

我无法作答。佐由理提出的观点相当敏锐且切中核心。

"泽渡以前就对我有相当的了解吗?"

"嗯。"

"为什么?"

"就是你们去年做的那个东西嘛!嗯,那个……"

佐由理摊开了右手手掌,掌心左右微幅摆动地缓缓划过了我们眼前。

"……是文化祭呀。"我终于理解佐由理的这个观点从何而来了。

"嗯,很棒呢!那东西是你们两个人做的吧?"

"是啊。"我愉悦地点点头。

"今年不做了吗?"

"今年不做。"拓也说,"一方面同样的东西做多了没什么意义,再加上我们已经开始着手制作别的东西了。光是那东西已经让我们忙得不可开交了。"

"别的东西？那是什么？"

"秘密。"我搭了腔。

"是秘密呀……"佐由理嘟起了嘴，然后又开口对我们提出质问，"男生之间的友情是什么样的东西呢？"

"什么？"

（这女生没头没脑地问的这是什么问题呀！）

我带着惊讶的反应回给佐由理一个反诘的意念。

"因为你们两人非常要好嘛！我总是看到你们在一起。像你们这样的友谊到底是什么感觉，这让我觉得好奇。"

"这个问题我们也不知道该怎么回答，而且我们也不是任何时候都在一起呀！"拓也答道，"浩纪有浩纪的朋友，我也有我的朋友。再说，朋友之间相处的感觉，是男生是女生应该没什么不一样吧！"

"是吗？"佐由理的声音变得有些低沉，"我觉得不一样呢！"

她如是说着，却又没有表现出追问的意思。

"嗯。"我没有特别的意思，只是作声予以回应。

说实话，这个时候我心里有点觉得佐由理打扰了我跟拓也相处的时间。虽然她并非真的不懂礼仪，不过她口中有些思虑不周的提问让我感受到了些许的危机感。

说得坦白一点，只有我跟拓也在一起的场合会比现在来得轻松许多，然而佐由理的介入却好像有些什么东西不对劲儿了一般。我觉得我跟拓也是一对无懈可击的搭档，在我们这对搭档之中却混入了一种不属于这份情谊的东西，也就是这个女生。我觉得她的出现，让我跟拓也这对完美的搭档产生了微妙的改变。

现在回想起来——虽然我一直都不是那种特别敏感的人——当时的预感真的没有出错。

时间来到两天后的星期天。我们三人结束了早上的社团活动之后来到拓也家,打算继续完成我们的现代语文报告。拓也来自单亲家庭,而他的父亲礼拜天一整天都会埋头在主屋隔壁的独立工作室里,于是我们得以轻松地聚会讨论作业。

佐由理住在学校附近的中小国车站那边,离学校很近。她原本提议要我们到她家一起去做报告,不过我跟拓也完全不假思索地便回绝掉了。哪有两个大男生这么不害臊地跑到女孩子家里去?不过话说回来,佐由理仿佛完全不介意这种事情一般,对于来到没有大人在的男生家里丝毫没有表现出任何抗拒的意思。

"这女生还真是够奇怪的……"

我跟拓也事后针对这点稍微探讨了一番。对于我们这种正处在青春期的男生而言,这样的女生真的是很不可思议的。

拓也家跟我们家很像,是一栋和风的古典式建筑。我和佐由理跟着拓也穿过神明厅,来到了隔壁房间,然后拓也卖力地从另一个房间搬了一张低矮的大桌子进来。我们于是将从图书馆借来的资料跟我们的笔记摊放在桌上。

佐由理将腿屈到了一边,以轻盈的动作坐了下来。这么几个动作表现出了她已经自然地融入了当下的环境跟气氛中,理所当然地坐在我们的眼前。此时的佐由理看起来非常放松。

下一刻，这个女生忽然将手放到了她的膝上，缩起了肩膀歪着头开口说道："奇怪，我总觉得现在这个场景我好像之前做梦梦到过……"

她说话时显露出完全没有防备的态度。

也许就是这种态度撼动了我心中的摆锤。

我的心开始微微地动摇。

她说她喜欢宫泽贤治。这份报告在她的主导之下进行得非常顺利。

她的脑袋好得令人咂舌。我跟拓也脑袋方面的构造基本上都是为理科而生的，无论是数学还是理化方面我们的成绩都相当出色。不过佐由理恰巧跟我们相反，她在文科方面展现了天赋。那些吉鹤老师发的、完全不是中学生可以应付的近代文学论文，佐由理非但可以轻松地理解，并且看完之后还能扼要地整理出其中的内容。她这样的表现让我们打从心底感到佩服，而报告也几乎都是依照她的指示完成的。

不过我真正觉得了不起的是，佐由理谈论她喜欢的书时，那种能言善道的表现跟平常的她几乎判若两人。在她叙述自己对于那些书籍的观感之中，总是让我感受到满怀着同情与亲切的那种感同身受的情绪。

"我很了解宫泽贤治哦。"

像她这么认真地熟读宫泽贤治的文章，我想宫泽贤治会觉得很欣慰吧。

"宫泽贤治呀……"

我将自己对于这种难以理解的文章累积在脑中的无奈情绪连同

叹息一并吐了出来。

"我连自己喜欢谁的文章这种事情都从来没有想过呢!"

"浩纪跟拓也平常都看些什么书呢?"

"我都是看些与计算机或物理相关的书籍。"拓也说完用他左手的大拇指指着我接着开口说道,"这家伙都只看漫画。"

"才没有只看漫画呢!"

"那你说说看你最近看了什么书呀。"

"好啊!"我想了一下开口说出了《研磨技术详解》,然后对于这本不甚高雅的书感到羞愧。

"那是什么书呀?"佐由理带着一脸不可思议的表情问道。

"那是解释刀刃研磨方法的技术性的书。"我说,"主要讲的是活用车床加工之前的磨床使用技巧,还有刀具、菜刀之类的研磨方式……"

"可以磨菜刀?"佐由理带着讶异的表情看着我。

"菜刀当然可以磨。这种事情没什么好惊讶的,谁都做得到。"

"好像很厉害的样子,我大概做不来吧。原来男生都看这种书呀!这些知识应该可以在很多地方派上用场吧……"

"错了,错了,这家伙跟一般人不一样,其他男生不会看这种书的。"拓也半开玩笑地说道,"浩纪其实是个怪家伙。"

"明明你自己的兴趣也没有好到哪里去!"

佐由理看着我们笑出了声。她的笑容总是可爱得能撩起我心中的情绪。

"好像很有趣的样子。我就只看文学方面的书籍,只要是这类的书,什么我都会看。"

毕竟佐由理在文学方面真的有她的长处,她这么说的话,大概什么书她都能看得懂吧。

此时,我不禁想到了一个问题,于是开口问道:

"佐由理为什么会喜欢看书呢?嗯,像我看书只是因为需要借助书本解决我在技术方面碰到的问题。那你呢?"

"你的意思是我看的那些书在实质上并没有什么特别的用处是吗?"

"嗯,差不多吧。"

"为什么呢?"佐由理歪着头,"我喜欢那种在看书的时候忽然涌上心头的感受。我大概是为了这种感受而看书的吧……"

"忽然涌上心头的感受?"

"一种抽离感。"

"……什么抽离感?"

"嗯,现在我们周围的一切其实就是我们生活中的全部。我们身处在这样的现实里面。"她说,"不过当我在看书的时候,我会觉得自己好像从现实世界消失了,我所处的世界只剩下我跟书本的内容而已。会有这种感觉的人只有我一个人吧?"

"不见得哟。"拓也接过佐由理的话开口说道,"当我为了什么事情投注所有的心力时,我也会有这种感觉。"

"是吧!"佐由理说,"不过我觉得你说的跟我的情况好像有点不一样。我看书的时候,会觉得自己抽离了现实世界,进入到了书本所描绘的内容里去了。"

"佐由理,你在看这种书的时候也会有那种感觉吗?"我翻阅着《春天与修罗》这本小说,转身向佐由理开口问道,"这本书在写什么我真的完全看不懂呢!"

"嗯,会呀。"

"真的假的?会沉浸在'不挫于狂风,不屈于豪雨'的世界里面?"

"我并不讨厌这样的内容呀。"佐由理咻咻地笑着。随后她则表现出一副正经的模样默诵起了一首诗。

"尽管婴疾而手足萎靡,我仍是那筑塔之人。"

"塔?"

"嗯,塔。"她点点头,然后视线又回落到了手中的诗集上去,"一波波向着名为'过往'的黑暗中奔流而逝的时间之潮,因群塔灿烂的光辉而永见于世。"

"什么意思呀?"拓也问道。

"这是一首叫作《尽管婴疾而手足萎靡》的诗,是宫泽贤治死前的作品。我最喜欢这首诗了。"

"现在你念出来的这个部分是什么意思呢?"

"这个我也不太清楚……不过我觉得他大概是想要传达自己不会就此消逝的意念吧……"

"听起来好像是在形容北方的那座高塔一样。"我不禁将自己的感想脱口而出。

"对呀!那座高塔耸立在那边好像也有百年以上的历史了。"

佐由理伸出食指轻触着斟了麦茶的玻璃杯,让杯中的茶水微幅摆荡。

"所谓书这种东西,是永远不会消逝的记忆。"佐由理接着说道,"如果宫泽贤治的书百年之后还有人刊行,而我们也持续地研读他的作品,再加上吉鹤老师这样的诗迷,那么宫泽贤治这个人即使早已不在世上,今后他依旧会活在人们心里吧。我想,像我这样的人一定马上就会被人们遗忘,再也不会出现在谁的回忆里面了。虽然现在学校里有同学和朋友陪伴,我每天都过得很快乐,不过一旦毕了业,大家就要分道扬镳,便再也没有人会想起我了……"

佐由理这番话让我感到十分震惊。拓也的表情大概也透露出了他心中同样的反应。这般严肃的话题,加上我们之间不甚亲昵的关系,佐由理的言论完全出乎我跟拓也的意料。

她方才说话时的语气并没有带着任何悲哀或是寂寞的情绪,只是以非常平淡的口吻诉说这样的感受。这种态度反而让我们感受到了佐由理心中那份坦然的想法。

所谓坦然其实是一种非常骇人的表现。带有玩笑意味的或是轻佻的语气并不会给听者带来压迫感。然而,这种率直的言论听了却让人觉得格外坐立难安。

"应该不会这样吧……"我在这种非得说些什么以缓和场面的压力下开口。

"是吗?不过我觉得会!因为如果是我,毕业以后一定会在不知不觉之中,慢慢地把这些一起相处过的同学跟朋友都给忘掉。我知道自己未来会这样,所以也能够想象其他人也会把我忘掉。我想这其实是没办法的事……"

我试图不让自己心中的情绪在外表上显露出来。不过,此刻的我其实受到了相当大的震动。原来女生一直都在思考着未来的事情吗?真是奇怪的想法。我的脑中永远都只有现在要做什么,明天又要做什么而已。

　　总而言之,佐由理这样的言论让我受到了相当大的冲击。这让我觉得,光是佐由理今天给我的感受,我就无法如此轻易地忘怀。

我想我永远不会忘记你的。

　　这句话在我的脑中盘旋,一直犹豫着该不该在这个时候说出口。不过这种像八点档连续剧里台词的话语,终究还是无法钻出我的喉咙。于是我沉默了。

　　不过事后回想起来,我当时还是该说的吧。

　　几天后一次现代语文的课堂上,佐由理被吉鹤老师点名朗诵宫泽贤治的《诀别之朝》。她口中宛若琉璃一般透亮的声音,衬着诗歌里初雪一般的白皙印象,交织出了一种和谐的韵律。

　　几年之后回想起那天的事,我才发觉,也许佐由理当时一直在跟我们求救。她希望我们带她离开这里,带她到某个不属于这个时空的"约定之地"。我不知道她为何把我们当成求救的对象,不过坦白地说,当时能够带她离开那个时空的人,大概就只有我跟拓也两个人而已了。毕竟她是个感受敏锐的女生,也许真的预知到了这样的事实也说不定。

然而当时的我们都太过幼小,永远都只想着自己的事。就我们当时的年龄来说,这其实也是没有办法的事情。不过我依然会想,要是我们能够早点察觉到佐由理的声音,也许日后我们三人之间的关系就不会是今天这种结局了。

一想到此,我心中便涌出了一股难以承受的哀恸。

*

在操场边的饮水区挥别了拓也之后,我又回到了弓道场。我还想再多射几箭。

在四下无人的射击区,我拉弓对准了远方的靶心,集中了精神……

"男女之间的交往,不可能只取决于女生长得可不可爱吧?"

"应该有更重要的因素才对。"

"你觉得谁是你愿意交往的对象呢?"

拓也这些令人难以反驳的说辞成了我脑中挥之不去的杂念。

我的箭射偏了。这一定是因为我的个性不够正直。

"泽渡……"

箭矢击中箭靶发出的悦耳声音传到我的耳里,然而箭矢的落点却偏离了靶心。

在结业式跟班级活动的那天,所有的学生早早就回家了。下午三点钟过后的南蓬田车站几乎看不到人影。

我将手伸进短夹克的口袋，半闲逛着跨过了月台间的便桥。当我差几步路到达便桥通往月台的楼梯前时，刚好从桥上的窗外向下看去，其中的景色让我不禁驻足。

月台上有个女生手拿着本书，边看边等着列车进站。

是佐由理。

我的神经一下子绷了起来。当然不能就这样一直站在原地不动，于是我迈开脚步往月台走去。不知道什么原因，我走下便桥的时候刻意地压低脚步声。

我想我那个时候一定相当害怕。我跟佐由理之间没有共同话题，这么相处下来，我们之间的气氛一定会马上僵住，然后我就会被她当成无聊的人看待……种种类似的不安情绪钻进了我的脑中。我是个胆小的男生。

我想除此之外，佐由理这个女生本身就是让我觉得害怕的原因吧？我觉得她这个人会强行介入我的人生，让我不得不为她发生改变。每当她一走近，然后对我伸出她那白皙的双手，我就觉得自己的心灵仿佛是乐高积木般在她的掌心里被拆卸重组。不过也许只要拓也一如往常地待在我们身边，那么我们之间也就不会缺少话题，我也可以轻松地叫住佐由理吧……

没错，这跟拓也有关系。在我的心中，存在着少许礼让拓也的念头……不对，也许这种说法只是个借口，我根本只是单纯地想要避开佐由理。

我于是就这么站在离她十五米远的地方，将视线投射到远处。然而我的脑中还是无法抹去她的身影。

佐由理翻书时干涩的摩擦声传到我的耳里。这声音让我不禁朝她看了一眼。她跟昨天一样在脖子上围了一条围巾，身上套着同一件连帽风衣。冬季午后晴朗的天空中，澄澈的空气里时而可以看到她口中呼出的白烟。温度虽低，但是她看起来并不觉得寒冷。也许此时的佐由理正热衷于阅读书本的内容，因而感觉不到寒意。她的站姿让我着迷。候车时的月台上总会有许多站着看书的人，但是佐由理没有像他们一样低头驼背，而是挺直了腰杆将书本捧在眼前。她有着一双水汪汪的大眼睛和深邃的瞳孔。那对眼眸偶尔会骨碌碌地灵巧转动。这不过是一瞬间的小动作，然而她这般细微的举动也都映入了我的眼帘，然后……我察觉到她的目光忽然转移到了我的身上。

"藤泽。"

佐由理收起了书本，同时面带微笑地叫出了我的名字。她仿佛诠释了"毫无芥蒂"这个词的含义，脸上的笑容瞬间驱散了当时尴尬的气氛。我感到自己的脸颊泛起了一阵红潮。我红着脸，对于迎面而来的微笑感到不知所措。佐由理小跑着朝我这边靠了过来，而我也相对地朝她跨了三步左右。下一个瞬间，我跟佐由理之间只剩下半米左右的距离，这个距离让我尴尬得不知如何自处。

"我才想要叫你呢！"我一句话试图蒙混过关，"泽渡今天比较晚回家呀！我还以为这班电车只有我一个乘客。"

"嗯，我因为练习，所以晚了一点回家。"

"小提琴吗？"

"嗯，因为我拉得不好，所以水平比起其他人要落后许多。"

说完后她带着不可思议的表情开口问道："你今天没有跟白川在

一起吗?"

"是啊,我也是参加社团活动。"

"你常常一个人射箭嘛!"

"咦?为什么你会知道?"

我的心情越来越无法平静,于是转身面向了对面月台。

"我常常经过弓道场附近。明明不是社团活动的时间,可是却可以听到有人射箭,所以我就绕过去看了。"

"因为我常常静不下心来。如果有其他社员在旁边,我总是没有办法集中精神,所以我到现在技术还是很糟糕。"

"那跟我一样呢!"

轻松开朗的氛围从身旁扩散开来。我察觉到列车即将进站,于是别过头朝着铁轨的彼方望去。白色的柴油引擎电车在我焦急的视线紧盯之下滑进了月台。我知道佐由理的目光始终落在我的身上。

我跟佐由理从最后一节车厢的车门走上了列车。

佐由理没有坐下,只是靠在客车跟驾驶舱之间的隔墙上。我站在她的身边,也跟着一起靠在墙上。

"明天就是暑假了,你打算怎么过呢?"佐由理开口问道。

"我要跟拓也一起去打工。"

"打工?真好,我也想试试看……跟家里怎么说呢?"

"他们不知道。你该不会不善于瞒着家人做自己想做的事吧?"

"嗯,也许吧。我会害怕被家人揭穿。你们在哪里打工呀?"

"在滨名一家接受军方委托的工厂帮忙组装导弹。"

"真好……我的生活中顶多就只有社团活动而已……"

"你没打算退出社团活动吗?"

"嗯,还想再多玩一阵子。"

"这样啊。"

"嗯。"

我们之间的对话在这里结束了。

我想也许我该多问些关于她的事情。冷静想想,其实有很多话题可以聊的,像是今天她在社办拉的曲子,或是问她喜欢什么样的音乐,也可以问些跟她家人有关的事情等。

不过我却不知道为什么沉默了。

在这个静默的时间里,我只是默默地听着列车行驶在轨道上的规律的震荡声。这绵延不断的声响起初只是这段尴尬时刻的倒数计时,然而听了一阵子之后,我却觉得那声音似乎就是我的心跳。

电车摇晃,让我轻触到了佐由理的肩膀。

这个瞬间,一种特别的感受涌上了我的心头。这种感觉可以用"引力"来形容。这种引力似乎就来自佐由理,是波涛汹涌的海潮间难以抗拒的漩涡。此刻的我就像是在这个漩涡中无力挣扎的小船,逐渐被这股引力吸入了漩涡中心。我感受到自己心中那个酝酿所有情绪的部分被她强拉了过去,无力挣脱。我仿佛置身于百慕大三角的中心,或是黑洞的边缘。

当然,这只是我单方面的感受。不过这种感受太过强烈,强烈到让我心中产生了剧烈的变化。我觉得直到前一刻为止的自己就好像另一个人。虽然没有道理,但是我对佐由理的感情几乎可以说是恨意,因为我不希望自己身上出现如此剧烈的改变。我希望自己能够在我的控制之下慢慢地朝着喜欢的方向改变，像是慢慢地学会过去不擅长使用的工具，或是慢慢掌握击中靶心的诀窍。然而，我却觉得自己此刻仿佛在佐由理的控制之下。对此，我咬着牙根拼命地忍耐。

就在这个时候，车内响起了列车即将停靠中小国车站的广播，我心中那份有如置身暴风圈里的苦楚终于缓和了下来。然而这种引力却没有因此消失，依然持续地拨弄着我的心弦。我想这种心情就算有一天可以习惯，却也永远不会消失吧。

"我马上要下车了……"电车开始减速刹车时佐由理开口说道。

我茫然地思索着她语中的含意。是因为跟我单独搭车没什么可聊的而感到无聊吗？我想问，却又觉得这么问很不识趣，于是露出了满脸的疑惑。

就在这个时候，她轻轻地将视线移到了我的身上，开口说道："那个，藤泽……"

"嗯？"

"我昨天……梦到了我们像今天这样独处的场景。"

我吸了口气，然后整个人僵住了。我以为我的心跳会这么停止。这句话到底是什么意思呢？我不知道，不过至少跟我在一起并非什么讨人厌的事情吧……也许我还有希望。这种事情不可能不叫我感到高兴。我体内的血液一下子全部冲到了脑中。列车停了下来，车门伴随着沉重的声音向两旁退开。她轻盈的身子离开了我们身后的这面墙，跃到了列车站的水泥质地的月台上。我仿佛被牵引住一般，跟在佐由理身后走到车门前。她转身面向我，面带微笑地朝我挥了挥手。

"拜拜！新学期见啰！"

"……嗯,再见。"

车门在电影煽情的运镜节奏中关上,将我跟佐由理以车窗的玻璃隔开。我什么也没问,但我觉得她方才说话时的语气刻意堵住了我问话的空间。尽管觉得可惜,但这也让我松了一口气。电车缓缓启动,我跟佐由理所处的空间,就这么缓缓地任由它们横向岔开。

我几乎要贴在车厢内最后一块玻璃上,用双眼追逐着佐由理的身影。她现在正走下月台边的石阶并且跨越铁轨朝出站口走去。中小国车站在月台间并没有搭设便桥,乘车的旅客必须直接横越铁路在月台间移动。

佐由理没有直接走向出站口,她看似愉悦地沿着铁轨朝列车驶离的方向漫步走着。她站上铁轨,像走在平衡木上一般开始玩了起来。列车渐渐驶离了模仿着《站在我这边》①电影中情节的佐由理,而我则透过车窗看着她。她的模样真的十分迷人。

当她的身影逐渐远去之后,我走到她下车的那扇车门前,额头顶住了玻璃深深地叹了口气。那种伫立在暴风雨中的心情依旧萦绕在我的心里挥之不去。我不禁望向车外,列车前进的方向正好可以看见耸立在虾夷岛上的那座高塔。

高塔的身影在我的心中卷起了另一个旋涡。我的脑中充斥着无法理出头绪的混沌,让我几度喘不过气来。我带着茫然的眼神望向那座高塔,却看到了佐由理的身影跟高塔重合在一起。只存在于我眼中的佐由理,站在朝着高塔延伸出去的铁轨上,脚步不停地径直朝着远方

---

① 《站在我这边》(*Stand by Me*),根据美国畅销恐怖小说《尸体》(*Body*,史蒂芬·金的四季奇谈之一)所改编的电影故事。

走去。

7

佐由理的身影始终萦绕在我的心中,我一直为此而辗转难眠,直到隔天清晨。

我带着朦胧而阴郁的意识从床上爬了起来。此时我的父母都已外出工作,祖父也不知道出门去了哪里。我在厨房随意弄了些吃的当作早餐,开着电视半梦半醒地将食物囫囵吞到肚子里去。

电视里播放着几天后美国与联邦国之间政务官会谈的相关新闻。会谈的焦点大概会落在日本的南北关系上吧。联邦国对于美军增派三泽基地驻军一事无法释怀。至于美国则对于联邦国在虾夷领地上建造的那座高塔提出勘察要求,希望能够了解那座高塔的建造用意。

——开什么玩笑,这种事情怎么能随便说公开就公开嘛!

我感到些许的焦躁。虽然对日本来说联邦国处于敌对立场,不过就只有跟那座高塔有关的事情,我无论如何都想站在联邦国那边。

我离开家门,乘着电车来到了津轻滨名车站。我将预先停放在车站外头的自行车停车场里的淑女车推了出来,骑上了田地中央的小路。越过了两座桥之后,这条道路为了绕过一座小山丘而划出了一道弧线。

越过了山丘，便可以看到虾夷的工厂。

我一鼓作气冲进了工厂的土地，随即绕过了大型卡车可以轻松地在里面兜圈子的停车场（其实根本就是个杂草丛生的大型庭院罢了），然后在工厂办公室前停了下来。

我从厂房外头铁门拉到顶的一侧走进了工厂，看到了厂房工人宫川还有佐藤两人穿着连身工作服，站在圆形暖炉前双手叉在腰上。

"早安！太好了，现在是早茶时间吗？"

"是啊，坐这边吧。"宫川先生开口对我说道。

我回话之后正要去拿立在墙边的折叠椅时，早一步到工厂的拓也端着装满茶具的托盘从茶水间走了出来。

"你太慢啦，浩纪！"

"不好意思啦。"

拓也将茶杯放在大家面前的老旧桌子上。佐藤先生伸手拿了一块花林糖①，然后带着愉悦的笑容开口说道："浩纪，我听说了啊！"

"听说什么？"

"听说你们两个偷了一架海上自卫队的遥控标靶飞机火焰枪②呀。"宫川先生听到了这个话题马上也跟着插了嘴进来。

"才不是呢！"倒完茶后坐到椅子上的我跟拓也异口同声地反驳。

"才不是偷来的！那是在天天森捡到的！"

---

① 花林糖，将水、砂糖、酵母、食盐，还有小苏打和入小麦粉中拉成拇指粗细的圆棒状油炸，蘸过黑糖或白砂糖浆之后风干的一种便宜糖果。

② 火焰枪（Flame Gun），跟炎蜂（Fire Bee）一样同为日军海上自卫队训练支援舰所配备的靶机，分别为四米与七米长的飞弹型靶机与飞机型靶机。

在我说完这句话之后，拓也也跟着解释。

"那是在训练中坠毁的，它被弃置在杂木丛里，我们只是去把它捡回来而已。"

"其实就是偷来的吧？"佐藤先生出言追击，"不过这真是个不错的点子呢！那东西的引擎虽然动力不是很强，应该还是有办法解决的。结果最需要花钱的料件你们一毛钱也没花就弄到手啦！"

"小心不要被抓哟。"宫川先生说，"毕竟最近有不少巡航飞行训练。虽然这种东西掉一两个对他们来说不是什么大事啦。"

"是啊。公安有事没事就会到我们这边来晃两圈呢！要是因为你们在这家工厂打工而被抓到，那可就不好玩了。"

"会有公安来吗？"听了佐藤先生说的话，我于是开口问道，"可是这里不是美军委托的工厂吗？怎么会被盯上呢？"

"我说你呀！这家工厂接的可是爆破型火器呢！小心防范这类东西外流到恐怖分子手里是很正常的事吧？"

"还有，看到社长那张其貌不扬的脸当然要怀疑啦。"佐藤先生接过宫川先生的话压低了音量说道。

然而，就在我们笑出声来的瞬间……

"你们在人家背后说什么闲话！"

办公室的铝质门扉被推开，冈部社长从里面走了出来。冈部社长的声音低沉洪亮且充满粗犷气息。他留着小平头，脸上的胡子没刮，还叼了根香烟，怎么看都是坏人相。要不是他穿着工作服，看起来真的就像是哪里来的流氓。

"喂，你们说我怎么样？"

"糟糕。"佐藤喃喃说道。

此时冈部向我们走了过来,然后跟我们说了不好意思,今天没有让我们打工的机会了。

"原本打算要让你们帮忙处理的料件没有送到,麻烦你们明天再来吧。我会好好折腾你们,把材料费给赚回来的。"

"哪有这样的!"我跟拓也同时叫道。

冈部社长斜眼瞪了我们一下。

"是!"我们于是连忙改口。

"好啦,今天已经没事了。你们到上面去吧!"社长接着转头面对那两个员工,"你们两个别偷懒啦!快点工作去!"

我们斜穿过虾夷工厂围地里的杂草丛生的院子,穿过怎么看都觉得是违建的巨大天线群,然后钻出了眼前铁丝网上的破洞。横越厂房围地的工厂后头是到"上面"去的捷径。如果循正常的道路过来,那得沿着蜿蜒的迂回路径走上好一段时间不可。

我们穿过了一小片墓园,经过一座无人驻守的寺庙,然后来到山里,沿着没有铺设柏油的山路直直往上走,经过这条窒碍难行的土石路与陡峭的坡道,很快就可以到达目的地。

我们之所以会开始打工,是出于现实方面的考量。

在虾夷还称为北海道且属于日本领土的时代,听说有过要在津轻海峡挖掘一条海底隧道连接本州与北海道两地的计划。就好像多佛海峡那条狭长的隧道一样。

这个计划因为南北分裂的关系中断了,不过在这个梯形丘陵的周围都还留有当时工程遗留下来的多处废车站和铁路。

我们默默地登上这座小丘。随着呼吸变得急促，口中呼出的白气也跟着增加，然而我们依旧没有停下脚步。接着，横在我们眼前的树林突然向两旁退开，露出了一片宽敞的视野。

我们到了山顶。眼前的景象豁然开朗。时值春雪尚未融化的季节，眼前尽是一片白皑皑的模样。雪国的光景直到地平线的尽头方才消失，然后隔着一条象征了地表的弧线与天空相连。

我们总是伫立此地，从这里眺望北方的天空。那座高塔映入了我们的眼帘，我们总是会用些许的时间凝视那座高塔。

将落在这片雪地的视线稍微往右边移去，可以看见几座低矮的建筑并排在一起，安静地坐落在该处。就在那座木造车站的旁边，横着三列水泥月台还有一座横跨其中的路桥。

那是个遭到弃置、从未使用过的车站。这栋孤独地坐落在雪地中的建筑让我联想到了曾经在照片中看过的南极观测站。这是津轻海底隧道计划的其中一座车站。计划在建造的途中便遭到终止，这座车站于是完全被弃置不用，再也没有人会靠近这里。

在初中一年级的秋天，我们在这里开始实施了一项计划。我们之所以会到虾夷工厂打工，就是为了赚取这个计划所需料件的费用。

我们踏过地上的积雪横越这片白茫茫的大地。地上的积雪已经比前一段时间薄了许多。放眼望去，已经可以看到生锈的铁轨从雪地中透了出来。

"春雪已经融化不少了，真希望能早点开始实施计划。"

"只要不再继续下雪就好了。"在我说完之后，拓也便接着答道。

这座山在冬天大半都被积雪覆盖，我们几乎都没有办法上来。除了天气之外，当然资金也是原因之一。

在这座废弃的车站旁，有间列车停靠保养用的车库。这间车库看起来像是赶着搭建出来的，应该只是作为临时停放之用。我们以"停机棚"称之。我们绕到了停机棚的后门，拓也从口袋中取出钥匙，接着开口说道："现在剩下的就是把欠缺的料件补齐，不然我们就没有办法完成它。尽管引擎已经有了，纳米碳纤维机壳外罩跟启动器都还没有弄到手。其中最麻烦的应该是超导马达吧！然后我们还需要大量的煤油。明天开始打工的话，那进度又会落后了……"

"总会有办法的。再说，我们还有暑假可以做呀！"我说。

"也是啦。"

我们进入了昏暗的停机棚。

这间破旧停机棚内的墙板接合得不是很好，四处都会从外部透进光线。在这个环境里的微光之下，停机棚中央那具大型物体的轮廓模糊地浮现在我们眼前。

拓也走到墙边，将墙上的总电源开关扳了下来。

"啪"的一声，位于角落的四根卤素灯管打下了微微偏蓝的白色灯光。眼前这具大型物体方才清晰地显现出了它的模样。

这具大型物体之上到处覆盖着塑胶帆布，下面则露出了铝质骨架。

这东西现在只有骨架而已，不过乍看之下还是可以清楚地辨识出它那有如大鹏展翅的鸟形外观。

这是架飞机。

这就是我们制作计划中的物体,是真的飞机,是这个世界上独一无二的飞机——

薇拉希拉。

这是事后我们为它取的名字,其意为"白色的双翼"。这架飞机的颜色早在制作之前就已经确定了。如果要问原因,那就是这架飞机是为了飞往北方那座白色的高塔而生的。

没错,这架飞机不单单是为了翱翔天际而生,它有建造前便确定好的目的地。

就是那座耸立在我们触手可及的距离之内,而我们却怎么样也到不了的白色巨塔。

我跟拓也说什么也要亲眼看看那座我们从未到过的虾夷岛,还有矗立其中的高塔。

我们仰望着这副只有骨架而尚未完成的双翼,陶醉在彼此满溢的喜悦心情里面。此刻的我们心中都怀着同一个梦想,梦想着我们一起乘坐在这架飞机复座式的驾驶舱内,然后我们加大油门,任由薇拉希拉带我们冲破飞行时的G力,翱翔在广阔无边的天空之中。

我们打算搭乘这架薇拉希拉飞越国境,前往那座位于北方的高塔。

*

我们决定要着手制作这架飞机是在一年级的遥控喷射机事件之后不久。

"接下来就是实机了。"

这样的想法早在我们那架遥控喷射机还没有完工的时候就已经占据了我们的心灵,预想到了这个计划势在必行。

我们将借助彼此的力量办到过去我们所办不到的事情,我们能够触及的领域将会因为对方而更加开阔。这种踏实的感受转化成为一种愉悦的动力是非常可怕的事情。这种高昂的情绪催促着我们不停地前进。

"做吧!"

"嗯!"

我跟拓也之间确认彼此意向的言辞就这么两句。

我们从没想过也许这个计划不会成功。其实认真地回想起来,单凭我们两个中学生,从搜集料件到实际制作一架飞机,这真的是件很异想天开的事。

就在我们从体育馆的屋檐上取回那架遥控喷射机返家的途中,我们边走边推着两辆自行车。那架飞机绑在自行车上,途中我们几乎没有任何交谈。之所以沉默是因为没有多说话的必要。

"我们要飞到哪里去呢?"

这是在我们鲜少交谈的静默中稀奇的几句对话之一。根据这个提问,飞机的设计方向有了相当大的改变。

"我想飞去某个地方看看。"拓也答道。

"那你跟我一样。"我说。

对话结束了。我们没有告诉对方自己想要飞去哪里,因为我们早已熟悉彼此的想法,至于彼此心中所想的那个目的地,甚至不需要猜测就已经明白是哪里。

我们走在一片漆黑的深夜里。这时候尽管望向北方的天空也看不到我们想见到的东西,然而,我跟拓也的心中,那座纯白色的高塔就像耀眼的太阳一样,在伸手不见五指的黑暗中发出了长柱状的强烈光芒。

如果我在当时被问,为什么要去那座高塔,我大概完全无法作答吧。就算是现在,我也不见得能够清楚地解释当时的想法。

这样的憧憬跟焦虑,若非每天近距离看着那个建筑而长大的人也许是无法理解的。

日复一日,十几年下来都在那座塔耸立的天空下长大的人就是这样。以距离来说,那座塔跟这个津轻半岛之间有三百五十公里远。所以其实它并非如此地贴近我们的生活,不过它对我们来说仿佛就跟近在眼前一般。不,与其说是近在眼前,倒不如说它正逐渐逼近(不过当我知道这并非错觉,而是量子物理学中的"宏观物体的穿隧效应"[①]则是日后的事了)。那座高塔就这样偶尔像是要对我们展现它的美貌一般放大了自己的身影。

那座如此美丽的高塔究竟是为什么而存在的呢?它究竟聚集了多么璀璨而美妙的事物呢?我的心中一直存在着这样的疑问。

如果要到达那座高塔不需要横越一道海峡,那么我一定可以更早

---

① 宏观物体的穿隧效应,微观粒子具有波的性质,因此可以穿过它们本来无法通过的墙壁,这个现象称为"穿隧效应"。而宏观物体在理论上也具有穿隧效应的特质,也就是说,人也可能穿过墙壁,只是这个概率非常之小,虽然不等于零,但实际上就是零,以至于宇宙诞生至今一百三十七亿年来从没有发生过。

一步到达那个地方。要是电车可以到就搭电车，如果电车到不了就骑自行车，要是再遇上自行车也过不去的道路我就徒步。不管要花上多少天，我都会去。

不过眼前的现实是一片海洋，还有与敌国的国界挡在我跟那座高塔之间。

如此美丽的地方明明就在视线所及之处，明明那里一定有着什么东西，不过在我的面前却横亘着一道无法跨越的障碍。我被隔离了。这种感受仿佛被同伴排拒在外一般叫人难以忍受。

所以我不得不对这个世界提出抗议。

我非得抓住那个东西不可。

初中一年级的冬天，我有个机会可以到拓也的社团参观他们的练习。他是竞速滑冰社的，然而这所学校并没有滑冰场，所以他们社团的社员必须搭乘小巴士到距离学校有一段距离的湖边，利用冻结的湖面练习滑冰。那个场地几乎到半山腰去了。从那个湖畔往山脚下俯瞰，可以看到津轻海峡跟对岸的那座高塔。

我靠在小巴士的车门上看着拓也溜上了湖面。起跑的枪声作响，拓也用脚上的冰刀蹬了一下湖面，与其说是滑冰，倒不如说是半跑动地开始冲刺。

我察觉到了，拓也的滑冰练习是以笔直赛道上那头的高塔作为目标，盯着它而加速的。当他达到一定速度之后，上半身便会大幅度地前倾，尽管如此，他的视线依旧没有从高塔上移开。

他进入了弯道，高塔已从他的视线中消失。不过我想他此刻的冲刺一定还是以脑中描绘出来的那座高塔作为目标而去的。

当拓也在环状赛道上绕行了四分之三圈时,高塔再度进入了他的视线范围。此时,我觉得他仿佛拼命地倾出全身所有的力量,将自己所有的一切都寄托到了每一次向后蹬出去的脚尖上。他冲过了终点,带动全身的高速此刻只剩下惯性而大幅减速。在这个过程中他的视线依旧没有从高塔上移开。

我察觉到了这样的拓也,并且为此而感动得热泪盈眶。

此刻的我拼命地压抑心中想要对他大叫的心情。我想告诉他,我也是一样,我们的想法一模一样!

我们有着同样的想法、同样强烈的执着,能够找到如此志同道合的伙伴是难以言喻的感动。此时的我一点也不觉得拓也是个外人。他仿佛就是另外一个我。

"绝对要到那里去。"他换了鞋子回到巴士这里,我拍了拍他的背对他说道。

拓也于是惊讶地回过头瞪大了眼睛盯着我看。他开口:"嗯,绝对要去。"

他说话时脸上的笑容仿佛企图藏住此时羞怯的心情。

实机制作上的问题大致可以归为两类:

一是能否弄到料件;

二是起降跑道的筹备。

起初我们打算要把我家中的那间车库整理出来,一部分一部分地去制作需要的料件。

在这样的情形之下,我们该怎么搬运飞机,还有要在哪里让它起飞都成了问题。

我们需要一个既宽广而直线长度又够的空间,而且越靠近北海道越好。我们想让飞机飞行的路线避开民宅与小镇,笔直地朝津轻海峡飞去。

为此我们甚至认真地考虑过要在起飞时占据高速公路,或是变更飞机的设计,制作一架水上滑翔机。

至于我们能找到那座废弃的车站真的只能用偶然加以形容。

"不能使用废弃铁路线的铁轨吗?"

提出这个意见的人是拓也。真是的,他就是有这么多别具一格的点子。

我们为了能够找出适合整理成跑道的直线而像电影中的情节一般沿着一条铁路的内侧漫无目的地一直走了下去。那恰好是在冬季的初雪落下之前的事。我们沿着铁路来到了那座山丘上。

找到废弃火车站的瞬间,我们两人一起兴奋地跳了起来。

我们找到了架设在平缓丘陵地上几条纵横交错而有些生锈的铁轨、铁轨切换设备、三个岛形的月台,还有架设在月台上残破不堪的路桥。

这一切的一切都让我跟拓也兴奋不已,仿佛找到了一座秘密基地一般。邻近的湖泊因为水量的累积而让整座车站有大半的面积都泡在水里。岛形的月台几乎已经是湖中的孤岛,这个景象真是美极了。我们低头便可以在湖中看到不少鱼群,因此甚至也可以在这里钓鱼。

我跟拓也大声嚷嚷着四处探险。我们时而跑上路桥(上了路桥之后好像一跑起来就会踩坏脚下的木板,所以我们又放慢了脚步),时而从月台上捡起石头往湖里扔。然后我们看到了一辆横倒在路旁的废弃巴士，于是从中取出座椅丢到外面来。

我一直有一个小小的梦想，想把铁轨当作枕头来枕着睡午觉。这种事情要是在还有列车通过的铁路线上做那可不得了。不过在这个寂静无人的地方，根本不需要在意这些事情。

在我躺下来之后，拓也沿着铁轨假装自己是一辆列车跑了过来，朝我腹部踢了一脚。他急促的鼻息仿佛一个蒸汽火车头。只是，他口中发出的声音当然不是为了喘气。

"你在兴奋什么啦！"

"找到这样的地方，当然兴奋啦！你不能理解吗？"

"废话！我当然懂啦！"我说。

然后我们便在那座废弃的火车站开始制作我们的飞机。就地利而言，那里可以直接飞向津轻海峡，也有直线的铁路可以作为跑道。如果要从这里起飞，那么在这边制作飞机是最省事的途径。

不过在另外一个问题方面，也就是飞机料件的调度问题，让我们好一阵子找不出头绪。需要的料件像一座小山一样多。第一个问题就是飞机的喷射引擎。除此之外还有制作飞机骨架用的铝、机壳用的结构化纳米碳纤维，再加上超导马达，其中没有一样不是高价品。不筹措适度的资金不行。然而比起资金，更大的问题是我们没有入手渠道。还未成年的我们根本不知道要从哪里弄来那些东西。

不过我们终于在这些难题中看到了一线曙光。这个契机终究是来自我们现在所处的这座废弃的车站。这个世界上偶尔也会有那种解决了第一道难题之后，剩下的问题全部迎刃而解的事情。

我们数度进出这座废弃车站之后，找到了沿着山路直接下去，从虾夷工厂背后出山这条捷径。我们偷偷地穿过工厂外的围地进出那座小山。从这条路出来，我们便可以借由一条铺设了柏油的道路快速地到达车站。我们在工厂外围生锈的铁丝网的一隅找到了一个破洞，这让我们可以潜入虾夷工厂的地界。

有一天，我们经过这里的时候恰巧被厂房工人逮到。当时我们还不知道他的名字，不过这个人就是工厂里最年轻的佐藤先生。他一脸严肃地将我们带到了社长办公室。我们原本打算在被看到的时候马上逃走，不过他绊住了拓也的脚，让拓也滚了一圈，随即将拓也制服。我当然不可能丢下拓也逃走，于是只有不情不愿地乖乖投降了。

当时我觉得他们用那样的态度对待两个不过就是潜入工厂的中学生有点太过火了。不过眼前诡谲的气氛让我不知道这种话说出口之后又会遇上什么样的待遇，于是我便没有多话。

社长办公室位于这栋铁皮建筑的二楼，里面有好几张员工用的不锈钢办公桌，所以那其实是一间类似工作室的地方。在室内最前面的一张桌子前，那位我们当时尚不知其名的冈部社长正叼着香烟坐在那里看报纸。

佐藤先生押着我们走进了办公室。他告诉社长我们就是从工厂后面潜入的入侵者，冈部社长听到回了一声："什么？！"便放下了报纸，嘴上依旧叼着那根香烟从座位上起身。

社长是个身材魁梧的壮汉，他的身高或许不到一米八，但应该相差不远。结实的手臂像树干那么粗。他走到我们的面前低头睨视着我们。

"你们是来干吗的？"

冈部社长当时说话的语气简直就像要把我抓着丢出去一样。

"我给你们一分钟解释。要是你们的答案让我听得顺耳，我就放你们回去。"

我跟拓也颤抖着身子连忙向冈部社长解释。我们告诉他穿过厂房是通往山顶那座废车站的捷径，我们怎么找到那个可以当作起降跑道的废车站，还有我们打算在那里制作飞机的事情……

"飞机？"冈部社长狐疑地说道，"哦？你们该不会就是那两个在学校玩遥控喷射机，然后被学校狠狠地削了一顿的笨蛋吧？"

"你为什么会知道？"

我才问出口，便因为害怕会反遭到对方怒骂而缩起了身子。然而此时冈部社长却将口中的香烟杵熄在烟灰缸里，同时笑着答道："大人也有大人的情报网啦！南蓬田中学的老师全都是我的朋友。"

拓也小小地"咦"了一声。这种反应跟我不谋而合。不过拓也马上判断出这位社长应该是个讲理的人，因此便唐突地开口问道："那个，请问这里是军事工厂吧？"

"嗯，是啊。是我们这些长相凶恶的大叔制造恐怖玩具的地方，不是你们这些小孩子可以随便接近的场所。"

"请问你们可不可以卖铝给我们？"

听到拓也忽然问出这么一句话，我吓了一跳。

"卖铝给你们？你们要这东西做什么？"

"我们要拿它来制作飞机的料件。"

"你们说的飞机只是个玩具吧？"佐藤先生插嘴说道。

"那不是玩具，是可以让两个人搭乘的真的飞机。"拓也有些生气地反驳道。

尽管前一刻面对急转直下的场面，我受到了相当大的震动，不过听到拓也的问话我也热血沸腾了起来。要是能在这么近的地方调配到飞机需要的料件，那么真的没有比这个更顺利的事情了。我于是跟在拓也之后接着大声问道："如果可以的话，超导马达跟小型喷射机引擎也麻烦你们了！"

"等等，你说喷射机引擎？"

冈部社长屁股靠到了办公桌的桌缘，点了一根新的烟然后开口问道："你们带了机体设计图吗？借我看一下吧。"

我从短夹克里取出了折成一小块的设计图，将这张表面有些磨损的纸张交给了冈部社长。那是我跟拓也从秋初便倾注全力设计出来的东西。冈部社长将设计图展开，像糊墙一般将整张纸摊在桌上，然后仔细地审视一番。

"双轨式的主要动力系统……环状机翼……你们这种想法会不会太嚣张啦？喂！佐藤，你过来看一下。"

"是……哇，这什么呀！这设计太偏向个人兴趣了吧！这个是？嗯……"

"什么啦？"

"这东西可以飞呢！"

"那当然了！"我跟拓也同声叫道。

"叫宫川过来一下，那家伙对这东西最清楚了。"

当佐藤先生听到冈部社长吩咐，小跑着离开了办公室之后，我向冈部社长开口问道："这家工厂也承包飞机的制作吗？"

"没有，我们没有做这么不得了的东西，不过接过军方类似的订单就是了。"

佐藤先生带着一位体格粗壮的员工回到了办公室，那是宫川先生。他似乎已经知道了事情的原委，跟社长打过招呼之后便即刻将注意力放到了桌上的设计图上。

"这种设计很危险呢……"

他认真地检视了一下设计图后，便招手示意我们两个过去。

"这个地方太轻忽了，飞机会从这里出问题。这种设计虽然能够减轻机体的负担，不过不见得支撑得住。"

"不过要是那个部分改掉了，飞机整体的平衡性就……"

"没错，整个设计都要从头来过。"在我说完之后宫川先生斩钉截铁地答道，"我会再详细告诉你们该怎么修正，你们过几天再来问我。"

"怎么样？你对这个设计的评价如何？"冈部社长向宫川先生问道。

"设计方向上非常有意思。我想，让他们做做看也不错。"

"哦，这样啊……"冈部社长说着从嘴里吐出了烟雾，"不过我说你们呀，航空用的铝合金相当贵哟。你们有钱的话我不是不能卖，不过你们有钱吗？"

"那个……"

"不过话说回来，你们这些小鬼懂得金属加工的制程吗？"

"我们懂！"我没有留下半秒钟的时间便接过冈部社长的话答道。

虽然我除了这类工作之外几乎什么都不会。不过相对地，在那个方面我有绝对的自信。在这种时候谦虚或退缩，那只是妄自菲薄而已。

"请不要小看我们。"我接着说道。

"我们当然会金属加工。"当我说完之后拓也跟着开口。他的声音越是平稳，越能够让人感受到其中的魄力。

"哦？你们还真敢夸口呢！真是这样的话就跟我下来吧。"冈部社长说完便走到门边旋开门把手，"我来考考你们。"

于是我们被带出了办公室，来到隔壁一栋两层楼高的开放式厂房。厂房的其中一面墙全部以铁卷门取代，可以让一辆大型卡车直接开进厂房。

"让我看看你们的手艺吧。"

冈部社长摸了一下下巴，佐藤便迅速地开始行动。

地上有一个可以两手环抱的铁箱子，里面有几个钩子钩着内部的装置跟配件。佐藤先生接下来做出的动作就是将那个铁箱的侧面凿出一个方形的洞。这种工作本身不难，不过麻烦的是，这个洞的位置必须分毫不差，是个在精度上要求非常严苛的工作。

我们在对方催促之下，没有要他们多加说明便带着必要的装置，在铁箱上同样凿出了两三个洞。

社长接着要我们做的是将半球体的外壳接合作业。这个部分我们也顺利完成了。然而，最后出现在我们面前的一个跟人差不多高的橘色圆桶，却让我们吓了一跳。我们必须为这个圆桶加装尾翼，然后接上笔记本电脑确认其中各种仪器的动作情形。这种工作其实我们也是可以办得到的。我们战战兢兢地完成这项工作之后，耳边传来冈部社长的声音：

"你们这两个小鬼不过才上中学而已,竟然能完成这种工作,真是不简单。"

"不过,这东西不是……"冈部社长说完,拓也便小声地开口问道。

"嗯,是导弹呀。"

"哇,果然是!"

我们听到之后忘记该有的礼貌而当场大声叫了出来。

冈部社长伸手搔弄着自己的下巴,然后一脸兴致盎然地对我们说道:"你们两个,来我们工厂工作吧。这家工厂现在人力不足呢!你们答应的话不管是铝合金也好,马达也罢,全部以成本价卖给你们都没关系。我们工厂做的可都是些高危险性的工作,薪水很高哟!"

我跟拓也转过头,四目相望。

像这种水到渠成的状况真是有趣极了。看来我跟拓也得到了这几个长相凶恶的大叔相当程度的赏识。

我们就这么领取了安全帽和工作服,每个礼拜天下午及连续假期都会来到虾夷工厂从事高危险性的工作赚取报酬。

我们从一年级的冬天到二年级的春天,一边在这里打工,一边借了工厂的一个角落重新思考飞机的设计方案(这段时间因为积雪而没有办法上山)。宫川先生跟佐藤先生常来看我们的设计图,并且往往都给予不可行的评价,这个时候我们就会觉得很不痛快。不过一方面他们说的都是对的,另一方面在此过程中我们都会从他们身上得到一些设计上的知识和技巧,结果我们还是心存感激地听从他们的建议。

然而，这个设计图上始终有一个部分无论他们怎么说，我们就是不愿意更改。

时间来到了二年级的寒假。我跟拓也每天从早到晚都在工厂帮忙导弹制程的最后组装跟检查工作。随着美国、日本跟联邦国之间的关系日趋紧张，虾夷工厂的订单也越来越多。虽然我跟拓也担任的工作都是最轻松简单的部分，不至于手忙脚乱，不过只要时间一空下来，我们还是会被叫去给正式员工负责的部分帮忙。要是一松懈下来，卡车上的满满的导弹就会一枚接一枚地堆积到我们的面前。这份工作不但必须要善用头脑提高工作效率，而且也非常辛苦。

我知道飞机需要大量的煤油，但是不知道需要多少的使用量。于是到了休息时间，我便紧跟着冈部社长，询问他实际需要的煤油量。结果他却狐疑地反问："要做飞机的事情真的不是在开玩笑吗？"然后他拿起一块煎饼放在嘴里咬着，同时开口说道，"不管你要煤油还是硝酸甘油，只要有钱我都可以卖给你。不过喷射机燃料可不便宜呢！再说，那东西对小孩子而言也太危险了，你们就乖乖地换成超导马达或往复式活塞引擎如何？"

"不要，这个部分我们绝对不会妥协。"拓也答道。

"唉……"

冈部社长仿佛要说我们不自量力一般地叹了口气，然后靠到椅背上，椅子的接合处因而发出了窸窣的摩擦声。暖炉旁一台小小的单声道电视机中播放着三泽基地紧急情况对应训练的新闻内容。

"你们为什么非得要选喷射引擎不可？"

"因为帅呀！"

"因为帅呀！"

拓也依样附和着我的意见。不过说完我马上觉得不太对，这时候拓也也表现出了相同的反应跟我同时叫道："不是这样吧！"

"浩纪，等一下。我们选用喷射引擎的理由不只这个吧？"

"没错，没错。我们是考虑到很多状况才做出这样的决定的。"我说。

"那你们说来听听，那个双轨式动力系统的想法到底是怎么来的？"

"嗯，因为稀有啊！"

"对，就是稀有。"

"因为我们想让飞机可以变形！"一唱一和之后我们异口同声地说出这句话。

"不对，不是这样啦。"拓也下一秒便连忙改口，"我们是有非常正当的理由才得出飞机必须变形的结论吧！"

"是这样吗？"我说。

"我说，你们到底知不知道喷射引擎要多少钱啊？"冈部社长忽然插上了这么一句话。

"要多少钱呢？"

"那可是一说出来就会让你们梦想破灭的价格呀。"

我听了心一下子凉了半截，一旁的拓也也沉默了。

电视机里面此时映照出天天森轰炸训练场的大规模演习的影像。淋代海岸沿海出现数艘训练支援舰的身影。舰上气势磅礴地射出了多架橘色外观的火焰枪四代和蜂。

火焰枪和炎蜂是作为靶机的遥控无人喷射机，是专门作为假想中的敌机用于军事训练而制造的飞机。天天森的海岸开始朝天空放出火线，多枚地对空飞弹朝着目标冲了出去。新闻中的镜头焦点紧接着移到了机腹中弹而爆炸的炎蜂，还有机翼被毁而掉到森林里去的火焰枪上。

"哇！好可惜呀……"我带着沉痛的感慨说道，"那些全部都是为了被击坠而生的呢！要是能够把其中一架让给我们就好了……"

我原本猜想自己会被身旁的两人当成白痴，然而拓也却瞬间回过头睁大了眼睛望着我。

"就是这样！"他说。

"啊……"

我即刻理解了拓也心中的想法。

此时冈部社长仿佛看穿了我们的企图而开口说道："你们要做什么都好，不过可别死啊。不然我可麻烦了。"

翌日，我跟拓也一早便搭乘了电车往三泽市去。我们在那里换乘了观光巴士而来到了天天森车站。我们确认过周遭没有其他人影之后，一起爬过了挂着"国防部"字样的围墙，然后在覆盖住整个地表的丛林中漫无目的地走了大半天。针叶林中墨绿色的枝叶跟覆盖其上的皑皑白雪呈现出高度的色差，长时间待在这种环境下叫人不免感到头晕。我们擅闯军事用地的举动要是被轰炸射击场内的自卫队士兵抓到可不得了，因此我们每时每刻都绷紧了神经注意周遭任何细微的变化。

天色逐渐暗下来，正当我们打算放弃的时候，一团橘色的物体出现在我的视野之中。我全身涌出了一股难以压抑的亢奋情绪。

那是被击坠的火焰枪四代。它就枕着树根横躺在地上。虽然遭到击坠的靶机必须马上回收，不过拓也认为其中应该有一两架漏网之鱼才对。当我打算出声告诉拓也，然而他却先我一步细细地叫了一声。他发现了另外一架没有被自卫队回收的火焰枪。在不到二十米的距离之内，我们一口气发现了两架我们要找的东西。

当我们仔细审视过之后，发现其中一架已经完全毁损，不过另外一架没有受到严重的损坏，其中的零件都可以拆卸再利用。我跟拓也将塑胶帆布缠在飞机外头，用麻绳将它捆了起来，然后在不让任何人发现的情况下将它扛出了森林。

其实在旁人的眼中，两个中学生抱着飞弹大小的柱状物绝对是非常奇怪的事。虽然走在街上可以因为当时昏暗的光线不用太担心，不过在搭乘巴士，通过列车检票口，还有在车站前验票的时候都让我紧张得不能自已。从头到尾，我的心中一直不断地默念着"我没做错事，我没做错事……"

到了三厩，我们走出检票口的当下，内在与外在累积的疲劳都让我不禁深深地呼了一口气。我们在一片漆黑的田间小路中扛着火焰枪回到了我家的车库里。事后检查了一番，火焰枪的引擎完全没有问题。我们就这样靠着数千块日元的交通费换得了一个喷射引擎。

8

当我的思绪日渐深刻地被佐由理牵引之后,我察觉到,她的身体好像不太好。虽然她请假的次数不多,不过早退的情况却不罕见。过去也看到两三次她在早会的时候昏倒,然后被带到保健室休息的情况。然而当时的我跟周围的人一样,觉得佐由理是个女生,这种事情多少会发生也没什么好奇怪的。

我跟拓也两人借由现代语文课中以宫泽贤治为题的报告拉近了与佐由理之间的距离。那时候开始,我们跟佐由理便成了偶尔聊天的朋友。

然而这样的关系并非特别地亲昵。不管怎么说,我们当时都只是中学生,同年龄的男女之间有一种难以言喻的隔阂。我跟拓也都觉得跟男生相处比较轻松自在,而佐由理有自己的女生朋友,她们之间的关系看起来也十分亲密。

到了初中三年级的时候整个状况发生了变化。

重新编班之后,我跟拓也分到了不同的班级。尽管我们都觉得遗憾,不过在校外我们不乏见面的机会,因此分班对于我们之间的关系并没有多大的改变。我是个爱耍嘴皮子的人,因此很快就融入了新的班级,而拓也也循着他以往的模式马上就变成了班上的中心人物。

佐由理跟我同班，我对此暗自窃喜，不过却也同时觉得良心不安。我觉得跟佐由理同班对拓也很过意不去。

今年春天开始，从我的角度看来，佐由理在班上的女生中渐渐地遭到孤立。我不了解其中的原委，当然也不好直接开口问佐由理原因。

学校里的人际关系其实还挺棘手的。编班之后一两周内，如果没有建构起自己周遭的人际关系，之后的一年内都会连带受到影响。也许佐由理就是这样。

佐由理长得很漂亮，也许她本人并没有察觉。而这就是她让女生们觉得反感的原因。没有自觉的魅力其实是会造成同性之间的反感跟排斥的。

佐由理是那种做过的梦永远都不会忘记的典型。她偶尔会跟我或是拓也提起她梦中的内容。她很喜欢谈论自己梦中的事，不过也有不少人不知道该如何应付这样的话题，所以也不能排除她是因为这个缘故而被女生们刻意地疏远。要猜想其中的可能性其实怎么也想不完，不过我并不知道真正的原因到底在哪里。总之，初二的时候总是跟朋友一起搭车回家的佐由理，到了初三夏天的时候经常变成孤单的一个人。

这种情况连我都察觉到了，处在别的班级的拓也想必凭着他敏锐的洞察力，应该也已经发现了吧！他将佐由理强行拉进我们的秘密计划之中，也许就是因为这个。

以七月初的时节来说，那是个热得过分的艳阳天。整整花了一年半的飞机制作计划顺遂地进入结构化纳米碳纤维机壳组装的进程。那是飞机外观一下子便得以成形的作业，是整个制作过程中最有趣的一部分。我跟拓也每天放学便连忙赶往山上的废车站,开始全身心地投入飞机机壳的铺设工作。

那天照理说也应该如此。第六节课结束,班上的同学几乎都要接受升学考试规划的辅导,我却头也不回地冲出了教室。就在正要离开的时候佐由理叫住了我。

"藤泽,我也要去!"

听到佐由理忽然这么说,我在许多方面都感到惊讶,因而僵立在原地。

"你说你也要去?"

"嗯,就是你每天都会去的那个地方。昨天拓也邀我跟你们一起去。他说要让我看很棒的东西。"

"让你看很棒的东西……"

我惊讶得说不出话来。

拓也对我提也没提过一次便邀佐由理跟我们一起去废车站。

我们所做的事情要是让周围的人知道了,绝对会变得相当棘手。我完全没想到他会告诉佐由理,不过所谓的秘密并不会在某个契机之下毫无缘由地外泄出去。拓也将我们一起制作飞机的事,还有那个我们极为珍视的场所如此轻易地告诉佐由理,这让我难以释怀。

拓也这家伙这么做是想干吗?老实说,这就是我当时心中的感想。

不过事情发展至此,就算我坚持不带她去,似乎也会变得相当麻烦。

"浩纪,我们走吧。"佐由理再次开口说道,不知道有没有察觉到我心中微妙的情绪。

她用闪闪发亮的眼神催促着我。看到她的表情我终究放弃了抵抗,带着她一起走出了学校。

到了南蓬田车站,我站在去程月台上,为了等她购买前往津轻滨名车站的车票。此时拓也终于出现在检票口前。佐由理看到拓也,于是叫着他的名字而对他挥手。我站在佐由理看不到的位置对他皱了皱眉头。

"对不起啦。"

我从拓也的表情跟手势中读出这样的意思。几年下来,我们已经积累了深厚的交情,因此可以从彼此的手势跟动作中轻易地了解对方的想法。于是我看出来这件事对拓也来说也是一个出乎意料的状况。

上了电车之后我们当然是三个人坐在两张双人座椅面对面的座位上。列车到达津轻滨名车站前的几十分钟里,我们聊的尽是些普通的事情,例如某个节目中的有趣内容,或者是哪个艺人又怎么样了。不知道佐由理是不是那种习惯把惊喜留在最后揭晓的人,这一路她都没有开口问我们接下来要去哪里。她这样的反应让我们打从心底松了一口气。在我们闲聊的过程中,我一直按捺不住想要询问拓也为什么会邀佐由理一起来。不过因为佐由理在场,就没好意思开口。

就在到津轻滨名车站的时候,佐由理说她的车票在口袋里面钩住了拿不出来。我见机不可失,催促着拓也先来到了月台上,然后小声地问道:"你为什么随便邀佐由理一起来?"

"没办法呀……聊天的时候自然而然就聊到了嘛。"

"什么聊天的时候自然聊到的?"

"我没办法解释,不过我就是没办法不告诉她。你就原谅我吧!"

这样的解释谁能够理解呢?我还打算继续追问下去,然而此时佐由理已经从电车上下来了,我只好住嘴。

佐由理似乎已经知道我们要先绕道去我跟拓也打工的地方,于是先到车站前的商店里买冰激凌,准备用来慰劳厂中人员。我跟拓也在门外等着,继续刚才的话题。

"要是让她看到那个东西的话,她大概会问东问西问个没完吧,例如我们为什么要做这架飞机什么的。"我很小声地说道。

"也是啊……"拓也以同样的音量回答。

"你打算怎么对她说?"

"要跟她说我们要用它飞到塔那边去吗?"

"这太冒险了……"

"也对。不过要是被问到飞机要飞到哪里去该怎么回答呢?"

"猪头,当然是你去想啊!"

"谁是猪头,你才是猪头啦!"

"两位……"

"有!"

佐由理的声音近在耳边,让我跟拓也同时反射式地叫出了声。不知道什么时候她已经提着塑料袋走到了我们的附近。她忽然出声让我们不禁背都挺起来了。我们就这样僵直在原地,沉默了一会儿之后像说好了一般,露出了企图蒙混的笑容。佐由理则仿佛被我们的笑容感染了一般也跟着笑了出来。

"浩纪跟拓也真的都是怪人呢!"

那是一种腼腆而给人留了余地的形容方式。我第一次体会到"怪人"这个词有这样的表现方式。

我们走路走到衬衫上渗出了些许耐不住高温而流出来的汗水。到了虾夷工厂的门口，我们看到冈部社长正用水管在庭院里洒水。他似乎也耐不住炎热的天气，将连身工作服的拉链下拉到了腹部，领口拨开落在两边的上臂上，裸露出了整个胸膛，脚边还有一个空啤酒罐。我们远远地向他打了招呼，他也出声回应道："嗨！今天真热呀！"

社长说完后看到我们身旁的佐由理，因而肩膀抽动了一下。

佐由理非常有礼貌地跟冈部社长打了招呼。

"您好，今天要打扰您了！"

"嗯，哪里，我这个样子真不好意思……"

冈部社长表现出了从来不曾有过的慌张态度，迅速地将袖子拉了下来，然后将拉链拉回到了胸口。

"我们这两个小鬼平常就烦劳您照顾了……"

冈部社长脸上的肌肉整个松弛下来，缓缓地泛起了红潮。我见状心里不禁暗自嘲讽起了他这般与平常有着极大落差的表现。

我们拿了两根佐由理买的冰棒，来到庭院正中央的一棵大树下靠在树上乘凉。进入树荫之后一下子凉快了许多。在我们来到这边之前，那只住在厂房屋檐下的小野猫已经窝在这里，翻着身子在草地上擦着它的背部。当我们走近，那只猫起初吓了一跳，随即又安心地转身继续擦它的背。

我们一边啃着冰棒一边从远处观看着冈部社长的举动。他依旧满脸通红地跟佐由理不断地闲聊着。

"冈部社长呀……"我有气无力地开口对拓也说道。

"怎么啦?"

"他是单身吗?"

"不,听说有过一次离婚经验。"

"这样啊,我好像能够理解他为什么会离婚……"

不知道冈部社长是静不下来呢,还是面对年轻女生感到紧张,总是看到他不断地用手搔弄着后脑勺。我们看到佐由理不时发出笑声,也不知道她是觉得冈部社长说的话有趣,还是冈部社长本人太过滑稽。

"真是个怪叔叔……"

我不经意地将这句话脱口而出之后才觉得这么说似乎不太厚道。这样的态度有修正的必要。

拓也咬下了一块冰棒,将它放到那只猫的身旁。面对拓也的举动,那只猫起初吓了一跳,然后才畏畏缩缩地开始舔起了那一块冰棒。

"哇!这只猫会吃冰棒呢!"明明是拓也自己要喂它的,却反而做出了惊讶的反应。

"怪猫。"我喃喃说道,之后察觉自己果然欠缺了温柔的一面。

当我们打开废车站旁的停机棚大门,佐由理看到了处在昏暗光线下的那个东西而飞奔了过去。她跑进了停机棚中央,回过头睁大着眼睛盯着我们看。

"好棒……这是飞机?"

"嗯。"拓也沉稳地答道。

"这是你们两个人做的吗?"佐由理看着我接着问道。

"嗯,从二年级的夏天开始一点一点弄到现在。我们在刚刚那家工厂打工筹措需要的料件，然后也不时请教冈部社长相关的问题。"

"对。"拓也点点头。

"离完成还需要一些时间就是了。"我补充了一句看了就能够了解的事。

佐由理走到方才铺设了机壳的飞机旁，缓缓地抬起了手。在她的指尖触碰到飞机的前一刻，忽然顿了一下然后回头看了看我们。

"我可以碰它吗？"

"你放心，那东西不是随便用力碰一下就会坏掉的。"拓也答道。

佐由理右手的中指先于掌心轻触到飞机的纳米碳纤维机壳。就在这个瞬间四周产生了某种变化，我清楚地感受到了。

佐由理纤细的指尖触碰到飞机的那个瞬间，全身仿佛触电一般轻颤了起来。她吓了一跳随即缩回了手。

"喂！"

——你没事吧？

欲吐出的话到了嘴边又收了回去。她的双手环抱住了自己的身体，确认前一刻窜流全身的冰冷触感。一会儿之后她又靠向了飞机，合上了双眼将额头贴到机壳上。我听见她深深地呼了一口气。

白色的羽翼旁，身穿白色水手服的佐由理就靠在它的身上。

一旁的我，将这个光景中的飞机与佐由理看成了一体，仿佛她们是失散多年的双生姊妹在此刻重逢一般。她们不发一语地通过心灵交换彼此的意念。那架应该是无机物的飞机，此刻仿佛是拥有生命的物体。

我不禁愕然。仿佛我们至今费尽苦心制作飞机完全是为了佐由理。是神所托，或是命运促使我们为她制造这架飞机？种种疑问在我的脑海中浮现。

我带着些许的惧色转头望向拓也。他此刻正按下调制解调器的开关，用笔记本电脑串联着飞机。我不发一语地拉着他的袖子，他用一种狐疑的眼神回头看我。我看他转过了头，于是暗示他注意飞机旁的佐由理。她缓缓地睁开了眼睛。

"真是太棒了……"佐由理喃喃地说道，"真的好棒呀。"

那不过是自言自语般的音量，此刻听起来却仿佛近在耳边的呢喃一般清晰。我觉得自己身上所有的毛孔似乎在瞬间啪地全部绽开来了。

面对佐由理的言辞，我在被束缚的意识中仅能回一句"谢谢"。

我们没办法丢下佐由理独自继续铺设机壳的作业，结果那天我们完全没有进度。我、拓也还有佐由理三人坐在废车站的月台上，偶尔朝湖水中扔几块石头，偶尔望着盘踞在远方的积乱云而乘凉发呆。一会儿之后听到佐由理想尝试钓鱼，于是我们从停机棚中取出了钓竿跟鱼饵，教她如何用竿。虽然最后一条鱼也没有钓到，不过她却露出了满足的笑容。

"我已经可以将鱼竿甩到想要甩到的地方了。"

我们躺在月台上的阴影处抬头仰望着天空。太阳缓缓地朝地平线落下，西方的天空染上了一片红色的暮景。两道长长的飞机云划过了天际朝着东南方延伸而去。拓也坐在我的身旁看着书，佐由理则脱掉了鞋子坐在水泥月台旁，将双脚伸入湖水之中拨弄着涟漪。

"这边真是宽敞，"佐由理开口说道，"也看不到其他人影。你们怎么找到这个地方的呀？"

"这个就说来话长了。"我说。

"能够简单地用一句话说明吗?"

"简单说来就是偶然了。"

"你们不觉得这个地方好像童话里才会有的场景吗?"

"童话呀……"埋首在书本中的拓也抬起了头。

"嗯,就像英国或是北欧的童话一般。在森林中漫步之后迷了路,结果来到了一个不可思议且谁也不知道的地方。那里是以前妖精居住的地方,不过现在已经不存在了。"

"这样啊。"拓也暧昧地点点头。

"迷路之后会怎么样呢?"我问。

"迷路之后就回不去了。"佐由理淡淡地答道,"他会从此在世界上消失,然后就在那个妖精已经离去的妖精之乡,靠着钓鱼跟采摘度过往后的余生。"

"这样啊。"

"我觉得最后的结局好像有点残酷。"拓也说。

"会吗?"听到拓也的感想,佐由理表现出了些许的不满,"我觉得要是像那样迷失到了什么地方,其实是很棒的事呢!"

"要是我们没办法从这里出去那可就麻烦了。"拓也说,"现在这个时节还好,不过要是冬天可是会被大雪淹没的。到了那时候不但完全动弹不得,就连那间停机棚也会透进冷飕飕的寒风呢!一点都不像人住的地方。"

"好啦,好啦。"佐由理说话时嘟起了嘴,"不需要想得这么现实嘛,人家只是举例而已。"

"是啦。"拓也点点头。

"而且有了飞机不是想飞就可以飞出去了吗?"

佐由理仿佛忽然想到这件事情一般瞪大了眼睛转头问道:"拓也,飞机什么时候会完成呢?"

"其实我们是打算在这个暑假完成它啦!"我从水泥月台上盘腿坐起了身子答道,"不过照这个进度看来……"

"大概是赶不上吧?"拓也接过我的话继续说道,"剩下的工作应该还需要不少时间。不过至少今年之内要把它做出来。"

"这样啊……还很久呢……"

此刻天空的那头传来一阵雷声,这声音让我不禁抬头环顾四周。北方天空中那片有如整块鲜奶油的积乱云,不知何时变成了阴沉的深灰色。

那片积乱云飘浮的位置,从视线上看来好似跟那座耸立的高塔重合在一起。它笼罩着高塔下的整片区域,然后缓缓地向东移动。我想此刻那里的人应该正被雷声大作的暴雨所困扰着吧!

"你们制作这架飞机是要飞到哪里去呢?"佐由理开口问道。

"要飞到那座高塔那里去。"我说。

语毕我的肩膀便被拓也推了一下。看到他一脸不悦的表情,我才察觉到自己方才不小心说了不该说的话。佐由理问话的时机刚好是我看着那座高塔看得入神的时候,加上当下一派轻松的问答,我便不自觉地脱口而出。尽管我当下便觉得不妙而试图弥补,不过已经来不及了。

"你说的塔是联邦国的那座高塔吗?"

佐由理听了瞬间反射式地侧过了身子。

我跟拓也短暂地对望了一眼,这是为了确认彼此的意思下意识做出的动作。然后我们回头看着佐由理,同时对她点头表示肯定。

"那架飞机应该可以在天空飞行超过四十分钟。这足够飞到那座塔那里去。"拓也说。

"虽然要如何飞越国境是一个问题,不过针对这点我们也有我们的计划。"我接着搭腔。

"好厉害……这是真的吗?"

佐由理听了我们的计划之后并没有表现出不必要的担心或是说教责备的反应。她不断地叫着"好棒,真是太棒了",然后像个小孩子一般表现出雀跃不已的一面。这让我们感到松了一口气,并且得以对眼前这个女孩敞开我们的心灵。

"好棒呀!真好,可以去北海道……"

"佐由理要一起去吗?"

"咦?可以吗?"

面对佐由理的反应,我点头表示确定。在我点头的同时,拓也也出声应答。

"真的吗?要!我要去,我想跟你们一起去!"

佐由理用膝盖爬到了我的面前,撑着地板将腿放到侧边坐了下来。

"太棒了!谢谢你们!"

"不过也许还没到就会掉下来哟。"拓也说。

"不会的,绝对不会掉下来的!"

"为什么?"

"我就是知道嘛!"佐由理天真地说道。

这句话听起来就好像一种必然发生的未来一般深植在我的心里。

我们的飞机一定可以到达那座高塔,因为佐由理如此深信着。

"你们答应我好不好?"佐由理说。

"答应你什么?"我问。

"答应我一定要带我去北海道,好不好?"

"嗯。"我点点头。

"那就这么约好啰。"拓也也开口附和。

"真的呀!一定带我去啊!一定要啊!"佐由理再次征求我们的允诺。

一旦听到有人如此认真地请托,我打从心底感到高兴,也觉得这个约定有实现的价值。我于是更想再为她多做些什么。

"你都这么说了,我们就再多做些什么来纪念这个约定吧。"

"纪念?"

"那架飞机还没有命名呢。拓也,你没意见吧?"

"嗯。"拓也点头附和。

"飞机由泽渡来命名。"

"咦?这怎么行?那是你们两个人的飞机呀……"

"要是不让你命名的话,我们搞不好会把这个约定忘掉呢!"拓也半开玩笑半要挟地对佐由理说道。

"咦?不可以!"她听到拓也口中的话反射式地叫道,"可是马上就要人家想名字……"

"不需要现在马上决定呀。"

"等等,让我想一下。嗯……"

佐由理说完便开始思索,然后我们便看到她嘴里念念有词。

"薇拉希拉！"一个从未耳闻的响亮词汇从佐由理口中脱口而出，"这是我之前在书里看过的词，指的是'白色的羽翼'。"

"薇拉希拉"，佐由理脱口而出的这个词于是成了我们约定的名字。

接下来的一段时间我们一起在橙红色的原野中漫步。我们快步沿着山路回到虾夷工厂的时候，天色已经完全暗了下来。当我们看见厂房与办公室窗户中的灯火时才好不容易松了一口气。

跟冈部社长打过招呼后，我们便立刻离开工厂，穿过大川平商街之后回到了津轻滨名车站。我跟拓也在返程月台陪着佐由理搭上前往中小国方向的列车。当她找到位子坐了下来之后便一直透过窗户跟我们挥手，直到列车离去。

佐由理的电车走了，我跟拓也方才移动到对面的月台，过了一会儿之后，才有列车到站，然后上车。

"邀她一起来真的是太好了。"我开口说道。

拓也听了也摆出一副颇有同感的模样点头表示同意。

车厢天花板上的电风扇不问时间流逝地规律旋转着，我跟拓也自然地沉默了下来。拓也面对此时仿佛一面镜子一般的玻璃车窗静静地盯着其中的景象。我则怀着心满意足的心情深深地吸了一口气。

虽然这跟佐由理先前提到的童话没什么关系，不过我总觉得我们三人一起在那个废车站共同享受的悠闲时光，还有此时我跟拓也车厢里这片柔和的静默气息，今后都会永远持续下去。不管是明天、后天，还是明年，或是更久以后……

原本不过是我个人心中的那份憧憬——那座耸立在云之彼端的高塔——在今天成了对我而言意义重大的约定之地。

"答应我好吗？"

就在我们毫不犹豫地回应她的那个瞬间，我们心中涌出了一股无所畏惧的力量。

实际上，近在咫尺的现实正不停地刻画着历史的延续，世界正在改变。然而此时我跟拓也却依旧径自沉醉在当下车厢内的夜色之中。我们为了彼此坚定的友情而陶醉，专注于凝视我们心中那个佐由理的残影。我们以为当下彼此心中的一切就足以代表了整个世界……不，我们只是一厢情愿地衷心期盼当下那些让我们陶醉的事物能够成为这个世界的全部。

9

美方与联邦国于津轻海峡发生武力冲突

十五日黎明前，美日联军与联邦国之间于停火线（津轻海峡海岸线以北，北纬四十二度以南的中间地带）发生武力冲突。

据美军发言人指出，两军冲突仅属于小规模性的偶发事件，美日联军没有任何伤亡。至于联邦国方面则无法得知确切的死伤者人数。

三千三百名警力戒备以维护联邦国大使馆安全

警政署发言人表示，鉴于美日联军与联邦国之间的武力冲突，警政署将增派三千三百名警察前往联邦国大使馆戒备，以防止国内恐怖组织的突击行动。

国内的反联邦国恐怖组织，威尔达解放军曾于今年二月联邦国海上巡逻艇入侵领海之后对此事表示强烈不满，并且预告他们将炸掉联邦国大使馆以示抗议。本次美日联军与联邦国间的武力冲突事件，恐将重新挑起威尔达解放军实行该项计划的决心。警方对此将严加戒备。

我从报社的网站上得知了这样的消息。所谓的津轻海峡指的就是我们昨天从废车站眺望的那片海域。原来就在我们离开之后那里发生了战斗，我们当时就身在那片总是聚集了国际焦点的海域附近。原来，近在咫尺的现实真的一直时刻不停地刻画着新的历史。然而，对于当时的我而言，所谓的世界比起实质上的含义更要来得简单。所谓的世界就只是一个掌心可以掌握的大小而已（至少对于当时的我来说就是如此）。

放学后，我跟拓也又来到了虾夷工厂上班。我们正在更衣室打算换上工作服，此时佐藤先生慌慌张张地走了进来，告诉我们今天工厂忽然有了麻烦，所以没有工作让我们做了。我们听了于是好心地表示，有什么需要我们帮忙的地方我们都愿意帮忙，然而我们得到的却是"有些事情不能让小孩子知道"这种回应，然后要我们赶快离开。他说完就把我们撵了回去。

"这些人就只有在他们想把我们当成小孩子使唤的时候才把我们当小孩子看。我们来都来了,就这么把我们撵回去算怎么回事?拓也,你说是吧?"

我在回家的路上抱怨着,然而此时拓也却似乎在思考着什么事情。

"……啊,抱歉,我没有在听。"他意识到我正在对他说话才回过神。

"你是在想佐藤先生他们应该遇到了什么麻烦吧?"我说,"我们要不要回到工厂去偷看?"

"不行!绝对不可以回去!"

听到拓也如此强硬的语气,我被他的气势吓到了。

"为什么不可以回去?到底是怎么回事啦?"

"我以前就觉得那家工厂不像表面上看到的那么单纯。"他说话时皱起了眉头,"总觉得不要介入太深比较好。"

10

拓也到我们班上找我是隔了两天之后的事。

自从上了三年级之后,我们彼此之间有了一种默契,就是没事绝对不会到对方的班上去。一方面放学之后我们都会在一起,另一方面要是我们连在校内都一直腻在一起,那会影响到我们在学校的人际关系。

因此,他很少会在午休的时候来到我们班上。

他招呼了我,跟我一起来到了佐由理的座位旁,说有事情要拜托佐由理。

"拜托我?什么事呀?"她开口问道。

"你今天没有社团活动吧?"

"是啊。因为发表会快到了,社员们全都到市立体育馆进行团练去了。"

"那音乐教室就空下来了。泽渡,你带了小提琴来对吧?"

"咦?是啊。"佐由理从对话中察觉到了拓也的想法,"白川,你不会是想……"

"我想听你拉小提琴。"

"什么?!"

佐由理差点就叫出声音来,不过因为顾忌到周遭的状况,所以刻意压低了音量。

"我不要……"她喃喃道。

"为什么不要?"

"因为很丢脸呀。"

"不会丢脸啦。"拓也强硬地接着说道。

"为什么你想听我拉小提琴?我的小提琴没有好到可以拉给别人听的程度啦。"佐由理说。

"想听需要理由吗？而且不听怎么知道有没有价值呢？"

拓也谈话时强势的应对手腕让我咂舌。要是我也用这种说话方式绝对会变得不三不四。他大概就是凭着这种有点强硬的态度而让身边大大小小的事情都依照他的意思发展吧。

不过我觉得拓也此时的语气有些咄咄逼人，于是试着插嘴缓和一下他此时的态度。

"只要拉一首你最拿手的曲子就好了，好不好？就当作你平常练习的时候我们偶然经过不小心听到就好了嘛。"说完我又补上一句，"没有啦，如果你真的不想拉给我们听的话，我们不会强迫你的。"

"那……如果我真的说什么都不愿意的话，你们会怎么办？"佐由理开口问道。

我看了看拓也。他的表情告诉我，交给我去办。我于是想了一下对佐由理说："……我们会一直磨到你答应吧。"

"真的要拉呀……"

佐由理一脸拿我们没辙的表情，整个人无奈地贴到了桌子上。

"嗯，要拉！放学后我们会到音乐教室等你。"

拓也说话时两边的嘴角微微上扬，表现出些许得逞的喜悦。

他离去时用手肘顶了我一下，小声地对我说："合作无间！"

我们推开音乐教室厚重的木质门扉，看到佐由理已经站在里面。她面向我们，身体就靠在一架三角钢琴上。

风吹进了大肆敞开的窗户，窗边被风掀起的白色窗帘在空中舞动。由于当时佐由理表现得非常害羞，我原以为她会不管热不热都关上音乐教室所有的门窗,就这么闷在里面。看到现在的样子我稍稍松了一口气。毕竟从门外听不出拉小提琴的人是谁,就算有人听出来应该也没关系吧。音乐社的社员似乎在团练以前都会在这里稍微暖一下身,教室里的桌子跟椅子全都被推到了其中一个角落集中堆放。我跟拓也则从墙边拉出了两张钢木混制的椅子找了适当的地方坐了下来。

"我先说明啊,我真的拉得不好哟。"佐由理开口说道。

"没关系啦。我从没亲眼看过人家在我面前拉小提琴呢!根本不会知道你拉得好或不好,所以别介意。"拓也的话一点都听不出来有安慰的意思。

"我们不是想听专业的小提琴演奏才找你拉给我们听的。"我说,"快点开始吧?"

"嗯,我很紧张呢!"

佐由理看似整个人躲到钢琴的阴影下一般,从琴箱里取出了小提琴,提着琴颈畏畏缩缩地又走了出来。她来到了教室的正中央,将琴谱放到了乐谱架上。为了避免从窗外吹进来的风吹动琴谱,她用乐谱夹夹住了琴谱。夏日的阳光从窗外透进了耀眼的金黄色。佐由理站在背光的方向,落日的余晖从她的身后透了出来。她将脸颊两侧的发丝拨向耳根后的动作犹如映衬在夕阳之中的黑影。

"你要拉什么曲子呢?"拓也问道。

"《来自远方的呼唤》。"她说,"那个,可以请你们待会儿听完不要有什么欢呼的动作吗?因为那样会让我觉得紧张。还有也请你们不要拍手。如果可以的话,请你们尽量不要把目光落在我的身上。"

"我知道了。"拓也看来一副想要开什么玩笑的模样,不过最后还是作罢。

佐由理深深地呼了一口气。

下一刻,她便架起了琴弓。

听完之后,我觉得她拉的小提琴就跟她本人宣称的一样,并不是特别出色。不过看得出来她十分认真地专注在诠释她所演奏的曲子上,没有一刻出过什么乱子。我跟拓也一样完全不懂音乐,不过我想她这次的演奏一定完全表达出了她的心意。她将自己所有的感悟全都倾注到了手中传达出来的每一个音符,还有音符之间串联出来的整个旋律上面。大概就是这样的感受。

佐由理所拉的曲子是一首单纯的小提琴独奏曲。也许这首曲子本来应该是跟钢琴或其他乐器合奏的。不过,在今天这个场合之下当然就只有小提琴的独奏了。毕竟我想听的只是她拉出来的音乐,所以这样刚好。

那是一首旋律非常温和的曲子,一首带有温柔气息且相当大方的乐曲。这首曲子带给我的感受让我不禁联想到天空的颜色。那种感觉有如置身于这个时节蔚蓝的天空之中。空中有低矮的云朵流过,只要抬头似乎就可以感受到某种透明的东西正从天空垂了下来一般。

这首曲子后半段大方的气质依旧,而旋律却缓缓地染上了一股哀愁。这时的我则有如置身于斜阳之下。原本透明耀眼的阳光开始缓缓地染上了微微的红晕,并且传达出了一种沉甸甸的不安。

就在这个时候,她手上的琴弓刻意地放缓了在琴弦之间游走的脚步,快速拨弄琴弦的力道,带出了乐曲洪亮的桥段。此时窗外洒进室内的金黄色余晖，宛如将这段旋律具象化一般呈现在我的眼前。我仿佛觉得自己跟佐由理的关系十分亲密。小提琴中流泻而出的旋律急速地拉近了我跟她之间心理上的距离。当然，这只是我个人的错觉罢了。不过我却被她寄托在声音里具象化的心灵所吸引，挑起了内心激荡的情绪。

这首曲子收尾的方式叫人感到不可思议。它在让人感觉不到着力点的地方忽然画上了休止符。那是一种心中的余韵被弃置不顾的嫌恶感。然而，就在下一秒钟我却忽然觉得自己能够接受这样的休止符。我想这种缺乏着力点的感受就好似佐由理这样的女孩，她就仿佛这首曲子的结尾一般，缺少了某种重量感，宛如只有在梦中才会出现的、如梦似幻的女生……

在佐由理演奏结束之后，我们结伴一起离开学校。我们锁上了音乐教室之后通过没有半个人影的走廊，在老师办公室将钥匙挂回钥匙柜中。在校舍出入口换过鞋子之后，我们走出操场离开校门。我们在车站中的去程月台搭上了回家的电车。

上车前我一如往常地朝北方高耸的巨塔望去。位于联邦国的那座高塔有时看起来就像来到了不远处一般巨大。今天就是如此，仿佛它下一秒钟就会在我们头上倒下来一般。

回家的路上，即使在经过了中小国车站，佐由理下车之后，我的心中依旧回荡着她方才演奏的曲子。在我的脑海中，佐由理不时慌慌张张地边回头边走在我们的面前。她前一刻跟我们对坐时，那一双小巧的膝关节也令我印象深刻。我仿佛回到了她在音乐教室用下颌跟肩膀夹着小提琴，弹奏着乐曲的那一刻。

这天夜晚其实相当炎热，不过我却得以沉浸在一种幸福的气氛之中深深地睡去。

11

东北地区的暑假很短，相对地，寒假很长，所以事实上假期并没有特别多或特别少。不过，我却不知道为什么觉得自己吃亏了。

那天的结业式宣告了一个学期的结束，还有短暂暑假的开始。我跟拓也还有佐由理三人在离开学校之后，便一同穿着制服来到那座废车站。那是个炎热却不乏凉风吹拂的好天气。

我们所处的这片草地时而散发出一股闷热的湿气，不过下一刻总是会有风吹过，驱散空气中的热度。

在这样的艳阳之下，一旦眯起了眼睛，空气就仿佛一片透镜一般改变了世界的形貌。

不知从何时开始，佐由理自然地会在放学的时候等着我跟拓也一起回家。我们常常也会先到废车站嬉戏一番再掉头回去。这样的发展让我觉得是很正常而合理的事。

飞机的制作工程比起预想中要来得顺利。宫川先生不知道从哪里找到了一个二手的超导马达,以非常便宜的价格帮我们购得。自此必备的料件全都凑齐,我们的心情也随之亢奋了起来。我们每天投入在飞机制作工程之中,直到天色昏暗才赶着下山。变形机翼制作已经结束,飞机的外观几乎快要成形,剩下的工作只有细部机体平衡方面的问题了。此时我跟拓也早早便急着手讨论完工后的试航计划。要是顺利的话,搞不好在暑假结束前就可以真正让飞机起飞。

"结构化纳米碳纤维机壳不会反射雷达波吧,所以就算不用这么小心翼翼也不会出问题,不是吗?"我窥视着拓也放在大腿上的笔记本电脑开口说道。

他那台十一英寸大的液晶荧幕中显示着从网络上截取下来的北海道南部地图。图中的细节非常详尽,真不知道他是从哪里找到这张地图的。当鼠标点击地图上的一角,画面便会切换到该地区的等高线3D显示图。

"这么说是没错啦。"拓也说,"不过这并不表示我们的飞机真的具有美军幽灵式轰炸机那种隐秘性呀。再说,我们可是要飞越停火线呢!就算我们采用了纳米碳纤维机壳也会被联邦国部队发现的。其实搞不好一个闪失,我们在飞越停火线之前就会被美军逮到。"

佐由理靠在停机棚的墙边,沐浴在阳光下翻着她的书。刚开始她都在我跟拓也的旁边听着我们的谈话,不过似乎无法搞懂我们谈话的内容,于是早早就放弃窝到另外一边去了。

我跟拓也待在大门敞开的停机棚中。风从门外吹进停机棚,让我们即使在作业中也能感受到一阵阵的凉风。

"也许真的只能贴着海浪跟地表低空飞行。只要一大早出发的话,可以隐藏在天色之中,没有办法用肉眼辨认,进入虾夷领地之后再顺着地图上的山间地带飞行就可以了。"我指着3D模拟出来的山脉显示图说道。

"这么说是没错啦。"拓也说,"不过要以这张地图作为航道的参考依据实在让我觉得有些不安。这是有点年代的地图,实际的地形不到当地勘察是没有办法确认的。进入虾夷之后就只能够冒险提高飞行高度了。"

"只要进入虾夷,联邦国的雷达就不会抓到我们了吧?毕竟他们的注意力都会摆在停火线上才对。薇拉希拉是小型的飞机,再加上飞到一定的高度,在地上的人眼中不过就是小鸟一般大小罢了。"

"嗯,大概吧。这么一来,我们就得在进入虾夷的同时更换动力系统了。这趟航程必须高速通过海面,然后进入陆地之后就转换成安静的飞行模式。"

"嗯。"

我们达成了共识,于是又将彼此的注意力移回到了制作工程上。拓也拿着计算机正在调整飞机的平衡方式,而我则专注在飞机的基础部分进行多重的焊接工作。拓也快速敲击键盘的咔咔声,在停机棚内塞窣作响地不停地回荡。我的手边则微微地扬起了些许的白烟,还有焊接时的烧灼味。像这般复杂的工作,若是没能完全投入精神专注地进行其实反而会成为一种痛苦。因此当下我得将自己的注意力全部集中在两手交会的空间之中。时间流逝的感觉消失,当我再回过神,发现手中的工作进度有如飞也似的。

忽然间有什么异样的感受涌上我的心头。那也许是个不需要意识便可以听到的声音。

外面？

我将焊接工具放下，伸展着身体站了起来，然后缓步地来到了停机棚外。

此时的天空依旧晴朗，仿佛一站在阳光底下皮肤便会让炙热的温度给烫得难以忍受。草皮的绿色此时格外鲜艳，映照在烈日之下更显得耀眼。掠过天际的风带来了远方的浮云，同时也吹拂大地，撩起了湖面的水波……

就在这个时候，一派叫人不寒而栗的光景进入了我的视野。这股寒意蔓延到了全身。

停机棚前方，横跨在三座月台之间的木造路桥从完工之初便被弃置该处。经年的日晒风吹让路桥各处因风化而残破不全。

就在路桥上缺了一面墙的地方，佐由理单手抓着地板破洞的边缘快要跌下桥墩。她的下方是一泓湛蓝的湖水，几条铁轨在前段部分便伸入水中，被整面的湖水给淹没了。

"泽渡！"

我连忙朝佐由理那头奔去，连跑带跳地穿过了浅水滩，跑进了车站区，一边冲刺，一边双眼紧盯着佐由理。

佐由理只手吊在路桥残破之处，时而因为细小的动静而害怕地闭上了眼睛。此刻她支撑着身体重量的那只手不停地打战。我看到这个光景的同时就知道佐由理碰上了什么意外。那一带的路桥因为雨水侵蚀而变得脆弱，她大概爬上了路桥，想从缺了一块的墙边眺望远方的景色，却因此踏破了原本就已经不堪任何重量的地板。

"你等我一下！"

我快速跃上了阶梯，脚边的木板在我跨上去的同时嘎嘎作响。一奔上桥面我便连忙朝佐由理那边冲了过去。

"应、应该没关系吧……这里没有那么高。"她低头带着不安的语气说道。

就在这个瞬间，承受了她整个人重量的那块木板啪地应声折断。

我几乎是赶到那块木板上方看着它断裂。

掉下去了！

佐由理那只失去着力点的右手，那只右手的手腕……我抓住她了！

我整个人趴在地上抓住了佐由理！

我在知道自己没有任何犹豫机会的瞬间紧紧抓住了她的手。一个女生的重量跟地板上传来的强烈撞击让我觉得自己的手差一点就要断掉。佐由理很瘦，大概只有四十公斤出头，不过要只手撑住那样的重量依旧十分困难。视线下方是映照着蔚蓝天空的湖水。此刻的我就像从游泳池的跳水板上探出了半个身子，只留了下半身紧紧扣在跳板上。在映照着天色的湖水之前，佐由理抬头跟我对望。她铁青着脸露出了僵硬的表情。这是当然的。我在她就要掉入水中的瞬间……

赶上了！

瞬间这样的实感从手掌传遍了我的全身，身体一下子开始出汗。

被我紧握着手、整个人挂在空中的佐由理将她的视线短暂地映入我的眼帘。

她的表情此时缓和了下来，也许该说有些茫然。

"我们……以前也……"她说。

然而此刻的我却无法仔细去思考她这句话的含义。紧张情绪瞬间得以松懈的安适感让我的心思陷入一片恍惚。我深深地呼了一口气。

"太好了,赶上了……我现在就拉你上来……"

话没说完,脚边的木板也啪的一声断裂,让我瞬间失去了平衡。眼前一片晶莹剔透的水面在视野中蔓延开来。下一个瞬间,我便感受到湖水冰凉的触感。我掉到湖里去了。我们坠落水中的冲击扬起了湖底的细沙,视线一片模糊。这让我瞬间陷入了慌乱。然而就在下一秒钟,我的双腿便找到了着力点,头部便得以浮出水面。佐由理跟我几乎同时从湖面探出了头。只要站起身来,其实湖水也不过就淹过了腰际而已。

拓也此刻终于察觉到了这个意外而连忙赶了过来。他小跑着来到湖岸的岩石区。我环顾四周,发现拓也那边是最容易上岸的地方。于是我跟佐由理便朝着那个方向,在湖水的阻力中缓步前进。

"你们没事吧?"拓也问道,"有没有受伤?"

"没事,只是全身湿透了而已。"佐由理说完转头面向我,脸上露出了微笑,"藤泽,真是不好意思。也谢谢你。"

"还好下面是湖水。"

拓也伸出了右手欲将佐由理拉上岸。佐由理于是伸出了手。

就在这个时候,我心中瞬间闪过恶作剧的坏心眼。不过除此之外,也许也有那么点不想让拓也随便握住佐由理的手的想法吧。我先一步抓住了拓也的右手,然后用力地把他拉下了湖里。

"哇!喂!啊……"

拓也试图维持身体的平衡而在岸边挣扎了一会儿,然而下一秒却还是硬生生地溅起了一片水花掉进了湖里。

"只有你没有落水怎么够朋友呢?"我哧哧地笑着。

"你干什么啊!"

拓也从水中探出头来便一跃压到了我的身上,我整个人又被推入了水里。我踩住湖底,重新浮出水面的同时顺手撩起一片水花朝拓也脸上泼去。

"你害我衣服全都湿透了!"

"这样就没有人例外啦!"

"你少啰唆!"

"抱歉,抱歉!"我从前一刻开始便止不住笑意,"谁叫你刚刚一副事不关己的模样嘛!叫人看了就想把你拉下来。"

"你说什么!"

"不用这么生气吧!"

"你讲的那是什么屁话!"

拓也又把我扑倒沉入了水底,而我随即反过来利用水的浮力以其人之道还治其人之身。然而,拓也却在水中抓住了我的脚,让我大大地栽了一个跟头然后浮上了水面。

"你不用上岸了!泽渡,我们走!"

拓也说完便朝岸边移动。佐由理不知何时也开始发出了哧哧的笑声。

"喂,拓也,等一下啦!泽渡,你也帮我说些什么消消他的火气嘛!"

"抱歉,白川……"佐由理闭上了嘴却依然闷着声止不住笑意。

"泽渡,怎么了?"拓也看到了佐由理的表情开口问道。

"看到你们两个人之间的互动,我觉得有这样的朋友真好。"

"为什么?"我跟拓也反射式地同声问道。

幸好今天是个大晴天,夏至的高温就像暖炉一般烘烤着大地。我们三人穿着衣服横躺在废车站的月台上,盼干热的水泥地板能早一点烘干湿透的衣服。我们就这样偶尔翻翻身,昏沉沉地度过了两个小时的午睡时间,而衣服也就这么顺着我们的意思被太阳烤干了。

日渐低垂,我们从月台上往天边望去。夕阳仿佛烧灼中的烈焰一般火红。面向阳光靠在柱子上的佐由理,她脚上的皮鞋正反射着夕阳的余晖而显得耀眼。

"我看到你挂在天桥上的时候真的快吓死了。"我说。

"我知道那座路桥很破,也很危险……不过我就是想到上面散散步,转换一下心情。"佐由理答道。

"抱歉,让你一个人在那边无聊。"拓也露出了一脸愧疚的表情插了话,"我们不应该一直都只顾着忙我们的东西,把你放在一边不管的。"

"不是啦,我不是要怪你们。没关系啦。"佐由理听了连忙摇头表示,"我想从高处看这片风景。还有,我想仔细地看看远方的那座高塔……"

"嗯。"拓也点点头。

"从这个地方可以很清楚地看见那座塔呢!它从这个角度不只看起来清楚,而且显得非常漂亮。我好像被迷住了一样,就这么坐在天桥地板上的破洞旁发呆。也许是因为我一直坐在同一个地方,地板承受不住重力才断掉的吧。"

佐由理虽然试图以客观的方式解释,不过搞不好她也有意图要借此撇开自己很胖的可能性。

不过其实佐由理是个任谁看到了都会觉得纤瘦的典型,甚至多数人都会觉得她应该要再丰腴一点会比较好。方才我抓住她的时候,手腕那种一捏就碎的触感让我难以忘怀。

我坐起了身子,用眼角的余光看了看佐由理。

她伸直了双腿,将手放在膝盖上贴地坐着。那双脱掉鞋袜的脚掌赤裸裸地呈现在红色的夕阳下。她的腿非常纤细,诱人的曲线让我在察觉到的那一刻心脏猛地抽动了一下。我不禁窥视起她的小腿跟裙摆下曲线美丽的大腿。

此时她正茫然地呆望着自己的脚尖,然后没有特别意图地只是用她的食指轻触着大脚趾。一只瓢虫从刚刚开始就一直在佐由理身上飞飞停停,它此刻飞到了佐由理的手指上,然后缓缓地在佐由理的指尖游走。佐由理似乎不想吓走那只瓢虫,于是整个人安静地一动也不动了。

"我呀,刚刚那个瞬间做了一场梦……"

"梦?"我问,"什么样的梦?"

"嗯,忘记了。不过应该是跟那座高塔有关的梦。"

"那座高塔看起来就像假的一样……"拓也语中带着感叹,"联邦国真是太厉害了。"

我将视线移到了高塔下的天空,从塔底缓缓往顶端延伸。

"好像那座塔的顶端连到了别的世界一样。"

塔顶总是消失在大气层中,模糊得令人看不清楚实际的模样。无论天气好坏,从没有人看过高塔的顶端是什么样子。塔顶就是高得让人无法用肉眼加以察看。

此时天空中传来一阵飞机掠过的声音。

在佐由理的指尖依旧可以看见那只瓢虫的身影。它停在佐由理食指跟手掌的交界处,仿佛成了佐由理戒指上的一颗宝石。

它飞走了。

一直不打算吓跑它的佐由理,此刻看它飞走之后,口中不禁吐出了叹息。她转过身,将手放到水泥地上抬头仰望天空。

"今天的夕阳停留得好像特别长久呢……"

好像真的是这样。

从前一刻起就笼罩在我们身上的阳光渐渐转变成红色,太阳却长时间地停留在地平线上没有沉下去。

"好像今天一整天都是黄昏似的。"我说。

佐由理听到转过头来看着我。

我在这片艳红色的夕照之中,与佐由理四目相望。

就在这个时候时间停下了脚步……

我的意识神游到了另一个世界。

在这转瞬之间的虚幻梦境中,我变成了佐由理。当时的她正坐在天桥断面残破的地板边缘眺望着远方的高塔。此时从塔的方向吹来了一阵风，风拂过湖水的表面，在湖面上激起一层层的涟漪。

下一刻的天空在大片的颜料渲染之下换了一幅布景。眼前的景象如同一张老旧的照片褪去了鲜明的色彩。耳中忽然传来尖锐的引擎声。几道不祥的飞机云划过了高空。

世界整个颠倒了过来。

上下对调，左右反转，近在咫尺的物体跑到了远方。也许颠倒的不是这个世界，而是我自己。

忽然之间，塔的周围进出了烟火一般的小火光，存在这个身体中的另外一个女生意识对此感到不可思议。

不过我知道那是什么——那是战斗的火光。

是战争。

在塔的周围发生了战争。

我只是纯粹地望向那座耸立于北方的高塔，心中并没有浮现任何特别的感慨。因为我处在梦中，无法随心所欲地思考。

然后事情发生了。塔的底部出现了闪光。那是比起相机的镁光灯还要刺眼数十倍的闪光。

视线一片空白。

接着，塔的根部发生了强烈的爆炸。以那阵光芒为中心，不祥的红光呈放射状向外渲染开来。整个天空红成了一片，由白色闪光外缘的橙红色到头顶上的鲜红色，再向外扩散成了带黑的暗红色。

整座高塔在闪光中逐渐崩塌，然后缓缓地整个垮了下来。在高塔坍塌的过程中，四处可以看见附着其上的火舌。

一切都在崩坏，一切都在消失。我当下便了解到了自己正在目睹这个世界的末日。这片红色的末日光景就像油漆一般鲜艳,深刻地撼动了我的心灵。

大气一阵强烈的震荡。塔底爆炸时强烈的风压席卷而来。一股炙热的气息覆盖了我的全身。发丝在强风中摆荡,衣服也被风压恣意拉扯着,仿佛整个人下一刻便要让这阵暴风给卷走。路桥在强风中摇晃,桥上的每一个接缝在风中发出了哀鸣。

路桥颓倾,袒露在空中的桥面在强风下应声折断。

坐在该处的佐由理忽然失去了着力点,从桥上摔了下去。我的意识跟着佐由理一同坠落。这样啊……那座支撑着天空的高塔崩毁之后,天空就会塌下来。这不是很自然的事吗?

我在无边无际的深渊中不停地下坠……

现实中延续了梦里那种下坠的错觉,让我在忽然间惊醒。我环顾了四周,确认自己处在废车站的月台上,正跟着拓也还有佐由理一同望着远方的夕阳。

我仿佛做了一场梦。

那似乎是非常重要的事情。

"我刚刚好像做了一个梦。"我将这种异样的感觉脱口说出。

"什么样的梦?"佐由理听了于是开口问道。

"忘记了……"我想不起来。

"今天的黄昏好像会一直延续下去呢……"

我再想起那天梦中的光景已经距离当时相隔了数年的时间。那时我已经失去了许多东西,一切都不复存在。我总是在一切都已经为时已晚的时候才察觉到那些事情的重要性。

　　我们三人在衣服跟鞋子全都干了之后,依旧沉醉在漫长的落日余晖中。我们觉得这天的夕阳似乎会永远延续下去。

　　地平线彼方的太阳尽管移动缓慢,却与我们的期望背道而驰,一点一点地沉入了西边的天空。我们的视线追着太阳最后的一角消失在这片天空中,只留下欲走还留的暧昧光线徘徊在地平线上方迟迟不忍离去。

　　夜幕低垂,我跟拓也环顾着周遭的景物同时站了起来。然而此时的佐由理却依然双手环抱着膝盖坐在原地。她说她不想回去。

　　"现在可是暑假呢!"拓也听了之后安慰道,"在夏天结束之前,这片天空永远都是我们三个人的。我们明天再来吧?后天也可以,什么时候想来我们都可以过来。然后我们每天都可以过着像今天一样的生活。"

　　佐由理抬起头,脸上的表情仿佛天上的浮云改变了形状一般展露了笑容。

　　那真的是炎炎夏日中非常特别的一个回忆。

　　时至今日,我心中最为纯真的那个自己依旧无法挣脱那个回忆而成为它的俘虏。

　　从这天起,佐由理便从我们的生活中消失了。

12

暑假开始,我跟拓也每天早上都在虾夷工厂打工,然后整个下午便待在废车站制作薇拉希拉。

结业式那天,佐由理在这边跟我们说她每天都要来玩,结果却在分手之后完全失去了踪影。我感到些许的寂寞,偶尔也歪着头思考着其中的原委,然而眼前这架快要迈入试飞阶段的飞机即将完工,我于是终日埋首作业没有深入去想。

就差那么一点点了。我心中反复地回荡着这样的意念。马上就可以在天空中翱翔,然后飞向那个我们向往的地方……

我们三人的约定之地。

佐由理说她也想去联邦国的那座高塔看看。她一听到我们肯定的回复便圆睁着那双原本就水亮的大眼睛露出了惊讶的表情。"可以答应我吗?一定要带我去哟!"她带着恳切的语气数度地重复了这样的要求。而我们别说是答应她,这个约定甚至马上就可以实现了。脑中满是这样的念头,于是将此刻身边少了佐由理的那份落寞与疑问自然地抛到了脑后。

拓也花了两个礼拜左右的时间全身心地投入系统平衡的数据架

构工作。在此过程中，我不时看见他遇到了几个复杂的部分而停下来思考。负责串联各项机具之间的程序是由我们分头开发的，不过这部分工程不是我能够负荷的，于是我便抽手将这方面全权交给拓也处理，我则专注于应付硬件部分的工程。

八月六日是返校日，佐由理这天也没到学校来。

"该不会是身体出了什么状况吧？"拓也喃喃说道。

我听了便想起她身体其实相当虚弱的事实。

"是不是因为那天掉到湖里的关系呀？"我想起了结业式那天我们在山坡上发生的事情于是开口说道，"因为掉到湖里而使得身体出了状况……"

"也许是吧……"拓也吸了一口烟，同时皱起了眉头。

接下来的一个礼拜我们又全身心地投入飞机的制作工作。飞机制作进行得相当顺利，然而却没来得及赶在暑假前完工。佐由理依旧不见踪影。

八月十三日，新学期开始。在开学典礼的集会中我们依旧没有看到佐由理出席。之后的班会时间佐由理也没有到场。这让我产生了不祥的预感。

我们班上的级任导师是一位姓佐佐木的女老师。她站在讲台上甚至没开口对学生打过任何的招呼，便直接告诉大家有件重要的事情宣布。

"班上的泽渡佐由理同学因为家中发生了紧急事故，于是在暑假便转学离开了。"她带着有些严谨的口吻传达了这件事。我甚至可以从她的表情中读出她不善于讲述这类状况而感到些许不快的情绪。

教室里一片哗然。

面对佐佐木老师口中突如其来的言辞,我没能实时领会其中的意思。然而就在下一刻,我因为这个冲击性的发言,心中有如刮起一阵狂风一般陷入了紊乱。相对于内心的震荡,我的外表却只是低着头一阵茫然地呆望着桌上的铅笔盒而说不出话。铅笔盒在我的意识之中飘向了远处。视线中的一切失去了它应有的形貌,在我脑海中呈现出一片扭曲的影像。

我闭上眼,同时不觉紧扣住了自己的眉间,双手不知所措地按在两旁的太阳穴上。"冷静一点!"我在心中默念,然而另一个声音见状却随即大声斥责:"冷静什么呀!浑蛋!"

"转学?"

嘴边下意识地吐出了低语。这对我而言是极度非现实的词汇。

怎么会这样……

这天学校只是交代了许多复杂的联络事项,然后收集了学生们的暑假作业后便让学生离开了学校。我旋即来到拓也的班上揪住了拓也。

"怎么会这样?!"他说,"什么家里的变故?这是怎么回事?!"

"我不知道。"

"转学的地点呢?"

"不知道,老师没说。"

"去问。"他拉着我朝导师办公室快步走去。

拓也打开导师办公室木质门扉的力道不小,看来他似乎相当气愤。我第一次看到他露出这般愤怒的表情。我们直接来到了佐佐木老师的办公桌前，劈头便问起佐由理转学的事情。

"请您告诉我佐由理转学的理由！"

"白川同学……"

老师被拓也紧绷的表情吓了一跳。她随后表现出了在班上宣布这件事情时的困惑神情答道："她的双亲除了家中的变故之外什么也没说……"

"家中的变故究竟是怎么回事？"拓也没有停止提问，"本人什么也没说就连忙转学绝对不是普通的事情！"

"学校这边没有办法这么深地介入人家的家庭问题。白川同学……"

"那请您告诉我她转学的地点！"

佐佐木老师被问得有些狼狈。

"这个……我也不知道……"

"不知道？怎么可能不知道？转学也要办手续呀！没有转入学校的学籍，怎么可能从这所学校转学离开呢？"

"是啊。"佐佐木老师听了拓也的话附和道，"理论上是如此，不过不知道怎么回事，泽渡同学就这样转学出去了。这种状况让相关职务的老师也相当困扰。总之校方完全没有办法得知泽渡同学转学的地点……"

"怎么会这样……"我低声吐出了这么一句话。

"怎么可能会有这种事？"拓也语带愤怒地说道。

我们走出导师办公室，耳边又传来了拓也的抱怨："怎么会有这么荒唐的事!"

截至前一刻为止思绪全部呈现一片混沌的我,此刻也觉得这件事情相当诡异。我忽然想到,上学期初发下来的班级名册我一直放在书包里面。那张名册上面记载了佐由理家的地址。

我从书包里面翻出了那张皱皱的名册。

"拓也,我们到泽渡家去找她!"

我跟拓也搭上电车来到了中小国车站。

拓也拿出了笔记本电脑,借由网络查出了佐由理家的地址以及如何前往该处的地图。她家位于车站附近的县道旁,非常容易找到。

我们没有多费工夫便来到这座庭院宽广的大宅前面。她家的占地面积有对门及左右邻舍的两倍之大。庭院外侧围着高高的围墙,透过围墙可以看到院子里的松树。这是一栋一层楼高的和式透天建筑。尽管外表看得出来年代久远,这栋建筑却同时表现出坚实的印象而显得大方庄重。我们踏进了庭院,按下了玄关前的门铃。随着房里传来轻微的脚步声,一位看起来像是佐由理母亲的女人从房里走了出来。玄关也同样显得十分宽敞。佐由理跟她母亲长得不像。

当她听到我们是佐由理的朋友时,露出了惊讶的表情。

"两位是佐由理的朋友?"她的语气似乎表示眼前的状况让她感到相当意外。这让我感到些许的不快。我并没有将这样的情绪表现在脸上,也许只是单纯地无法表现出这样的情绪。

"是的,我们是佐由理的朋友。"我留意地表现出礼貌的态度开口答道。

"我们来跟佐由理打招呼。"拓也接着开口。

佐由理母亲的脸上浮现出了佐佐木老师前一刻表现出来的困惑情绪。她告诉我们佐由理已经搬到远方的住处去了。

"这件事是忽然决定的。"她说,"佐由理暑假的时候就已经住到那里去了……没有事先跟朋友们打招呼真的很不好意思。"

佐由理的母亲表现出一副疏离的态度。面对两个男生忽然前来探望自己的女儿,这种反应也许看来理所当然,而我却不这么觉得。

我请伯母告诉我佐由理移住的地点以及转入学校的名称。

她沉默了。

下一刻我们从她口中得到了不方便透露佐由理去处的答案。

因为特殊原因……

(究竟是什么特殊原因?)

我忽然间有股强烈的冲动想要一把抓住佐由理的母亲,然而我强忍住这样的意念,却依旧因为想不出其他的办法而开口提出了愚昧的问题。

"您说的特殊原因究竟是怎么回事呢?"

想当然,对方没有正面回答我的问题。

"佐由理必须在一个新的环境开始新的生活。"

她说完也许觉得这样的态度有欠礼数,于是稍微缓和了言辞,以温和的语气接着说道:"真的很抱歉,这件事情说起来非常复杂,并不是三言两语就可以解释清楚的。她必须跟过去的环境还有人际关系暂时隔离开来。虽然对你们这些朋友很不好意思,不过希望你们能够体谅。"

"冒昧地问,这是泽渡同学自己的意思吗?"拓也提出了尖锐的质疑。

"这个……是的,是那孩子自己的意思。"

她的答案很容易让人起疑而心生遐想。我跟拓也此时心中都有着一股想要继续追问的念头,却哽在喉咙里面说不出口。我们沉默了。这一阵沉默的态度之中带着我们心中强烈的攻击性。这种应对方式我跟拓也同样拿手。

"两位同学……"

佐由理的母亲终于屈服了。

"可以告诉我你们的名字吗?我有机会会请佐由理日后回来探望你们的。"

这样的答案依旧无法打消我们心中的不满,然而到了这个地步,我们也不能再做什么了,我跟拓也于是就这么告别了佐由理的母亲。回到车站前的路上,我跟拓也彼此闷闷地没有说话。我的脑中忽然闪过了一个疑问。我不一会儿便找出了这灵光一闪的疑问究竟来自何处。佐由理的母亲说她"有机会"会请佐由理日后回来探望我们。

也许这只是一时措辞的问题,不过,从这个地方看来,佐由理的母亲可能也没有办法轻易地见到佐由理。

"有机会?"

佐由理到底去了什么地方?

我们带着半分逃避现实的念头躲进了废车站的停机棚。一阵短暂的沉默环绕在我们身边。为了挥别这种沉默的气氛,我们不情不愿地开始将注意力转到飞机的制作工程上。

拓也敲击键盘的节奏显得比以往迟钝，我手中用以固定传动皮带的工具此时也显得格外钝重。不一会儿，我们便完全失去了干劲儿，像雨天洗好的衣服一样整个人晾在飞机的机体上。

"所谓的特殊原因究竟是怎么回事呢……"我下意识地将这句话脱口而出。

在自言自语之后我便开始认真思考其中的可能性。怎么想也都只想得出午间播放的肥皂剧里才看得到的荒诞内容。

飞机的那端传来拓也说话的声音。

"看来不像是债务方面的问题，她家看起来在金钱方面有相当的余裕。我刚开始觉得可能单纯只是父母之间离异的关系……"

"如果只是这样的话，那就没有必要隐瞒泽渡去向了……"

我不禁陷入了沉默。拓也也跟着不发一语。

这阵静默的气氛之中，我跟拓也脑中盘旋着各种没有实际根据的揣测。线索少得可怜。无论我们怎么想都得不到让我们满意的答案。尽管我们明白怎么想都是徒劳无功，却也不能停止思考与这件事情相关的可能性。所有的思绪只留下不祥的预感成为脑中的沉积。

此时拓也忽然开口说道："无论这件事情到底基于什么样的原因，对泽渡来说都是相当突然的事情。我们之所以没有办法保持沉默，是因为这很可能不是泽渡自己的意思。"

"为什么你可以如此断言？"

"这边……你过来看这里。"

我绕过飞机来到拓也身处的位置。他的视线停留在墙壁的一角。

佐由理的小提琴琴箱就竖立在墙角。暑假开始的那天我们离开这里的时候，佐由理说小提琴很重，嫌累而没有带回去。

"从她把小提琴放在这里看来，她暑假中还是打算要过来这边的。"

这样啊……不过这也许不能说是多么可靠的线索。我想，放着没有带走的小提琴，不见得能够完全证明佐由理离开这里前往某处是基于急迫或难以抵抗的原因。

我们一整天都没有任何的进度，只是带着忧郁的情绪就这么离开了废车站。

这般阴郁的气氛持续了整整三天。

我终于再也无法忍受自己这般长期的低落情绪。所有的事情都太过暧昧，才会让我们无论做什么事都没有进展。我想把一切事情都弄个水落石出。

"我们再去泽渡家一次吧。"我对拓也说。

"也是……如果我们不死心地多去几次，也许能够得到什么新的消息。"

"那事不宜迟，我们走吧。"

我们跟之前一样搭车来到了中小国车站，经由县道前往佐由理家。

然而眼前的光景让我跟拓也同时停下了脚步。短暂的数十秒间，我跟拓也也呆然伫立在原地没有办法开口说话。

佐由理家已然变成一片什么也没有的空地。

我跟拓也窝在废车站的停机棚内，连灯也没开。此时我们之间的沉默跟几天前的氛围截然不同。

佐由理完全失去了踪影。

我想她并不是去了哪里,而是在某种强大的压力之下被掳走了。

"太没有道理了!"我的心中不停地回荡着这样的想法,同时将蓄积于体内的那股怒气全部指向佐由理被拐走的这个假设状况。

然而,这样的想法只会让自己的身体跟脑袋全都处在无意义的亢奋状态。在难以遏止的愤怒之中我终于竭尽气力,使得整个人坠入了一种怅然若失的忧郁情绪。然而这种惆怅又在下一刻唤醒了心中难以平复的怒气,于是周而复始,我就这么陷入了有如遭到拷问一般永无止境的煎熬之中。

会有这种状况是因为我的情绪没有抒发的渠道。

我找不到任何具体的对象发泄我的怒气,这是一种非常糟糕的状况。因为负面的情绪无法得到宣泄,致使我今后亦将随时随地被这种负面情绪束缚。

拓也坐在工作台前的椅子上直愣愣地瞪着眼前的墙板,而我则是绕着尚未完工的薇拉希拉漫无目地走着。我一直走到脚酸,终于停下了脚步。这里恰巧是佐由理初次见到薇拉希拉时将额头贴在机壳上的位置。

我偶然地来到了佐由理当时伫立的地方,并且伸手将手掌贴到了当时佐由理的额头接触的那个区域。

泽渡……

你走了,那薇拉希拉怎么办?

我们不是约好要用薇拉希拉载着你一起飞翔的吗?
你丢下你的薇拉希拉一个人究竟去了哪里?

我在心中喃喃叨念着,然后对于自己脑中不禁浮现出来的词汇感到讶异——泽渡的薇拉希拉。我制作这架飞机的目的,究竟从什么时候开始不是为了自己,而是为了这个女生?我一直怀抱着跟她之间的那个约定而制作这架飞机。守护这个约定对我而言一直都是如此自然且明确的事,让我完全不曾发现自己制作飞机的目的产生了任何不一样的变化。

由于佐由理失去了踪影,让今天的我变得怅然若失——我察觉到自己对薇拉希拉的热情大幅度地衰退。此刻的我,感觉就好像拼了命地追逐什么无法挽回的事物,却怎么也得不到结果,因而心生一股焦躁的情绪。

薇拉希拉还差一个礼拜的工程进度便可以完工。我跟拓也隔天一如往常地在放学后搭乘津轻线铁路来到废车站,继续最后收尾的工作。然而,不同于初期工程中的现象是,我们始终无法摆脱阴郁的情绪,而这天也完全没有进展。

再隔了一天放学之后,拓也没有过来。我在南蓬田车站的月台处等他。列车已然进站,而我却始终不见他的人影,于是我只好先上车。毕竟我们遇到了许多棘手的问题,另外也有可能是他感冒了吧。

我一个人孤单地开始薇拉希拉的制作工作。到了这个阶段我跟拓也的工程几乎是完全分开来的,一个人做也没什么问题。然而我坚持下去的意念却在途中便消耗殆尽，于是我最后还是放弃了，到日落为止的时间全都在湖边丢石头度过。

又隔了一天，拓也按时来到了南蓬田车站，他似乎没有意思要对昨天"缺席"做出说明。

第三天，拓也又没有按时出现。

第四天，换我没有去了。

什么也没说便对拓也爽约的事情让我觉得愧疚，于是隔天我便小心翼翼地避免在学校跟拓也遇上。不过话说回来，那天拓也第一次什么也没说便没到南蓬田车站的乘车月台来，我虽然胡乱帮他编了借口，但其实我相当失望。我今天去了废车站，也没看到拓也昨天来过的迹象。我们有一本记录工程进度的笔记本，当中并没有留下拓也昨天的笔迹。

空荡荡的停机棚内，我的叹息在一片寂静的气氛中显得特别清晰。我累了，深深察觉到自己身心俱疲。我想休息。这样的想法是几年来从未在我的脑中浮现过的。我在认识拓也之前什么事情都是自己一个人完成的，对于自己独来独往这种事从未有过半分怀疑。然而，今天只剩下我一个人的时候，孤独却变成了如此难以忍受的煎熬。

接连的两天我都没有去废车站。尽管我打算要是在南蓬田月台上遇到拓也就改变行程，开始"上工"，不过我却没有看到他。

接下来的一个礼拜，我偶尔会到废车站去，也相对地休息了几天。就算去了，顶多也是一整天茫然地发呆度日。

到了文化祭的时候，准备期间校内总是充满忙碌的人群。不知道什么原因，我们学校的文化祭比其他学校都要来得早些。这么说起来，我跟拓也一起在没有申请的情况下,擅自策划遥控飞机的试飞活动已经是两年前的事了。现在回忆起来,心中浮现出了一股既怀念又感伤的情绪。

那天我因为弓道社的学弟学妹来找我商量文化祭的活动策划工作而迟了点回家,上一次搭乘社团活动电车回家已经是好久以前的事了。尽管时间不对,不过"习惯"是没有那么容易改变的。我来到月台上固定的那个位置等待着去程电车进站。就在这个时候,我听到耳边传来一阵熟悉的脚步声,于是不禁回头。

我在转头之前便知道那个人就是拓也,然而他的身边却跟着一个可爱的女生,这让我瞬间感到有些畏缩。那是他竞速滑冰社的学妹,松浦可奈。现在还是炎热的夏末时节,松浦可奈却紧紧地黏在拓也身上。怎么看都不觉得他们只是同社的学长跟学妹偶然在放学的时候碰到而已。

"你这是什么德行呀?"

我劈头就对拓也说了这么一句话。尽管我自己没有察觉,不过我当下的表情似乎相当严肃,而这个表情似乎吓到了松浦可奈。

"什么叫'什么德行'?"拓也想也不想地将这个质问丢回到我的头上。

"拓也,你……"

我的声音带着些许的颤抖。我想问他他对佐由理的感情是不是打算就这么当作从没有发生过,然而话到了嘴边却又吞了回去。这种事情不能让一旁的松浦听到。

"那件事情不管我们怎么做都已经无济于事了。"他刻意避开了敏感的字眼开口说道,"我们已经没有办法可想了不是吗?我们难道要永远惦记着那件事,永远把自己囚禁在那个回忆里吗?"

"那薇拉希拉怎么办?"

"那东西……"拓也的声音瞬间变得软弱,"那东西……我已经不想管了。我已经没有干劲儿了。剩下的就你自己一个人搞定吧。"

"你是认真的吗?不要这样……拜托你不要就这么放弃!我们不是说好要一起到那里去的吗?"

"我已经累了……"

我切实地从他的语气中感受到他已身心俱疲。说实话,这种疲惫的感受我不是不能体会。

"不管我们怎么做,这件事情也许注定是要变成这样的。也许这正好就是我们该抽手的时候了……"

"拓也!"我怒斥道,"你这是酸葡萄心理!"

"就算真是如此那又怎样?"

"这不像你呀!这不是你一贯处事的方式吧!你不是这种人!拜托你不要再说这种话了!"

"你又知道什么了!"他口中吐出了陈腐的台词。这样的说辞比起三流的连续剧都要来得差劲儿……

"真扫兴。我去别的车厢,你最好不要跟过来。"

他说着便转身拉起了一旁的松浦,朝隔壁车厢停靠的位置走去。我对拓也的态度感到愤怒,这股愤怒几乎占据了我大部分的思绪,而让我只能眼巴巴地望着他们离去。其间松浦多次因为在意而频频回头,不过拓也却始终不肯转身再面对我。

终于等到列车进站的时刻。列车行驶间,我只要一想到那家伙就坐在隔壁车厢,便生气得静不下心来。我原本并没有抖脚的习惯,然而此时我的膝盖却下意识地一直抖动。

我当时因为被拓也惹得气愤难消,没有心情再绕到废车站去,直接在三厩站下车回家了。

隔天我整理过了自己的心情,放学后来到了废车站。我想这么做的原因是我对拓也的态度产生了反感。在遇见拓也之前我一向都是独力完成所有事情的,既然那家伙已经放弃了,我就自己一个人把这东西完成给他看!

我带着这样的想法来到了停机棚,却因为空旷的室内着实地将我每一个孤独的动作以回音传送到了我的脑中,深深地打击了我的意志。

我试图振作因孤寂而被蚀去的执念,拼命地挥动手中的工具。然而,那个拓也爱用的机械键盘直到日前依旧从不远处传来咔咔的敲击声,还有他笔记本电脑中硬盘读取数据时高速运转所发出的声音,如今都已经不在耳边。这对我的心灵造成的伤害远比想象中要来得深刻。

一阵空虚感忽然向我袭来。

我失去了干劲儿,手中的工具不经意地从手中滑落。

我到底在做什么?

我投入了大量的时间、金钱,到底是为了什么?已经没有朋友可以跟我分享成功时的喜悦了。那个总是会不停地称赞我的女生,如今也已经失去了踪影。

我从铝梯上一阶一阶地爬了下来,整个人环抱着膝盖蹲在地上。

永远都会只剩下我一个人了,无论是飞机完工的时候、起飞的时候,甚至是到达那座高塔的时候……

这么一来一切就会变得没意思了吧?

此时的我仿佛拧干的毛巾,体内仅存的活力正一点一滴地被榨出来。不知道什么时候我已经再也没有任何力气做事了。

"佐由理,这一切都是你害的。"我在心底喃喃地抱怨道,"你是如此重要。正因为你是那么重要,所以我们才将一切都交给了你。然而,你消失之后齿轮也就不再转动了……"

不行了。

我已经没办法继续制作这架飞机了。

过去支撑着我们不断地朝向前方迈进的那股推力此时已不知道消失到什么地方去了。我举起身上的工具携行袋使劲儿往远方扔了出去。

(够了。)

拓也早就这么说过。他的判断总是比我来得早一步。就是这么回事。拓也说得对,已经玩完了。现在怎么样都无所谓了。

我走出停机棚,将左右敞开的大门关上。我将锁链紧紧缠绕在大门把上,让它再也无法开启。除此之外,我又上了三道大锁把这间停机棚永远地封起来。

我从后门回到了停机棚内拿回了书包。墙壁四处回传了我每一步迈出来的声音,让我不禁感到一阵焦虑。

我来到变电箱前关掉了总开关。啪的一声,所有的电灯全都灭了。在这个呈现出一片死寂的空间中,薇拉希拉好像博物馆里的骨架模型,完全失去了真实感。

我从后门走出了停机棚，上锁，将钥匙埋到地底下，然后迈着蹒跚的脚步沿着山路走下这座小丘。行李十分沉重，这种感受是两年来从废车站返家的过程中第一次出现。面对这样的自己，我不禁在心里对自己开口说道："喂，这可是下坡呢！居然连这点行李都嫌重！你到底是怎么了？"

我来到森林的入口，回头看着门把被锁链一道道缠住的停机棚大门。它就这么静静地蹲在远处的草原上，看来一副弱不禁风的模样。

在停机棚的延伸处，那座高塔耸立在遥远的天边，依旧美丽如昔。一如往常，我此刻依旧觉得听得见那座高塔的呼唤。然而此刻高塔的呼唤却在我的心中留下了与以往截然不同的感触。我转身背过高塔，此时我的心中仿佛受到了高塔对我一阵严厉的斥责。它依旧让我如此着迷，依旧在等待我的造访。然而，此时的我却几乎溺毙在泪眼盈眶、自怜自哀的情绪中，只是咬牙切齿地将内心的愤怒与厌恶感指向这个懦弱的自己。

不要再呼唤我！

不要再引诱我！

不要再让我如此为你着迷了……

我试图振作，让自己能够坚强地跨出回程的脚步，却在探出第一步的同时便耐不住心中的落寞，步履蹒跚地走了出去。

我仿佛感受到那座高塔沿着天空的弧线整个压到了我的头上。我对此感到愧疚。过去我花费了几年的时间，赌上性命的渴望，如今我将要把它当作从没有发生过。甚至与佐由理言犹在耳的那个约定，也将随着我的离开而一切烟消云散……

"不要再看着我了！"我对着身后那座高塔怒斥道。

我此刻只想到一个看不见那座高塔的地方去。

这当然是生平第一次出现在我脑中的想法。我不禁觉得，也许这种想法此刻其实正在我的心中不断地膨胀，正逐渐蔓延到我心中的每一个角落。

我再也不想看到那座高塔了，我已不堪重负。每当看见那座高塔，我只会想起那架完工之际便被弃置不顾的飞机残影，还有时常毫无预警地出现在我脑海中的佐由理。我再也不要接近那座高塔……

我想离开这里。

我忽然忆起佐由理曾经似乎说过同样的话。原来如此，她就是因为这个念头而去了我们所不知道的地方。

就在这个想法浮现的同时，我想要离开这里的念头于是忽然充满了现实感。

我回到家，认真地思考方才浮现于脑中的意图。明年的春天就是一个不能错失的转折点。我于是专心地投入升学考试导览，还有网络上的应试信息网站。我于是得知了东京有所以升学率闻名的私立高中，该校对于偏远地区的录取者有优厚的待遇。虽然这所学校不容易考取，不过从现在开始认真念书的话也许可以考得上。

我花了几天说服父母，终于得到了他们的许可。如果要到东京念一所好的大学，那么与其去报偏远地区信息缺乏的补习班，倒不如到东京去选一所辅导应试经验丰富的学校要来得有效率。他们接受了我这样的说辞。

从这一刻起，我便开始为了追上我至今在学业方面落下的进度，一股脑儿地全身心投入学习。虽然我将埋头于无聊的死背工作，不过只要设定了目标，规划好了进度，然后朝着目标扎实地前进，这样的做事方式对我并不会造成困扰。我只要每时每刻都坐在书桌前背诵那些代数的公式还有助动词的用法，我就不会再想起佐由理跟那座塔的事了。这样正好。

我在学校偶尔会在走廊上碰到拓也，然而我们彼此面对时都有些愧疚，觉得对不起对方，所以我们再也不会跟对方打招呼。这样的关系在幼稚的小孩子们的眼里叫作"绝交"。比起之前我们每天腻在一起的状况，这样的改变真的很难叫人接受。一想到这里，我的心就仿佛纠结在一起一般难受。不过我有我现在该做的事，我希望能够尽量避开一些会让我分心的事情。

时间就这么匆匆地流逝，第二学期过去之后又到了寒假。在我一心一意地准备考试的时候，第三学期也在转眼间结束了。

我在险些落榜的情况下考上了我理想中的那所学校。

我不知道拓也升学方面的规划，也没有听说相关的结果。当然我也尽量地不想过问这些事。

说实话，我对于佐由理破坏了我跟拓也之间这般亲密的友谊而带着些许的埋怨，不过我想这只是我为这个结果找出来的借口。

埋怨归埋怨，这个状况我已无力改变，也无从改变，于是逐渐可以从客观的角度看清这其实不是佐由理的问题。这个世界就是如此，我们之间的关系会发展到这般田地也是没办法的事。

不过其实就结果而言，我终究没有办法让自己真正地用如此客观的角度接受这个事实，而这个事实也在日后对我深刻地造成了影响。

我喜欢佐由理。我也喜欢拓也。同时失去他们对我来说在心灵上留下了难以磨灭的伤痕。

我想让自己忘掉他们，却怎么也无法如愿地加以忘怀。无法忘记自己想忘掉的事，其实非常痛苦。

对每个人而言，心中都有不知不觉中忘记的事，有想忘却忘不掉的事，还有绝对不能忘记的事。

我逐渐得到这样的体悟，然而这其实是我怎么也不希望明白的道理。

沉眠之章

1

十六岁那年的春天,我初次踏上了东京的土地。

我从东北新干线列车上下到月台,挤进了检票口前的人群。如此拥挤的景象让我不禁咂舌。东京车站大厅大得吓人,四周不见窗户,俨然就是一个地底都市一般。要是没有引导旅客的指示牌设计,我想我一定走不出这栋建筑。

我找到丸之内线的地铁月台,搭上了进站的电车。东京车站列车班次密集的程度让我觉得相当贴心而愉快。我确实体验到了这个地方五分钟一班车的方便。这个地方时间的流速跟我过去所居住的世界有着截然不同的差距。

我仿佛就是为了这种截然不同的感受而来到了东京。

我想起了今天早上从三厩的家里出发时的情景。母亲说她想陪我一起到东京,或者至少陪我到青森或八户那边,不过我说什么都不想让她跟着,于是回绝掉了。我希望能在新的地方找到一个崭新的自己。所以任何可能引起思乡情绪的东西我都尽量让自己避开,不要带到这个地方来。

我在西新宿下车,走出地铁站来到大街上。眼前耸立着一座顶端有个像盘子一样的东西盖在上头的高层建筑。那座建筑笔直地朝着天上延伸而去。

"真是巨大!"我直率地涌出了这样的感想。

我在成子天神庙的圆环十字路口右转,看着地图走了五分钟左右。此时我不禁抬头,看到的是跟方才一样高层建筑环立的景象。

这真是旷古绝伦的景色,让人联想到成群的高塔。

这是高塔丛聚的城镇。新宿新都市中心林立的高塔没有任何成见地俯视着我。这些耸立的巨型建筑来自四面八方的视线没有让我产生丝毫的焦躁,取而代之的是一种安适的心情。

我又步行了十分钟左右,街景忽然急剧地改变。侵蚀了都会纵向空间的成群大厦转眼间便全部消失,变成了紧贴着地面水平伸展开来的古老建筑群。

这种景色的转变让我觉得十分新鲜。前一刻被拉至空中的意识,随着景色的转变,急剧地变成横向延伸出去的空间。眼前的这片街景位于较为低矮的地区,站在稍微高起来的山坡上便可以将这片古朴的风景尽收眼底。这种景色的差异十分显著。

环顾四周,这片充斥着古老建筑的街景,其实每一栋真的都经历了相当长的岁月,仿佛昭和中期的氛围就这么保留下来了一般。这些房舍的屋顶几乎都是瓦片堆砌而成的。处在北方的雪国,从没有看过瓦砾的我对此有着深刻的感触。这真的是一片充满了人类生活气息的街道。原来东京这里并不是只有像涩谷、银座这样的地方。

我在这片街道的尽头缓步走下了迂回向下延伸的石阶。这座石阶的另一头有着接下来将伴我度过高中三年生活的宿舍。

我稍微迷了一下路才找到这间十分老旧的房舍，它是由公益法人协会兴建的宿舍。

说是宿舍，其实跟一般硬性规范团体生活的既有宿舍不同，它是一间带有厨房的木造公寓。我的房间位于这栋两层建筑的二楼。这是父亲借由职务方面的关系帮我找到的宿舍。

仔细端详它的外表，怎么看都像有四十年历史的古老建筑。宿舍里面没有浴室，厕所是全员共用的。这些特色让它的房租便宜得吓死人。嗯，质量反映物价嘛。对此我没有丝毫不满。我并没有特别想要享受一个人生活的风雅情趣，所以只要有一个可以睡觉的地方其实也就别无所求了。

我的房间里堆放着快递送达的几个大纸箱，我绕过了纸箱堆，走到窗边打开窗户，让室内的空气流通。这房间不是采用充斥于西式建筑中的铝质窗框，全都是古朴的木材，因此当我拉动窗户的时候木头的摩擦声响彻了整个房间。

今天天气相当晴朗。

阳光透过窗户，点亮了昏暗的房间，瞬间的感受让人心旷神怡。

我留着房里敞开的窗户，带着闲适的心情打算到外头散散步去。毕竟来到一个新的地方，总要先熟悉一下地理环境，并为接下来的生活做些准备。

走出玄关之后，我环顾了四周，在宿舍的两侧各找到一间投币式自助洗衣店，还有公共澡堂。再多走几步来到大街上便可以看到便利商店，附近也有几家小吃店。这条路上放眼望去便可以看到两间便利商店隔街对望，这让我这个乡下来的乡巴佬不禁愕然。

随便这么晃了一圈,看来这边的生活应该不会有什么不便之处。其实根本就是应有尽有。

我原以为像东京这样的地方,应该到处都是车水马龙、人声鼎沸的街道,不过这边却有着一股幽静的气氛。这里的街道宽度让汽车行驶起来不太方便,两旁的行道树密度让行人仿佛置身于某座公园里面,环境舒适而宜人。

我走在街上穿过了另外一条支巷,在还分得清楚方向的状况下随意地左拐右弯,然后我来到了青梅街。我随性地朝着西向的道路走去,沿途经过了一处铁墙隔离的建筑工地,里面正要盖起新的建筑。这让我瞬间想起了佐由理家整栋房子被拆成一片空地的景象。

"唉,平房公寓在东京改建成高楼大厦的事情应该是家常便饭吧。"我如是地想着,才又得以从方才瞬间的动荡中平复。

不让自己有闲暇时间流连过去的回忆,其实就某方面而言是件好事。

我不禁抬头朝天上望去。瞬间……我感到一阵惊慌。北方的天空——耸立在民宅上方有如铅笔笔芯一般直挺挺的白线忽然出现在我的眼中。

我眨了眨眼睛,仔细确认了一番。全身上下的毛孔因远方挥之不去的景象而绽开。

它毫无疑问地坐落于该处……

那座塔。

那座高塔跟我在青森看到的比起来变得相当细小。尽管它成了极为细长而有些模糊的模样,但那确确实实就是虾夷岛上的那座高塔。

怎么可能？怎么可能到了东京还看得见？

我在脑中盘算了一下青森到北海道中央的距离，然后回忆自己在青森观看到那座高塔的宽度，试图推算出高塔直径可能的大小。就算根据那个结果把塔的直径再放大两倍，那也不应该是东京可以看到的东西。理论上应是如此才对。

然而，那座塔模糊的影子却出现在我的视线之中。

我抓住了偶然行经此地的老人，告诉他我刚刚才搬来此地，然后问他这个地方是不是以前也可以看到那座高塔。他说他的视力衰退了，平常看不清楚，不过那座高塔就跟富士山一样，在天气好的时候都会清楚地浮现在天空的彼方。

这……太没有道理了。

老人走了，我呆立在原地。怎么会这样？我明明是为了不让那座高塔再次出现在我的眼前才来到这里的……

我显得狼狈，"铛"的一声靠在身后的铁丝网上。

开学典礼之后新学期开始了。

我只身来到远在东京的学校。我曾经以为自己是一个乡下来的外地人，可能会被大家瞧不起。当我抱着这样的决心来到此地，却发现事实并非如此。虽然学校的同学几乎都是在东京出生，不过却也有不少从全国各地来到这所学校就读的学生。所以无论是学校还是当地的学生都很习惯这样的现象，就算是乡下来的学生也不会有什么不自在的疏离感。

然而,像我这样特地从乡下来到东京的学校就读高中的学生还是相当少见,因此还是有许多同学对我抱有兴趣而频频提出许多问题。除此之外,他们也会羡慕我自己一个人住的生活。我开玩笑地说,我住的地方怎么看也不像是会让人羡慕的穷人住宅,结果也逗得大家相当开心。

我从来就不是那种会对陌生人抱持警戒心的个性(当我理解到这样的特质是何等珍贵的时候,我已经失去它了)。这样的个性也让我跟周遭的同学处得很好,无论做什么事情也都相当顺遂。在新的学校,我不久便结识了许多一起游戏的朋友。因此,一个人住在外面的生活也就变得不那么寂寞了。至少在表面上是如此……

这所学校坐落在西新宿气派的公寓群中。明明就是所位于市中心的高中,学校的操场却不是 PU 材质,而是红土铺设的跑道。

三楼的教室透过窗户可以清楚地看到新都心的高层建筑。

当我初次在此地看到那座高塔的时候,我觉得它仿佛跟林立于西新宿的高楼建筑有着相同的血缘,每每抬头望向那些耸立于大都会中、显出一股骄傲气质的高楼建筑,我的心中便会涌出一股激荡的情绪。人们到底基于什么样的理由建造那些如此高大的建筑物呢?为什么那些建筑物非得这么高大不可呢?那些高层建筑里的人,究竟都在做些什么?

我时而歪着头露出疑惑的表情。我并非想要进那些大楼里面看看,只是不知道为什么,我总觉得自己被它们排拒在外。

我十分用心地专注于学校的课业。

不管怎么说,我毕竟是拿升学当作借口而来到此地的,不认真用功没有办法跟家人交代。老实说，我心里不是没有那种"等上了东京之后爱怎么样就随我了"的想法，不过我还是觉得这点承诺我应该好好遵守。再说，现在的我也没什么特别想做的事了。

就这样，中学时代想都没想过的预习跟复习工作现在我也开始做了。学校的课业中一点也找不出什么有趣的内容。不过我可以借着念书打发时间，也不再需要去想些无聊琐碎的事情。这所学校校风严肃，并且采取升学制度，周围没有任何人会说你干吗一天到晚都在念书。因为对这所学校的学生来说，用功念书是对的，是值得尊敬的事。这样的风气让我在新的环境中逐渐得到了认同，同学看到我都会对我抱持一定程度的敬佩之情，也觉得我是个平易近人的人。在这个崭新的环境中，我不是没有遇过个性不对盘的人，不过这样的人际关系还不至于发展到麻烦的程度。无论我走到哪里都可以从容应对。也许从客观的角度来看，这是非常得天独厚、十分幸福的事情吧。

然而，不知道为什么，我心中那种自己并不属于任何地方的不安却始终没办法消失。

如果可以的话，我并不想在宿舍装电话。不过这种想法终究还是行不通的，由于父亲还有一个申请电话的权限，所以就帮我装了一部。

第一学期的期中考前后，关东地区发生了微幅的地震。地震发生的当时我完全没有丝毫的异样感。那其实根本就是一个无感地震。然而喜欢穷紧张的母亲事后打了电话过来，问了一些地震是什么时候发生的之类有的没的，然后对我的迟钝难以释怀。

两天后，母亲寄了一封装了钞票的信封给我。里面附着一封信，要我去买台电视，至少可以知道当下发生了什么灾害。

我将那钞票连同信封一起放进了裤子口袋，然后来到了淀桥照相器材家电用品连锁店。大楼里面的电视机展厅几乎被大大小小的电视机给淹没了。我以前就觉得不可思议，在家电卖场中的电视节目会让我感到愚蠢得无以复加。我想，这也许是因为同样的画面大量地并排在眼前使然。我购买电视的兴致全失，毕竟我根本也没有那么想看什么特别的节目。

正当我想要离开这里，随便吃个饭就回家的时候，放置于卖场一角的东西吸引了我的视线。那东西让我联想到一条只剩下骨头的大鱼。走近一看，我方才明白那是一架只有骨架的小提琴。

那是山叶的电子小提琴，它完全省去了音箱部分的设计，因此几乎没有声音。它的声音只有戴着耳机的人才能听得到。这是为了避免噪声而设计的练习用的小提琴。

我基于半分冲动的驱使买下了那架小提琴。因为那架小提琴金额而使得购物积分激增，也让我顺便带了一台 FM 随身听回家。

我询问店员附近是否有售卖乐器的演奏教学书籍，而对方也亲切地回应了我。我于是到了乐器行，带了几本小提琴演奏指导的相关书籍回家。

从那天起，我便开始练习小提琴。我按照书中的教案一个步骤接着一个步骤开始学，然后也慢慢地一个人学会了教材上的琴谱。

坐在书桌前看书看累了，休息一下碰碰乐器转换心情其实是不错的选择。几个月下来，我的琴艺即使说不上出色，至少也可以像样地拉完几首曲子。不知不觉间，我发现自己偶然会回想起佐由理在那年夏天演奏的那个旋律。

我极尽所能地挤出记忆中模糊的印象，一个音一个音地试图重现佐由理手中的音符。每当这个时候，佐由理闭着眼睛的脸庞便会在我脑中浮现。她那拉着琴弓显得有些生涩的动作，还有迎风飘逸的发梢，都让我有种难以言喻的感慨。

当然，我终究还是没能完全重现那首曲子。

《来自远方的呼唤》，所幸我还记得那首曲子的名字。

我来到一间以收藏大量琴谱闻名的图书馆，找出了那首曲子的琴谱，将它影印之后带了回去。

时光飞逝，我每天过着一成不变的生活。我早起上学，维持着还不错的心情上课，放学之后到图书馆念书，然后晚上买些东西回家。这些既定的行程规律地占据了我所有的时间。我回到家关上门的时候，偶尔会一股沉重的疲惫感涌上我的心头（真的只是偶尔而已）。

这时我就会拿起小提琴，演奏出佐由理演奏过的那个旋律。

就这么日复一日，一年过去了。

时间久了，我跟班上几位友人关系开始变得亲密。他们都是些为人和善、家教良好的学生。由于他们都是在东京长大的孩子，所以知道很多当地好玩的地方。我常常被他们带到各种年轻人出没的场所嬉戏，比如涩谷、原宿、御台场等，这些仿佛电影情节中才会出现的热闹地区当然不会放过。其他像吉祥寺、下北泽等地我们也偶尔会去。

不过当然啦，就近的新宿地区还是我们最常活动的区域。我们偶尔会去PUB，在晚上一起喝酒。三十岁的我当然不知道现在的年轻人是不是还盛行PUB文化，不过我们那时候甚至有些夜店只要高中生换掉制服就可以进场。

像这样跟一群朋友一起到处游玩当然是很快乐的事。不但有朋友做伴，还能够酝酿出一个这里属于我们的氛围。朋友之间单纯地因互相吸引而交往真的是一件令人愉快的事情。

尽管如此，像这种到处疯、到处玩的经验，有的时候却让我觉得十分空虚。

每当这种情绪出现，我便不禁会怀疑我到底置身在什么样的地方。那时我的心中便会浮现一种有如孤独地置身在一座人工舞台上的紧张与困惑。仿佛只要我一闭上眼睛，舞台上的布景就会被撤离，身旁这些虚幻的事物终将从我身旁消失不见。

某个黄昏的归程，我不禁抬头望向新宿林立的高楼顶端。

那是一种非现实的感受。

我闭上眼睛，想象这些景物就像舞台布景瞬间消失的情况。

当然这种事情不可能发生，现实就是如此。尽管眼前的景象在我的眼中看起来就像天边的海市蜃楼，然而它其实是实际存在的。现在看得到的一切都是矗立在这片大地之上、实际存在的事物。

——你才是虚构的。

眼前林立的高楼对我提出指摘。

我坠入了一种非现实的错觉之中。

——你是个没有实体的幽灵。

另外一栋高楼接着对我说。

也许真是这样。

我带着不安的心情徘徊在这个街道上,仿佛我真的成了一个带着淡淡青光的游魂。原来非现实的并不是眼前林立的高楼群像,而是我吗?应该是吧。

我抬头望向几座直指天际的大楼,并且对于其中究竟藏着什么样的人群,而这些人群究竟又在做些什么事情感到不解。

——你管这么多干什么?反正你终究是进不来的。

——这里容不下你的存在。

难以抗拒的强大意念从天空的上方重重地压了下来,并且将我压垮。

我被这个街道排拒在外。

它容不下我。

这样的结论在我的心中来回奔窜,折磨着我。

尽管如此,我却非得在这里生活不可,我必须要融进这个街道,不管付出什么样的代价。

一年过去,我升上高二。无论是中元节或是过年我都没有回到青森的老家。

2

有一天我迷了路。

那是春天已经到了尾声、上学期的期末考结束的日子。我从来不觉得自己是个路痴，然而我来到东京之后却成天迷路。新宿车站前仿佛有机物增生之后呈现出来的景象会让我迷路，周遭建筑有如棋盘一样整齐罗列的池袋车站也没有例外。

那天我接受几个朋友的邀约，为了庆祝考试结束而出外夜游。当时的天色已经有些昏暗，我跟那群朋友分手，大家约好先回家换过衣服后再到目的地集合。朋友这样的邀约，只要我有空通常都不会拒绝。

这对我来说是必要的人际关系处理方式。我必须借此融入这个街道，还有这个街道里的人群，并且成为其中的一分子。因此，就算我当时不是游戏的心情，我也会配合他们，同时也绝不会让他们看到我觉得无聊的表现。

我们的目的地是位于西新宿的一间半地下室的摇滚PUB。这间PUB坐落在离开闹市区的住宅巷弄里，我已经去过了不少次。PUB里面虽然又狭窄又吵，不过对于发泄情绪来说是相当好的去处。

然而那天我换完衣服打算跟他们会合的时候，却怎么也找不着那间PUB。我在应该转弯的地方转弯，从该走进去的巷道前拐了进去，不过我就是找不到那个目的地。我没有手机，因此也没有办法联络那群朋友。

"应该在这附近的……"我反复念叨着,不断地在相似的巷弄里徘徊。身后有个年纪差不多的女生看到我这个样子于是前来问道:"你在做什么?"

我吓了一跳,直觉以为她把我当成了鬼鬼祟祟在此处徘徊的可疑人物。不过看来却不是那么一回事。

女孩带着非常平易近人的表情。她身着一件露肩的薄上衣,搭配着贴身的小直筒牛仔裤,以三七步的站姿出现在我的面前。

我带着彷徨不安的情绪回答道:"那个……我迷路了……"

"你要去哪里呢?"

"嗯……"

面对当时的状况,我有些摸不着头绪,但还是想了一下店名并告诉了这个女生。面对眼前这个突如其来的意外事故(对我来说,这世上没有比让陌生女孩毫无理由地跟我搭讪更叫我感到意外的事情了),我好不容易让自己可以明白当前的状况,却也只能像个笨蛋一样乖乖地回答对方的问题。

"啊,我知道那间PUB。要去那里的话,很容易搞混巷口的岔路。"女生说,"你要先从这边出去,然后走另外一条岔路进去就可以看到了。"

"谢谢……"

我话还没说完,那女生却先一步问道:"你是不是不太会辨认方向?"

"好像是这样……"

她的问话让我觉得十分唐突,但我还是予以回应了。我虽然想说自己不是路痴，然而实际上我就是迷路的人，所以即使说出来也没有说服力。

"不过真叫人感到意外，没想到藤泽同学也会去那种地方。"

我瞪大眼睛看着她。

这女生为什么会知道我的名字？

我对于眼前这个女生完全没有印象。说起来，我跟女生本来就没什么交集。她看到我显得一脸困惑的表情，于是先一步开口说道："我当然认识你啦！我们是同班同学呢！"

"咦？"

"你认不出我的长相？"

"这个……"

她将披在肩上的头发用两手抓成了双马尾的模样然后开口说道："我平常都是这个发型。"

"啊！"

她这样才让我想起她是谁。

"抱歉，我想起来了。"我们班上确实有这样一个女生。

"那就好。如果你还是想不起来的话，可见就是把我当成怪人了。"

"抱歉。"说完才觉得自己道歉很奇怪，"可是你现在没有穿制服，发型也不一样啊。会认不出来是很正常的事吧？"

"也是啦。"

她接着又道出犀利的指摘。"不过你认不出我来不是因为发型的原因吧？藤泽同学是那种学年结束之后也没办法将班上的女生名字跟长相全部对应起来的人。"

她说到重点了。不过这种事情在人前当然不好承认,我于是不置可否地随意应了一声。

"其实,我以前就一直想跟藤泽说话。"她说。

"为什么?"

我对此感到十分不解。说实话,我觉得自己身上没有任何可能引起女生注意的地方。

"就是这么想嘛!"眼前的女生听到我的提问于是回答道,"不过藤泽同学看起来总是一个人在发呆,给人一种'别来打扰'的感觉。所以在学校的时候我都找不到机会跟你说话。"

"嗯,这样啊?"

"是啊。你自己没有察觉到吗?你总是呆呆地看着天空的某处。你在看什么呢?"

"嗯,我没有特别在看什么东西啦。"

"那你那个时候都在想些什么事情呢?"

"没有吧。只是在发呆而已。"

"你这样很奇怪呢!我觉得你最好改掉这个习惯。因为你这个样子看起来就好像素描用的静物,一动也不动地戳在那里。"

"喂,你……"

我歪着头狐疑地揣测着这个女生到底想说些什么。然而不管怎么说,我还跟朋友有约呢,既然知道了怎么去,我也差不多该走了。

"藤泽同学,你说什么都要去那间 PUB 吗?"她开口问道。

"你为什么这么问?"

"反正不过就是你们考试后的例行公事嘛。你可以不去吗?"

"就算我可以不去,那要干吗?"

"跟我一起走啊!去闻不到烟味的地方。"

眼前这样的发展怎么想都叫人觉得奇怪。赴约的半路上遇到一个几乎可以说是素昧平生的女孩子,被她叫住之后就好像让她缠上了一样强行带到某间泡沫红茶店,然后面对面坐在一张桌子前面……

说实话,我对于自己没有什么自信,所以不会有什么奇怪的联想,我并不会怀疑她对我有意思或什么的。不过现在的我其实正因为想不起这个女生的名字而感到困扰。至于眼前这个情况就算想问,也让我觉得难以启齿。我一边跟着她走,一边绞尽脑汁地拼命回想她的名字。忘掉别人名字的时候,最容易帮助恢复记忆的方法就是从子音跟视觉印象下手。我觉得她给人的感觉是属于寒色系的方向。声音则是"……k、s、t、n……"我依照五十音的子音顺序在心中默念。

她带我来到了大马路正对面的一栋高楼。我们上了二楼,走进一间时髦的咖啡厅。咖啡厅隔着一道落地窗面向大街,让入内的客人可以鸟瞰路上的行人与整个街景。我们选了一个窗边的座位坐了下来。

就在服务生为我们点单的时候我终于想起了她姓什么。我们各自点了红茶跟咖啡之后服务生转身离去。我开口说道:"嗯,你姓水野对吧?"

"亏你想得起来。"

她一只手撑着下巴露出了微笑。

"然后呢?我的名字是什么?"

她看到我答不出话,于是露出了诡异的笑容。

"我叫理佳。"

"理佳?"

"对，我叫理佳。不要再忘记了喔！"

"我知道了。这么一来就算我想忘也忘不掉。"

"太好了。"

水野理佳露出了一脸心满意足的表情点点头。

此时的我终于可以平静地开始思考。我知道了她的名字，但是仍旧无法得知她邀我来这里的意图。

"你在遇到我之前打算要做什么呢？你穿着便服，不是因为有事才会出现在那边的吗？"

她先看了看窗外，然后才又将视线移回到了我的身上。

"我在等朋友。"她说，"不过对方临时取消了。我特地换好了衣服，也化了妆，就这么什么事也没做然后回家，那不是很扫兴吗？"

"所以你看到我，就邀我一起出来？"

"嗯。"她没有露出半分愧疚，只是点头回应，"我越走越觉得生气，接着就看到藤泽同学呆呆地在街上徘徊。我看着看着，生怕我没叫住你，你就会跌倒，所以我才出声的。"

她将这般冠冕堂皇的借口说得十分从容，我也就这么相信了。对她来说，要赤裸裸地形容我这个人似乎除了"呆"以外没有其他的词汇。

"我真的有这么呆吗？"

"嗯，是啊。刚刚也是。"

面对我的提问，水野理佳断然做出了结论。

"这种状况常常出现在藤泽同学身上呢！该说你是在发呆，还是一脸茫然呢？总觉得就是一副心不在焉的样子。偶尔看到你的表情，甚至还觉得可以听到你自言自语地问：'我为什么会来到这里？'该怎么说呢，你好像感觉自己完全来错地方的样子。"

她似乎说中了我的想法。我沉默了下来。

我一直要求自己不要将这种心事显露在外的。

此时她仿佛察觉到我的表情有着相当大的转变。

"啊，我说的话让你觉得不愉快吗？抱歉，我在这方面比较敏感。"

她直率地接了这么一句话。这个女生个性相当干脆，看起来似乎是个好女孩。

之后她又接着问了我许多个人方面的问题。

"藤泽同学是个什么样的人呢？"

"这种问题问得太模糊了，很难回答呢！"

"那你住在哪里？"

"我就住在新宿距离学校走路十五分钟就到的地方。"

"哇！真好！你该不会是那种把离家近当作升学考虑因素的人吧？"

"不是啦。我是住在宿舍。"

我告诉她我家住在青森，现在自己一个人住。她听了之后露出相当惊讶的表情。

"那你为什么会选这所学校呢？"

"因为我对大半年都在下雪的天气感到厌烦了。"我笑着说道。

不过水野理佳似乎没办法接受这样的答案，让我不得不将过去一年之内重复过好几次的事情再仔细地解释了一遍。我告诉她，我觉得与其在当地就读信息贫乏的升学补习班，倒不如直接到东京选择具有升学氛围的高中，对于大学考试来说，这样比较实际，不但能够省去时间上不必要的浪费，就花费上来说也没有多大的不同。

"这样啊。"

"除此之外，我也有那种想要到别的地方看看的想法吧。"

"啊，这个我就可以理解了。"

"怎么说？"

"我的父母都是东京人。"她说话的同时将手指举起来指向自己，"我们家在其他地方没有亲戚，所以除了东京之外，其他地方是什么样子我几乎都不知道。当然对于东京以外的地方会有这种单纯的憧憬。"

"你住在东京哪里？"

"我吗？我住在杂司谷。青森是个什么样的地方？"

"雪国啰。当地著名的东西有苹果、腌海胆、鱿鱼、驱睡祭跟太宰治。"

"讨厌，我不是在问你那种观光导览上看得到的答案啦！我想问的是更生活化、更感性的方面。"

"就算你这么说，我也不知道该怎么回答呀。"

老实说，我并不想忆起任何跟故乡有关的事情。

"我是不是问了太多不该问的事情呀？"

"没有。"我摇摇头，"反倒是我没有讲到会让你觉得有趣的内容，我还觉得比较不好意思。能接受女生的专访其实我还挺开心的呢！"

"嗯，我想这种时候也许应该要先讲清楚……就是，你不要误会喔！老实说，我不是那种喜欢跟男生搭讪的人！"她摆出了正经的表情同时端正了坐姿，"我有男朋友了。"

"我想也是。"我说。

她听到我这样的结论露出了些许不悦的表情。至于她为什么会有这种反应让我完全摸不着头绪。

"为什么你会说'我想也是'?"

别说其他的原因,就是看到外表长得可爱的女生,十有八九都有男朋友。这种状况我在这两年之内慢慢地有了实际的认识。

"看就知道了啊!你男朋友是什么样的人?是同一所学校的吗?"

"嗯。"她微微地点了头,"一年级的时候同班,今年分到不同的班上去了。"

她说出了那个男生的名字,那是我也认识的人。他是个身材高挑、外貌也相当出众的男生。我跟那个男生曾经为了某些事情而有过一两次对话。我试着回想那个男生的模样,其实感觉还不坏。虽然跟他不熟,不过应该是个还不错的人。

"你们怎么会开始交往呢?是谁对谁提出要求的?"我开口问道。

"没什么特别的契机,我就是很自然地喜欢上他了。虽然那种暧昧不确定的关系也不错,不过后来我想想还是决定跟他说清楚,然后跟他说我想跟他交往。"

"为什么会改变成那样的想法呢?"

"因为他长得很帅。"

她说得斩钉截铁,让我听了不自觉地笑了起来。一些从其他人口中听到都会觉得不太舒服的言论,让这个女生说出来,听者都会觉得还挺容易接受的。

我想因为对方长得帅而喜欢对方是很正常的事。这种原因既简单又明了，作为一个判断基准也不会有什么偏差。如果要说这种谈恋爱的方式会造成什么样的问题，那就是在一般人眼里，我是属于那种跟长得帅无缘的典型，对我来说非常不利。

"那你大概就不会看上像我这样的人了吧？"我试探性地问道。

"嗯，你的长相不是我喜欢的类型。"

她笑着说出这般直率的答案。这种回应终究让我觉得有些失望，只是不会觉得生气就是了。

"不过，看来藤泽不会把今天的事情想到奇怪的地方。这样我就放心了。"

她顿了一下然后开口问道："我想跟你商量一下，我可不可以偶尔找你出来玩？"

"为什么？"

我对这个要求感到惊讶之余，随即便丢出了一句反问。才说了自己有正在交往的男朋友，却马上又提出这种要求，让我感到完全无法理解。

"如果一个女生能够谈话的异性只限于自己的男朋友，你不觉得这样很无趣吗？如果你哪天又像今天这样没有办法赴约跟朋友一起出去玩，那就陪我出来走走嘛！这比起成天发呆要好多了，不是吗？"

她这样的想法让我不禁哑舌，不过就心情上来说，我觉得我大概可以理解她的想法。

就这方面而言，她会找上我当她的普通异性朋友还真的找对人了。毕竟我就是拥有那种一看就觉得这家伙没有危险的特质。说得更清楚一点，我的心里其实没有那种想要交个女朋友的渴望。虽然就一个青春期的男生来说,这是相当奇怪的现象……

"好啊。"我说,"就当个普通朋友吧。"

"对,就是普通朋友。"她将我口中的话重复了一遍。

我们在咖啡厅底下的大厦门口分手。目送她朝着车站方向离去之后,我在回家的路上回想着刚刚我们那些没有重点的谈话。

我深深地觉得水野理佳真是个怪女生。无论是她思考的方向、给人的感觉,甚至是说话的方式,都跟平常人不太一样。

我们方才的谈话中有些内容我没办法跟她讨论。不过世上就是什么人都有,就我一个每天发呆度日的人来说,跟她成为朋友这件事情算是一种小小的改变。这其实是相当新鲜而有趣的事。

这天晚上,我梦到了佐由理。

*

梦中,佐由理来到了一个不知名且不可思议的地方。那里的天空仿佛褪了色的老照片。我想不起来那片天空的颜色过去在哪里见到过。

那片天空底下耸立着许多形状歪斜的尖塔,那些尖塔布满了眼前的整个世界。塔的外形明显看来异于联邦国的那座高塔。联邦国的高塔具有现代感的设计,而这里的塔则相对较为原始、古朴,给人一种民族风的印象。

塔的外表像是陶器未上釉的素烧色调,而它们的外形则是一个一个被拉长的螺旋状贝壳,有如长枪一般竖立在地上。

这些塔的塔顶都有着仿佛竹子斜向划开来的一道缺口,内部螺旋形的空间则在塔顶的缺口之中成了一座一座的展望台,纷纷坦露在空中。

从塔顶能够窥见的只有天空。仰望所看到的是一望无际的天空,低头俯视也是一片蔚蓝的天空,这个世界中没有所谓的大地。

在这个特异的世界里,佐由理就置身其中。

她比起我所认识的那个中学女生要稍微成长了许多,大概有着一两岁的差距。她环抱着膝盖蹲在那儿,淡淡的身影宛如飘荡在人世间的游魂一般透明。她在啜泣,除了不时颤抖的肩膀,她只是蹲着一动也不动。在我的梦中,佐由理始终没有止住脸上的泪水。

风萧萧地吹过。风中传来佐由理的啜泣声。

两种声音回荡在这个静默而一望无际的空间中,交织成一首无比哀愁的奏鸣曲。

*

梦醒,一种无力回天的失落感盘踞在我的心中挥之不去。仿佛胸腔之内有千百只恼人的虫不停地蠕动。为何梦中我无法伴在佐由理身旁?为什么佐由理会从现实中消失?我觉得一定有什么事情不对劲儿。一种荒谬的现实感正在侵蚀我的生活。此刻我正迷失在这个充斥着一股诡异气息的世界之中。

她到底为什么会置身在那般荒凉的世界里呢?

我完全无法从那个梦中感受到丝毫的生气,那是一片死寂的世界。

瞬间我的脑中闪过一个想法。也许她已经死了,也许这个叫佐由理的女生已经不再存在于这个世上。我几乎为此而窒息。这是我这一年半以来从没有想过的事情……不,也许该说我只是下意识地告诉自己别这么想。

我到了学校,将书包放到了自己的桌上。此时,身后忽然有人拍了我一下。是水野理佳。她看着我的脸,同时露出了意味深长的微笑。尽管如此,她似乎没有特别想要说话的意思,随后她便转身走向女生聚集的团体之中。

我望着她的背影,在这短暂的片刻,我想着要是她是佐由理该有多好。然而就在下一刻,我便觉得自己这样的想法对她而言是很失礼的事,不禁萌生出一股自我厌恶的感受。

3

隔了一个礼拜的周六,我在走廊上被水野理佳叫住。这所学校基本上是一周休两日,不过学校每周都会举行应考对策演练,因此所有的学生全都会遵守这项不成文的规定,在周六中午以前都会待在学校。这天应考对策演练结束,我正要回家,水野理佳在走廊上叫住我,问我今天有没有空。

"我今天没有特别的活动,打算先回去吃个饭,然后下午再想想看要做些什么。"

"明明是周末你却没事,真不像一个正常的现代人。"

"有什么关系。"

"当然没关系啦,反正不是我的事。"

"那你呢?你找我有什么事?"

"如果有空的话要不要跟我一起吃午饭?吃完饭之后也顺便陪我一下吧。"

"你要去哪儿?"我听了之后开口问道。

"搭山手线去池袋。"

我就这么跟着她在池袋车站下车,然后让她带路走进了一间提供客座用餐的快餐店。这家店的食材是选用有机栽培的食物,除主菜之外提供客人挑选三样配菜,加上味噌汤跟腌菜一起作为套餐。这家餐厅的食物比想象中要好吃,而且价格算得上低廉。

"这边真是不错。要是新宿也有这种店,我就可以每天去吃了。"我说。

"是啊。中野倒是有一家分店,不过放学要去那里还是有点远。"

"对了,我们吃饱饭之后要去哪里呢?"

"嗯……"她举手看了看手表,"还有二十分钟,我们在这里坐一下然后要去剧院。"

"剧院?"

"对,我们要去看舞台剧。你常去看舞台剧吗?"

"不……我从没有主动去过剧院。"

"前一次到剧院去是什么时候?"

"嗯,"我稍微想了一下,"大概是小学的时候跟爷爷一起到大阪旅行,然后在那时看了新喜剧吧……"

"你有爷爷呀?"水野理佳听了之后问道,"真好……"

"是吗?不过为什么我们今天要去剧院呢?"

"我最喜欢那种业余剧团之类的小型舞台剧了,不过都没有人愿意跟我一起去看。就算拉他们去过一次,以后也就没有人再跟我去了。虽然大家都没有明说,不过他们一定都觉得无趣吧。"

"这样啊……"

"那是我朋友参与的小剧团,团员五人左右。我还挺喜欢他们的表演的,不过他们的舞台剧似乎有明显的兴趣导向,因此评价也有两极化的现象。因为藤泽是个怪人,所以我想也许你会喜欢。"

"我才不是怪人呢!"我下意识地提出反驳,"我一点也不奇怪。过去也没有人说我是个怪人。"

"喔,那就当作真是这样吧。"她随口带过了这个话题,"总之就是要你陪我嘛!"

像小型剧院这种场所我还是第一次来。认真地说,这里其实也不过是个小小的住家办公两用的大楼的三楼,将室内改装而整修出来的表演厅。

我跟水野理佳在开演前十分钟来到这家小剧院。通过狭长的楼梯进入表演厅之后,可以看到观众席的空间并着几排木箱子,上面铺设了看似从百元商店购得的坐垫。

整个观众席空间的大小,就算涌入满满的人潮,顶多也只能容纳五十人,其中一半已经坐满了观众。这个剧团的观众群看来是以大学生或是同行为主,他们身上的穿着多半有如戏子般的随性打扮。放眼望去,整个剧场之内就只有我跟理佳还有另外一对结伴到场的女生穿着高中生制服。

我过去只知道像电影院一样那种有专属座椅、座位整齐排列的剧场。初次造访这种小额成本的简陋剧院,而且还有这么多观众捧场,真的觉得相当新鲜。

廉价的钟声响起,观众席上的照明忽然间熄灭,舞台上响起了一阵阵准备开演的动作声。随后舞台灯光亮了起来。

台上以少量的家具布置出了公寓套房一般的景致,在一阵模仿铝制门窗推开的音响之后,一位年轻女性步出了舞台。她带着一副疲惫的模样脱掉上衣,跟她的猫开始自问自答。这位女性轻抚着她的猫,喂饲料给它。不过这样的场景都是在她的表演中传达出来的,实际上那只猫并不存在。虽然没有猫,不过在故事的安排上必须依照这样的模式进行,这就是舞台剧。

剧中的这位女主角是个职业妇女,她一个人住,有着独居女性身上所背负的各种疲惫。故事随着她跟那只猫之间的一问一答,带出了各式各样的情节。

那只猫不存在于舞台之上,当然也没有台词。不过它对这位年轻女性非常温柔,也深爱着她。这一切的表现都可以从台上女演员的演技之中感受到。那只猫偶尔会跟它的女友外出,故事中诉说这位年轻女性因为那只猫出了意外没有回家感到相当不安。不过最后她终究在那只猫的陪伴之下恢复了精神,重新跨出人生的一步。这就是故事的主题。

"这出戏比我想象的要出色得多呢!"

舞台剧结束,我们走向出口前拥挤的人群之中。我开口说出我的感想。

"不会因为观众席很窄而感到难受吗?"

"会呀。"我直率地作答,"不过舞台剧本身很棒。整个剧场充满了精致的手工质感,我很喜欢。那些东西是不是都是演员们自己做的呀?"

"大概是吧。这些剧团经费并不充裕。剧场内的东西多半都是演员们自己用过的二手物品加以留用或重制之后的产物。"

"真不错。"

"那剧本方面呢?"

"这是凝缩了很多想法跟内容的故事吧。时间轴跳接的桥段很多,虽然叙事手法有点过于复杂而差点让我搞混了。不过整体而言是部很有趣的作品。"

"因为演员的人数少,所以内容可能就得迁就这个状况,以精简凝缩的方式呈现。"

我们走出这栋建筑的时候,方才站在舞台上的那些演员全都出现在门口,跟所有的观众致意。一个担任配角、戴着眼镜的男生看到理佳立刻叫住了她。事后问过她才知道这名男子就是剧团的团长。

"理佳,谢谢你来捧场。你觉得今天的戏怎么样?"

"连我旁边这位喜欢批评的朋友都说很棒呢!"理佳指着我对眼前这位男子说道。

"咦?另外一位朋友啊?是你的新男朋友吗?"

"不是啦。不过随便你怎么说吧。"水野理佳带着怎么听也知道她在开玩笑的语气答道。

"不过你们很配喔。他站在你身边跟另外一位男生比起来自然多了。"

闲聊了三两句之后我们便离开朝车站走去。

我边走边思考着,然后便对她开口问道:"水野,你该不会之前演过舞台剧吧?"

"为什么这么想?"

"总觉得你看起来有那种感觉。"

"是啦。"她点点头,"我从初三的时候一直到去年夏天都是那种业余剧团的成员。不过后来放弃了。"

"为什么?"

"说来话长。所谓舞台剧这种东西,一踏进去就会建立非常深刻的人际关系,相对地,也会发生许多复杂的状况。我参与的那个剧团由于这个缘故解散了,剧团成员纷纷加入了他们各自熟识的剧团。不过我对那种状况已经觉得累了。虽然有很多剧团找我加入,不过我没有答应。只是因为以前的一些交情,我现在也还会去看他们的公演。"

我出声予以回应。我虽然没办法体会,不过剧团团员的交情深厚,似乎也因此而造成了些许负面的紧张气氛。不过所谓交情深厚却得到负面收场的这种感觉,我似乎能够感同身受。

我们回到池袋车站，理佳说她累了，于是要在东池袋转乘地铁回去。然而，就在我们道了再见，我转身就要朝向前往新宿的山手线月台走去时，她拉住了我的袖子，希望我陪她走到检票口。我别无选择地答应陪她走到检票口前，她却头也不回地拿着磁卡进去，并直接走向通往月台的楼梯。

（奇怪的人是你吧？）

这个女生叫人特地送她进站，却头也不回，更没有挥手就转身离开。我完全无法理解她当时心里在想些什么。

我于是就带着难以归类为喜怒哀乐而茫然的心情搭上了电车，回到西新宿的公寓宿舍。

在那之后，我大概两个礼拜跟理佳出去约会一次。这不是我一厢情愿，而是她以"约会"这个词来解释邀我出游的活动。

我们偶尔只是坐着一起喝茶聊天，也会被她带着到处逛街购物。我是在没有其他朋友邀约的情况下才被她找出来的，所以她是否也以这样的形式约过其他人一起出游呢？这还真是一个棘手的话题。

不过每当她找我出去的时候，她总是看起来一副心神疲惫的模样。偶尔在我们相处的过程中，她会默默地一个人压抑着疲惫的情绪，什么话也不说。这个女生大概是借着四处奔走消磨精力，让自己从心灵上的疲劳中解放吧。我喜欢她这种想法，也能够理解。基于这个缘故，只要她邀我出游，我都尽可能地抽空陪她。

"不过我们这么频繁地单独出游会不会被误会呀？"

我们坐在自助式的咖啡厅内，我开口问她我所担心的问题。

"被谁误会？误会什么？"

"被他呀。"我意有所指地开口说道，"我们甚至假日都会私下碰面呢！"

"什么呀？你想谈这方面的话题吗？"

"我不会特别想知道你这方面的事，不过不管怎么说，要是被误会总不是好事吧？"

"他要是知道了当然会觉得不高兴。"理佳简洁地应答，"不过他怎么想，又有什么关系呢？不要管他就好了啊！"

"可以吗？"

"当然啦！我打算放着他不管一阵子。"

面对她的言辞，我不知道该如何应对，于是只有出声予以回应。

话锋转到其他的事情上过了一阵子，忽然间理佳开口说道："其实啊，他一直觊觎着我的身体。"

我起初对于这段对话的内容感到困惑，现在才终于明白她在谈论的是他的男朋友。

"这是理所当然的吧。"我说。

"是理所当然的吗？"

"是啊，我觉得一般人都会这样。"

"是吗？也许吧。"语毕她顿了一下，然后才又接着开口，"可是我不喜欢这种感觉。"

我刻意地避开某种敏感的词汇小心翼翼地试探道："你没有那么喜欢他，是吗？"

她忽然坐起了身，直挺挺地抬头直视着我。

"你不要这么说嘛!"

她的反应让我吓了一跳,让我反射性地小声赔了不是。

"我没别的意思,我只是想说他其实是个不错的男生而已。"

"我知道啦。"

"嗯。"

"我喜欢他呀。不过这跟那件事不能相提并论。藤泽应该能够理解这种说法吧?可是他不能接受。"

"喔。"

我哼了一声,同时在心里同情着这对情侣。看来他们之间进展得不太顺利。

"其实这种想法我能够理解。"我接着说。

"理解什么?"

"理解男人会有的那种想法呀。"

"咦?真的?"她着实地表现出了那种格外惊讶的反应,"你也会想那些下流的事情吗?"

"等等,你这么说是什么意思?你把我当成什么样的人了?"

"讨厌,我不准你这样!"她探头向着我开口说道,"你不要跟这种下流的事情扯上关系啦!我不喜欢看到你变成这么下流的人!你可以继续发呆,没有关系!"

"我还真是被你说得乱七八糟呢……"

这个女生到底把我想成是什么样的人了?唉,反正她怎么想跟我都没什么关系就是了……

也许一般男性碰到这种不被对方当作男人的时候,多半会表现出生气或是困扰的模样,不过完全不介意这种无聊事可以说是我的优点。

我无意间瞥见了理佳扶在冰红茶玻璃杯上的纤细手指,这让我不禁联想到了佐由理。最后见着佐由理的那天,我在佐由理险些摔下路桥的时候抓住了她的手。

这么说起来,那个动作几乎是我跟佐由理之间仅有的肌肤接触。

我看了看自己那天抓住佐由理的手,手中几乎已经找不到当时留下来的触感。然而当时我却受到了相当程度的惊吓。我对于千钧一发之际伸手抓住她的自己感到惊讶。她纤细的手腕,还有那仅仅只有微温且十分柔嫩的肌肤,也让我受到不小的震动。

以我的运动神经来说,那还真可以说是媲美好莱坞电影、有如奇迹一般的动作场面呢!这种事情叫我再做一次,我是绝对做不出来的。

不,见得。

如果我能够回到初三那年夏天的时候,无论要我做几次我都一定办得到。至少,当时的我有那种程度的自信。那时浑身是劲用都用不完的我,现在究竟到哪里去了?

对了……那个时期的我,大概所有的一切都已经在那年的夏天,给了佐由理了。

我是否被当时那用尽所有力量抓住佐由理的自己给束缚住了?此刻的我,是否完全被囚禁在当时的那段回忆之中?

真是愚昧的想法。佐由理已经不在了,甚至连再见到她的可能性都没有。

然而此时的我,却不禁望着自己的手,望着那双早已洗净操作器械沾染的脏垢而变得干干净净的双手。

4

夏日的余韵此时已消失无踪,取而代之的是秋天闲适的气息。

这天水野理佳带着格外焦躁而沉郁的情绪来到学校。她平常非常讨厌别人揣测她的心情与身体状况,所以我原本打算装作完全不知道。然而,一阵子下来看到她一直用手指咚咚地敲着桌子,毫无缘由地四处张望,我于是觉得不太对劲儿。

"你怎么了吗?"

放学后我们到池袋街上散心。我在路上停下脚步,尽可能以温和的态度开口问她。

"嗯……"

她有意无意地应了一声,就这么回避了问题。看来她并不打算继续这个话题。算了,既然是这样就顺着她吧,谁都会有这种状况的。

然而,之后我却听到她不断地叹息。那并非是将梗在心里的气吐出来的反应,而是更接近某种特殊的呼吸法,或者应该说是连续的深呼吸。她想借此缓和什么,此时她的脸色看起来也非常糟糕。

我窥视着她的脸庞开口问道:"你不舒服吗?"

她默默地点点头。

"今天先回家去吧。我送你回家。"

"不要。"她以细碎而频繁的动作摇头回应,"我家里没有人,我希望有人陪我。"

"发生了什么事吗?"

她微微地点点头。比起坦诚,否定更让她觉得难受,她于是只能点头。

我带她来到眼前一家比萨店旁铺设了瓦砾的外墙边。她靠到了墙上,我则以同样的姿势站在她的身旁等她情绪安定下来。

"我跟朋友……"

"嗯?"

"我跟朋友……就要分开了。"

她小声地将字句拆成一小段一小段缓缓吐了出来。

"女生?"

"嗯。"

"我认识吗?"

"大概不认识。"

"喔。"

"总之我跟她吵架了。其实我们过去常常吵架,不过这次吵得特别严重。我们这几个月完全处于不相往来的状态,在学校碰了面也不会打招呼,因为我们只要看到对方就会觉得生气。"

"原因是什么?"

"……我不想说。"

她先是用一只脚的鞋底在瓷砖地板上来回地蹭,然后继续开口说道:"可是,那不是我的错。无论我怎么想都觉得是她不对。我只要一想起那天发生的事情就觉得愤愤不平,始终气愤难消。要是她不道歉,我绝对不会原谅她。"

她的话说到这里为止。

(可是有的时候不管做的事情是对是错,人都一样得面对难以承受的痛楚。)

我想借着这么一句话试着让她继续说下去。不过话到了嘴边,最后还是作罢。

"根据你话中给我的感觉,你们似乎很久以前就认识了。"

"嗯。"她以几乎听不见的音量应了声,然后开口继续说道,"我们打从上了中学就认识了,有四五年的交情。"

我试着尽量压抑自己心中那段中学时期的回忆,然而这般感同身受的情绪终究还是让我开口。

"……想必你一定很难受吧。"

"说什么荷兰……"话锋一下子跳了开来,"就是那个有什么郁金香跟风车的国家嘛!真是个白痴。"

"什么?"

"她要去那里……要坐飞机……还说是因为家庭问题……"

理佳口中断断续续地吐出的字句混乱而毫无章法。

"什么时候?"

"她说是今天。"

"你不去送她吗?"

"我才不去呢!我当然不想去呀!我到时候一定又只会觉得这家

伙怎么这样……我当然很在意她,可是我没问她那边的地址。因为人际关系就是这么复杂嘛!这也是没办法的事。不过今天我就是没办法平静下来,我想找人陪我。所以你今天一定要陪我到晚上。听到了没?"

在她这段漫长的陈述过程中,一股沸腾的情绪逐渐涌上我的心头。我清楚地感受到自己体内那股不平的情绪溶在血液之中从胸口逐渐高涨淹过了脑海。以我的个性能听她把话说完还真是难得,然而就在她语毕的瞬间,我发出了咆哮。

"你在搞什么东西呀!"

她吓得瞬间缩起了身子。

"她要搭什么时候的飞机?"我问。

"不知道……"

"怎么可能不知道!"

"她……她好像说是七点钟……等一下!"

我拉住了她的手,把她强拖了出去。我抓着她,边走边在脑中描绘东京都内的铁路地图。我来到东京的第一个月就已经熟悉了整个都市的区域配置,我在地图中盘算着路上该在哪些地点换车。从池袋出发可以搭山手线到日暮里,然后在那里转搭京成线的特快车大概再加上一个小时的车程。顶多一个半小时就可以到了,绝对赶得上。我此时已经气得完全不能自已。

"等一下,很痛啦!你要拉我去哪里啦?"

"当然是成田机场啦!"

"不要!我不要去!"

"你怎么可以不去!"

我口中的声音既低沉又充满了压迫感,连我自己都觉得可怕。但我没有放手。她绝对不能逃避。我强拉着她,快步朝着车站奔去。

就在我们来到池袋车站里面的时候她开口叫道:"你等一下啦!我不会跑掉的,所以放开手啦!"

我听得出来她是认真的,于是松开扣在她手腕上的那只手。

"先把话说清楚!你在生气吧?为什么生气?"

"我在生气,很生气。"我说,"你这种想法我绝对不能坐视不管。"

"哪种想法你不能坐视不管?"

"你现在正打算在最重要的时候放掉最该做的事情。"

"我完全搞不懂你在想什么啦!"她说,"我不过就是不去送她而已。而且,她也不会永远住在那边呀!她知道我的地址跟联络方式,你这种反应会不会太夸张了!"

"一点也不夸张。你不懂!"我抢过了她继续说话的机会先一步开口,"你们今天用这种方式分开,等于一辈子都不会再见面了。绝对没有机会再见面的!你一点都不知道事情的严重性。联络方式一有什么闪失马上就不见了。同学名册跟通讯录可以因为一些小事就再也找不回来,记忆也会逐渐变得模糊,光是这些小事就会让你们一辈子永远见不到面了!你今天要是不去的话,将来绝对会后悔。你现在正处在决定命运的交叉口,就算日后你想改变,也永远改变不了你今天的决定。所以,绝对不要为了一点小事就想不开!"

"才不是什么小事呢……"

"好啦,我知道了,不是什么小事。不过现在不是计较这个的时候。"

我强硬地替她下了结论。她沉默了一会儿，然后开口说道："……让我想一下。"

"就让你再想一下，不过你可以到电车上再想。"

我的执着让她察觉到了我绝不让步的意思，于是脸上的表情整个紧绷起来。

"我去买车票。"

当我拿着两个人的车票回到原地，看到理佳乖乖地戳在那里。我于是将车票交给她，催促她赶快进站。她迈着蹒跚的脚步走进检票口。与其说她被我说服了，倒不如说她此时情绪低落，没有力气继续反抗。

我们搭上了山手线，在日暮里下车。在坐上京成线时终于找到位子可以坐下。在车内我们始终不发一语。她将双手放在膝盖上，不时握起拳头，然后又松开。

特快车开进了成田机场之后停了下来。

"到了。"

她依旧坐在原位。

"好吧。"我尽管已经起身，此时还是又坐回了位子上，"我再陪你考虑一下吧。"

"不用了，我要去。"她用几乎听不见的声音说道。

看到她的反应，我忽然开始觉得自己面对一个娇弱的女生，刚才的话是不是说得太重了些。

她缓缓地站了起来，看上去有些心不在焉，仿佛随时会有什么状况，我基于担心而反射性地牵起了她的手，接着，我的手心感受到一股同等力量的回握。

我们于是牵着手朝大厅走去。

理佳不晓得飞机正确的时间跟航班,走到最接近的柜台询问,确认该到哪里去找人,同时也请求服务台为我们广播。接下来我带她到了机场楼层平面图前,指着地图告诉她对方可能会从那个会合处往报到区移动,要她先在那一带寻找,如果找不到再以这个为借口申请广播服务。此时的她忽然变得听话而点头回应。我多说了一句话试图鼓舞她。

"我走了,你要好好找喔!加油啰。"

我想我再留下来也只会冷场而已,于是挥了手便转身要走。

"等一下!你不要走!"

她抓住了我的衬衫衣角让我停下了脚步。

"怎么了?"

"拜托你留在这边等我。"

"可是……"

"等我嘛!"

她说完没等我回答便转身去找她的朋友,我于是只能靠在墙边等她回来。在这间比学校操场还要宽敞的大厅内,川流不息的人潮拖着行李箱不断地在我面前来回穿梭。

我闭上眼睛,将自己的意识与眼前这些声音和影像隔绝。

水野理佳真是幸运,我好羡慕她。

能够跟自己信赖的朋友心手相连真的是非常幸运的事。虽然一般人都认为,只要想联络随时都可以拨电话给对方,然而这并不是真的这么容易。

　　我想到了佐由理,胸口一阵苦闷。我跟她之间丝毫没有留下得以联系的方式。

　　不知道理佳是不是能顺利地跟对方碰到面。从机场内没有响起她申请的寻人广播看来,应该是找到了吧。我仿佛将它当成了自己的事情而感到高兴。

　　也许我现在应该马上打个电话给拓也,然而尽管我心里明白自己应该这么做,不过我却怎么也做不到。我并不想联络他。事情只要发生在自己身上我便完全无法照着自己认为对的方向去做。我根本没有资格在理佳面前唱高调,一点也没有。

　　我站着,完全不知道时间的流逝。

　　抬起头,理佳已经站在我的面前。她哭红了眼睛,泪流满面。

　　理佳不停地伸手拭泪,像个孩子般不停地跟我道谢。

　　"谢谢你……谢谢你……谢谢你……"

　　我伸手轻触她的肩膀……这个举动让我觉得自己对她有着不能弃之不顾的责任感。

　　回程的电车上,理佳一副疲惫不堪的模样将头靠在我的肩上。

　　"我一直以为藤泽是个感情方面更为冷淡的人。"她说。

　　"是吗?"

　　"嗯。你虽然对谁都很亲切,但是其实我却从你身上感受到一种别人发生了什么事情你都兴致索然的感觉。正因为你对别人的事情毫不关心,所以才能毫无顾忌地跟任何人都成为朋友。我猜也许是你隐藏得很好,所以大家才都没有察觉吧。"

"也许你说得对……"

"不对,我错了……"

她靠在我肩上的头稍微提了起来,微微摇了两下,然后又靠回了我的肩膀。与其说她将头靠了过来,感觉更像用头压在我的肩上。

"我的父母亲其实一直都在我的身边。"

她以这句话起头,开始讲述自己的故事。父母亲其实"一直"都在身边这种说法,代表了她将告诉我什么特别的事情。

"大概不少人也都跟我一样,我的父母非常忙碌,无论是在工作方面,还是面对他们自己的事情。虽然不能说是理所当然,不过他们就是对我不太关心,从前就是这个样子。在我还小的时候我就已经习惯被他们忽视,并且当成是理所当然的事。不过就算习惯,那也绝不能说是没有感触。"

"嗯。"

我为了不要动到自己的肩膀,除了应声之外省略了点头的动作。

"其实跟这种经历没什么关系。"她接着说,"不过我其实不太相信朋友之间的情谊、羁绊,还有信赖这种东西。我的个性就是这个样子。"

"嗯。"

"小的时候,我很讨厌编班。每到重新编班的时候,原本跟自己很要好的同班同学都会一下子变得疏远,彼此之间的关系变得十分淡薄,这种经验让我有非常深刻的认识。我经历了好多次这样的状况,一再地受伤。知道对方没有我这般沉痛的感受也让我觉得很难过。"

我依旧只是出声回应,继续倾听她心中的那些话语。

"我一直觉得很不可思议。我无法理解为什么周围的人都没有同样的感受。然后有一天,我知道为什么了。他们不会投入太多的感情,这就是他们避开这种感伤的诀窍。这种认知让我觉得非常震惊,但是我觉得这么做才是聪明的。要让自己的人生过得顺遂没有太多负担,首先就是不能拥有太过于亲密的人际关系。换句话说,我明白了什么时候要放手是很重要的事。从此我的人生就没有那么多痛苦,变得只剩下快乐。我也觉得自己终于跟所有人成了同伴。我会注意到你也是基于这个缘故。我觉得你是个跟我一样八面玲珑的人。我猜想你一定跟我一样是刻意这么做的。由于这个原因,我才会想要跟你说话。我想跟这个人交朋友的话一定会很轻松吧。你怎么想?"

"这种想法很有趣。"

"不过我错了,你其实非常信赖人与人之间的羁绊,这让我吓了一跳。"

"是吗?"

"今天离开的这个女生,我跟她是彼此在众多朋友中,唯一真诚交往的对象。我们从初中开始一直到去年都是同班。我非常喜欢她,而且真的非常重视她。不过当我这么执着于这段友谊时,对方却要出国了。于是我认为这果然是难以避免的结果。我们只是同班久了,错以为对方是值得深交的对象。我想这就是所谓的现实,于是打算放弃……我差一点就这么让这段感情付诸流水了……"

她说着说着又悄悄地开始啜泣。一旁的我只是安静地听着她的哭声。

我想，理佳透过我正回归到一个人该有的人际关系与应对方式。

她应该非常需要我。她也许正在向我求救……就好像过去的佐由理一直想传达什么给我跟拓也一样。

然而，今天的我是否有那个能力呢？理佳告诉我的事情是不容置疑的，而我现在却完全只是随波逐流、敷衍了事。初三那个炎热的夏天，我身上源源不绝的潜力如今早已完全消逝。

我已经失去推动薇拉希拉起飞的力量。

当时我跟拓也身上那种足以翱翔天际的能力，此刻早已荡然无存。

我们的潜力随着佐由理一起消失了。现在的我，就连帮助自己的力量都没有了。

然而现实中的我，却又深深地介入了水野理佳的人生。我对她的责任，已经不容许我说走就走。

就结果而言，今天我似乎指引了她一个正确的方向。至少今天我做到了。

既然我可以，那么我就不应该放弃。于是我将手放到了她耳后的头发上。体温透过她的发丝微微地传到了我的掌心。她闭上眼睛，放掉身上所有的力气，任由身体的重量移到我的肩上。

我挥别了脑中的那个梦，挥别了身在不知名的塔丛中瑟缩啜泣的佐由理。也许此刻还无法如愿，但至少我试着摆脱那场梦。

5

在整片有如巨大石笋林般的塔群之中,佐由理就站在其中一座素烧陶器材质构成的塔顶。

整个世界之中只有佐由理一个人。

除了佐由理,这个世界就只听得到风萧萧的声音。

她畏缩地站在塔顶的边缘。抬头、低头,眼前尽是一片深褐色的天空。塔群朝着天际无限延伸,在视线的彼方变得细小,终成为一片素烧陶器的浅褐色消失不见。不过尽管看不到,在塔群只剩下一团色块难以辨认的地方,应该依旧继续向外延伸。

佐由理蹲了下来,双手环抱住了膝盖。

此时依旧只听得到风声。

她寂寞地瑟缩着身子。

"有没有人在……"

那是不足以称为声音的声音。

"我好寂寞……我讨厌寂寞……我不要一个人……有没有人在……"

只有佐由理的呼吸声融进了风中。

"有没有人会出现?"

没有人能够实现她的愿望。

"浩纪、拓也,这边好寂寞,一个人也没有。我为什么会在这里?"

佐由理持续地自言自语。

"我不想待在这个地方。可是到底为什么呢?我觉得自己好像从很久以前就一直待在这里了。为什么……"

她仿佛写信给她心中的那些朋友,自顾自地不断说话。

"有没有人可以救救我……"

我在自己的梦中听到了她的呢喃。

*

冈部社长捎来了信。

那是在某天夜里,我回到宿舍打开邮筒的时候看到的,一个白色的信封。我回到房间,放下背包之后将信拆了开来。说实话,我其实不太想看。

他信上写到了那边的近况,联邦国与这块土地之间的对立情绪日渐升高,紧张的关系已非数年前可以相提并论。虾夷工厂因此变得格外忙碌,加上拓也辞去工作,工厂的人手也更显得缺乏。信上提到拓也似乎是为了专心投入学业而辞去工作的,然而他的脑袋好到即使不需要太过认真,学校方面的功课也可以轻松应付,所以我猜他应该是将自己的心力全部投注在课外某种自己想学的东西上。最后冈部社长提到如果我回去,要多少工作他都可以给我,所以要我考虑看看。信中没有提到佐由理或薇拉希拉的事情,这倒是让我得以在阅毕之后稍微安心。

冈部社长要我回信给他。

我提不起劲儿。

我捏着信纸的手有气无力地垂到了桌上。我深深地吸了一口气。不过就是两张信纸,读起来却格外伤神。

每当我想到跟故乡有关的事情,我总是觉得身体变得沉重,心情也受到影响。我一点也不希望想起那些事,因为想起自己过去失去的东西总是令人苦不堪言。

这封信的收件人是过去那个天不怕地不怕的我。然而这样的信件是我最不希望见到的。几年前在我心中闪耀的光芒与强悍的潜力,如今早已消逝无踪。取而代之的,只有一块沉重的大石头压在我的心头上。

我靠在墙上,背部贴着墙面缓缓滑下。

一种将要化为泪水的苦楚包围着蹲在地上的我。我想哭,然后借着眼泪把所有的心事一口气全吐出来。然而,我的眼眶却始终干涸而挤不出泪水。那个有如铅块一般沉重的大石,现在依旧压在我的心底。

我又一次重新体会到佐由理消失之后在我的心里造成了多么严重的创伤。飞机没能飞上天空……我们半途而废没能飞往那座高塔的懦弱心性,在我的心中凿出了一个巨大的空洞。这些我一直试图忘怀的往事,全部都在冈部社长的信中一一苏醒。

我又一次确定,那里是我绝对不能再次踏上的土地。我的人生绝不能只是眼巴巴地望着过去破碎的梦,还有曾经存在于自己心中的残余潜能。

我丢掉了信纸,走出房间的同时将房门锁上。我想将那封信一起锁在室内。

来到夜晚的街道,我漫无目的地走着。街道两旁林立着遇到稍微大一点的地震便会全部震垮的古朴木造公寓,附近的平房也多半是灰黑色的砂浆砌成。路上不时可以看到自动贩卖机的灯光。不经意间朝巷道里看去,映入眼帘的是一辆废弃的摊贩推车被弃置在该处。我的身体在夜晚的凉意之下,稍稍觉得安心。

忽然间,空气中飘着一股泥土的味道。我转过头,路旁的沿线上一处张开了工地用的铁丝网隔墙,标示着禁止进入。里面有一台挖掘机,工地里面现在只向下挖了少许的深度,废土还堆在一旁。我探头窥视着工地现场的里侧。这片光景中的远端,西新宿灿烂耀眼的未来式高层建筑正闪耀着灯光。其中除了大部分是窗户透出来的光线,另外还有建筑表面铺设的高价瓷砖,利用镜面涂料反射着下方打上来的光线。

此刻我的心中不禁浮现出往常一问再问的问题,到底是什么样的人会待在里面呢?

我无法想象。我无法从中感受到任何现实的味道。那数栋丛聚的高层建筑真的跟我们处在相同的世界吗?它们对我来说仿佛就是某个异世界的高度文明都市,是借由光线的折射而得以浮现的海市蜃楼。

它们一点都不真实。

我甚至觉得这几栋未来式的高层建筑也许就只是某处投射出来

的全影像①。

我皱着眉头眯起了眼睛,将视线投射到远方高耸入云的冷峻巨塔。

我明明就只能待在这里。然而,这样的景色为何会让我产生亲切感?

我一直不停地看着那座高塔,直到颈子酸痛到再也支撑不住。

我移开眼睛。瞬间,几度梦中佐由理出现在那些宛如石笋般的塔群光景,忽然跟眼前的高楼群像彼此重合。

那只是瞬间的错觉,却意外地摇撼了我的心灵。

原来……那是现实。

6

理佳花了一两个月的时间跟原来的男朋友分手。我对她接下来要跟谁交往一点也不在意,不过她却说她希望我多关心她这方面的事情。

---

① 全影像,holography,即透过各种折射与成像原理而呈现三维空间影像的成像技术。这项技术在一九四八年由英国物理学家盖博(D. Gabor)为提高电子显微镜的显像能力而发明,在初期的发展上由于缺少同调光源(coherent light source)而一度停滞,直到日后的激光发明才又将这个技术推展到另一个境界。

"我决定不再让自己跟身边的人维持那种暧昧不明的关系了。"

"喔,真不错。"

"是吧?"

她用不常从她口中听到的回答方式应答,然后露出了微笑。

"不过究竟为什么会变成这样呢?"她说,"我明明一开始觉得你是个不怎么样的人的。"

"不怎么样?"

"对呀!因为觉得你不怎么样,所以我才会觉得我可以随性地把你拉出来陪我到处乱跑。真奇怪,会有今天这样的结果,一定是因为你其实非常特别。"

"你说的特别是指什么?我可是连我自己都找不到任何优点而感到很困扰呢!"

"你分明在装傻嘛!"理佳嘴角微微上扬,笑靥中带着些许的讽刺,"我对这种事情很敏感的。你明明就觉得自己很特别,而且实际上一定也是如此。因为我对自己也有这样的想法,所以我能够看得穿。"

我没有回话。

我跟理佳之间往来的方式跟以前几乎没有任何改变。我们偶尔会一起吃午饭,放学之后会在一起,就是这样。

连续下了几天的雨后,天气终于放晴,理佳邀我一起在午休的时间离开学校,来到附近的大楼。我们在这栋大楼二楼的家庭式餐厅吃饭。她点了奶油烤洋芋,而我则叫了一份鸡肉五目烩饭套餐。我平常都吃些便利商店的快餐,还有意大利面、油炸食品类,并且早就对这些东西感到厌烦了,好不容易有这样的机会,便忍不住点了这样的东西。

"你点那个还真像是老爷爷吃的。"她笑了笑又继续开口问道,"你一个人平常都吃些什么东西呀?"

"早上喝一罐咖啡,中午吃面包,晚上就在便利商店解决。"

"哇!你这种没营养的饮食习惯就跟漫画里面看到的一样嘛!这样身体会坏掉的啦!"

"嗯。"

"嗯什么?这样的态度不对吧?"

"其实我在吃综合维生素啦!而且我对吃的东西也没有太大的兴趣。"

"你绝对是个怪人!哪有人对吃东西没有兴趣的!"

她说完便露出了一脸不知该说是困惑还是犹豫的表情。

"你怎么了?"

"没有啦,我在想如果你现在开口要我帮你做饭,我应该会马上答应吧。"

"不用啦!你想这个干什么?"我笑着回话。

"嗯,不想了。反正你也讨厌这种成天腻在一起的关系嘛!"

"这也是一部分原因啦!再说,从你手上接过饭时,我也不晓得该怎么回应。"

"我对于早起最没辙了。所以要是你改变心意,也不要太期待喔。"

"不会啦,我不会拜托你帮我做饭的。"

"不过话说回来,这么断然不受期待的感觉还真是挺糟的。"

理佳说着脸上又浮现出了方才出现过的表情。她想了一下之后又开口说道:"我说啊,我可是从小就三餐全都自己料理呢!所以我很会做菜喔。也许外表看不出来,不过你最好把这点牢牢记在心里。"

"我又没怀疑你的厨艺。"说话时,我忽然想到她之前提过的家庭问题。

"所以呀,如果你希望的话,我真的可以到你家做饭给你吃喔。我现在可是很认真的。你觉得呢?"

"什么……"这个唐突的话题让我有些不知所措。

我想了一下之后才又开口说道:"不了,还是算了吧。太麻烦你了。"

这么说起来,我从来没有让朋友到过我的房间。

"那栋房子很破很脏的,我才不好意思让你来呢!"我说。

"我不会介意的啦。"

"不,那房子绝对远比你想象中要来得脏乱破旧。"

我将那栋宿舍如何昏暗、如何潮湿夸张地形容给理佳听,她于是咻咻地笑了起来。

"这还真的让我很有兴趣看看。你平常在家里都做些什么呢?"

"没有特别做什么呀,就写写作业、预习跟复习,还有听听音乐、看看书……另外就是偶尔会拉拉小提琴。"

"小提琴?你会拉呀?"她瞪大了眼睛,表现出十分意外的反应。

"嗯,一点点。"

"咦?为什么你会?"

"什么为什么?练习就会了。"

"我想听!"

理佳上半身整个挺出来看着我,那双眼睛有如少女漫画中画的那样闪闪发亮。

"不行,我不干。"我连忙夸张地摇头回应,"我拉得很糟糕啦。"

"拉得好不好有什么关系。我们现在就去音乐教室吧!"

"不要啦!真的不要!拜托你放过我吧。"

"咦?真扫兴……"

我仿佛看到了过去的幻影。我从那个与此刻重叠的幻觉记忆中找到了那个怎么也不愿意答应拉小提琴给别人听的自己。

跟理佳相处的时间非常愉悦,有她在身边我就能够得到放松。不过我到底为什么一点也不想让她看到我演奏小提琴的模样?我对于自己的反应感到不解,这应该是一种异常的反应……

随着季节的更替,春天到了,冬天走了,我也已经升上了高三。

我跟理佳因为编班而分到了不同的班级,然而我们之间的交情却没有特别的变化。我们会尽量挑选同一节课后辅导课,然后坐在彼此的旁边。尽管这些都不是经过了特别的协议,但我们也会很有默契地轮流到对方的班上,等待对方下课然后一起回家。

在这样的生活中,唯一不同的是,我开始频繁地梦见佐由理。每隔几天我就会梦到她。佐由理依旧身处在那个仿佛旧相片的天空下,而那个奇妙的空间,让我不知道为什么有一种深刻的亲切感。

每次梦醒,睁开眼睛之后面对着真正的现实世界,对我而言却反而渐渐地失去了现实的味道。现实世界的天空、行道树、街景，所有的颜色都像街头绘画。我每每对此抱持疑问而眯起眼睛仔细端详，却让我更确定了这样的感受而觉得不安。即使跟理佳相处的时刻可以短暂地挥别这样的不安情绪，然而现实世界给我的隔阂感却从没有消失。

我偶尔会在晚上来到宿舍附近的车站。走下楼梯之后，我会在丸之内线的西新宿车站，还有大江户线的新宿西口车站前驻足，然后带着等人的心情大概停留一个小时。我想借由这样的举动，混在人群之中，看是不是可以更容易融入我所居住的这个城市。

然而我却无法如愿。我终究得抱着跟现实隔绝的自己，只换得了疲惫不堪的脚步蹒跚地回家。

站在那个地方的时候，我不会遇到任何熟识的人。这是当然的。这里和南蓬田车站不一样，那边是只要在放学的时候多等一会儿就一定会遇到熟识的人，我现在身处的是截然不同的世界。

在出站与进站检票口前，被一台一台机器吐出来吸进去的人们全都带着同一种表情。这群不知名的人汇集成了不知名的集合体而规律地流动。我的眼前仿佛一部低成本小制作的电影，一点真实感都没有。受到下意识的驱使，我初次希望能在眼前不知名的人群里遇见哪个我认识的人。只是我的脑中并没有具体的意识告诉自己去找哪个"熟识的面孔"。人群在出站与进站的检票口间不断地出入，而我却哪儿也不能去。我想成为这群不知名群众之中的一分子，我想成为群体的一部分，我想成为有如游魂一般的人。

然而，我当然无法如愿。我终究无法被这个街道所包容。

7

我想在这里先讲述许久之后,当一切都已结束时的故事。

是跟一封信件有关的事。

我考上了大学,然后在那所大学就读,之后从那里毕业。事情发生在我二十六岁的时候,那年的春天拓也捎来了一封信。

不对,与其说是信,倒不如说是一个小包裹。

包裹中没有任何时节性的问候,也没有重温我们往日交情的寒暄。他甚至连自己的地址跟联络方式都没写。这是分开八年之后唯一的一封邮件,他在这段时间之内一直都不知去向。他没写联络方式是因为他不想告诉我,白川拓也这个人不可能会因为疏忽而忘记写上联络方式。

小包裹里面放了几本日记。我这是第一次知道拓也有写日记的习惯。这是记述了他高中三年期间生活的日记。

我翻开他的日记,日记中记录了我们分别的这三年间他的经历,还有这段时间他所想的事情。

对于他送来这几本日记的意图我完全能够领会。他想告诉我要我"不要忘记",他要我不要忘记白川拓也,不要忘记佐由理,还有不要忘记初三那年极为特别的夏天,跟在那之后我们之间仿佛冰河时期的那三年。我们不能忘记在这短短的数年间让我们分道扬镳的所有事物,也不能忘记那时格外特别的我们。

他要我别让这一切从回忆里消失,不能把这一切当作从没有发生过。他利用这几本日记对我提出这样的警告。

我当然一点也没有将这一切忘记的意思。好久以前,佐由理曾经说她不想被忘记的呢喃,我至今依旧记忆犹新。

我无法忘记这一切,这就是我写下这本书的理由。

8

这天早上下着小雨。军事大学里无论温度还是湿度都是由中央空调完全掌控的。然而外头的细雨,却透过水泥外墙而浸染到拓也身上。

拓也在高三那年的春天被负责物色研究员的专人找去,以客座研究生的身份到了青森市内的某间美军设立的大学就读,并且在该所大学的特殊战略情报处理研究所协助研究。那间研究室通称"富泽研究室"。他在进入那间研究室的前一年,投稿给一本量子物理学的学术杂志,并且获得了论文比赛的奖赏。这于是成了他被发掘的契机。而我们知道这一切实际上是起因于人脉广阔的冈部社长的推荐，则又是很久以后的事了。

这次的拔擢理所当然地包含了高中毕业以后的推荐入学跟所有的奖学金，拓也于是毫不犹豫地接受了这样的邀请。此后他除了必要的学分之外，就再也不去高中念书了。对他来说，高中中的学业跟生活都是没有价值的东西。

他进入研究室之后就跟研究生一起做研究。他很频繁地发表论文，甚至连大规模的实验也都以主要成员的身份参与了。所以实际上他也根本无暇顾及高中的课业。

富泽研究室主要是使用计算机解析量子物理，因此参与研究的人员需要懂得高深的程序语言，而这个方向正是拓也最为得意的领域。他打从出生开始，第一次找到了一个不会让他觉得无聊的教育机构。

某天研究室有一个大规模的实验，整个研究室从早开始就忙得不可开交。前年才建设完工的研究大楼是没有任何窗户、与外界隔绝的水泥建筑，实验的研究室在八楼。

拓也跟两名研究生一起坐在操作台前方，各自桌前都有一副键盘，还有一台液晶屏幕。拓也将自己私用的键盘连接到了计算机上，因为使用公用的键盘打字速度快不起来的话会让他有压力。

三人屏幕的后方有一面玻璃墙，玻璃墙里面便是实验室的中枢。玻璃墙内侧二十坪左右的空间完全与外界隔绝，连空气都无法流通。那里面有一根大约需要三个大人才能环抱住的大柱子。柱子外观呈现复杂的扭曲状，仿佛是现代装置艺术的造型作品。

那根柱子是接收平行世界信息的天线。

拓也的背后也架设着一面玻璃墙。在整片的玻璃墙后面是中央监控位置，富泽教授跟有坂助教两个人一坐一站地在那里进行督导。今天教授与助教身后还出现了穿着美军制服的军官与一位身材魁梧的男子，他们是来研究室参观的。

"虽然今天有客人在场，不过你们不用介意，就照往常的方式做。"

富泽教授的声音透过扩音器传达进了拓也他们身处的监控区内。

"第一阶段结束，进行下一个步骤。"

"是。"拓也跟另外两位研究生同时出声应答，然后纷纷开始敲击键盘。

"下一步，进入过滤区段。第二阶段开始。"拓也对着麦克风开口说道。

"指向性成像度比起之前高出了二十五个百分点。"一名研究生接过拓也的话说道。

"真不错。"富泽教授露出了满足的表情，"今天应该可以办得到吧？你们可要挑选好适当的演算方式喔！"

"白川，这个算法你打算怎么处理？"有坂助教走到拓也背后，开口跟拓也确认拓也负责的部分。

"我打算以艾克森·月卫博士的理论为基础，对群组抽出作用的过滤控制部分下手……"

"什么？"

"这样应该可以提高群组抽出效率。"

"干得好，白川。"富泽教授听了露出得意的表情。

"艾克森·月卫是什么人？"穿着军服的人用英文对教授提问。

"初次证明平行世界存在的联邦国学者。"富泽教授也以英文回应，"被认为是虾夷那座高塔的设计人。"

"你的意思是说那个螺旋状的柱子就是虾夷塔的模型吗？"军人指向实验室里的那根天线开口问道。

"是的，我们接下来要将那根柱子四周数英寸的范围转换成另一个宇宙。"

警报声响起，所有人立时陷入了一片紧张。

"捉到了！"

拓也说话的声音短促而带着冲劲儿。当场所有人便将目光焦点移到了监视器上。

"XA、YC、ZC方位出现分歧宇宙空间暴露反应。共有五个……不对，六个分歧宇宙空间出现。"

监视器上的图表出现了六个曲线不停地浮动。

"六个呀，这次找到了不少呢！"富泽教授又重新将双手交握在桌上，"开始进行同调区段，一定要接上……"

"开始进行第三阶段。"有坂助教应了一声，对监控区里下达了指示，"你们三个现在同时对最为接近的平行宇宙尝试各种连接作业。"

拓也跟另外两位研究生快速地敲击键盘，将系统连接到方才发现的分歧宇宙。清脆的敲击声规律而快速地流泻而出。

"真快……"坐在拓也右边的研究生看了拓也的动作不禁咂舌。

"白川最接近平行宇宙。"有坂低声说道，"距离最容易连接的区域还有一千二百京单位。一千一、一千、九百四十、九百二十……"

警报声再度响起。军人应声站了起来。

"接上了!"拓也的声音短促而有力,"成功接上了一个最为靠近的分歧宇宙,暴露反应也安定下来了。"

方才不禁起身的富泽教授此时也坐回到了座位上。

"好,维持这个状况进入下一个区段。"他说完便转头面向那位军人,"接下来要跟那个平行世界进行空间置换。"

红色的图表中映出了一道曲线。警报的音频随之产生了改变。

"半径六十纳米的空间出现拓扑变换①,并且急剧扩大中,快要进入肉眼可以确认的范围了。"

监视器切换到了其中一架摄影机上。实验室中央出现了模糊的黑影。

"固定的区块内已经成功置换成别的宇宙,变成另外一个空间了。"富泽教授用英语为军人进行解说。

"虾夷的那座高塔也可以办到同样的事情吗?"

"正是,两者所使用的是相同的原理。只不过对方的规模跟精致度远远超过我们目前所使用的系统。我们目前数次的实验只能成功一两次,也仅能够转换砂粒般大小的空间置换而已。"

包括拓也在内的三名研究生始终不停地敲击键盘输入指令。

然而,他们此刻停下来了。

"不行……"

---

① 拓扑变换,所谓的"拓扑"音译自希腊语中的"Topology"一词,原意为"地貌",在几何学中属于较为新颖的分野,主要的课题是研究"连续性的现象"。拓扑变换则是拓扑空间的改变过程,即以不破坏、不接合的原则将空间做延展方面的变化。举一个简单的例子说明,一块黏土在不扯破、不接合的情况下揉成球形,再捏成方形的过程即是所谓的拓扑变换。

拓也不禁说出了这样的结论。

"失败了！暴露反应衰退，已经无法继续维持平行世界的衔接状态。"有坂助教的报告声中透露出焦急的情绪。

图表中的曲线开始萎缩，终于警示铃声响起，监视器上显示出了"DISCONNECTED"的红色文字。

摄影机画面中的黑点也随即消失。

拓也脸上紧张的肌肉也在此刻松弛了下来。他叹了一口气，然后将上半身靠到了椅背上。背后的中央监控区中，富泽教授也跟拓也同时发出了叹息，不过他的脸上显露出了满足的表情。

"波动系数下降，分歧宇宙完全消失了。本次实验于一分十八秒的时间中成功达成半径一点三厘米的拓扑变换。"

一片沉默的气氛中，有坂助教的报告声回荡在整个实验室里。

"真希。"

拓也整理完资料走出了实验室，看到了笠原真希与富泽教授正在对话。

笠原真希是负责指导拓也的博士班学生。她的专长是脑化学。因为彼此的专长不同，所以拓也没有直接接受她的指导，不过拓也在研究设备的使用申请还有论文的进度方面都会跟她报告。

"辛苦你了。"笠原真希带着微笑对拓也亲切地慰问之后便转头面对富泽教授，"教授，我可以带白川一起去吗？"

"好啊，还有位子嘛。不过你们常常混在一起呀？"

"不是教授你说要他今年好好跟着我的吗？"

"是这样吗?唉……我明天到东京出差,这边就麻烦你了。"

"是进度报告会议吗?"

"也有。另外还得去看看那个孩子。因为这个,搞不好接下来你们脑化学研究团队就有的忙了呢……"

由于拓也不知道他们讨论的是什么,于是只能静静地在一旁听着。

走廊上地板与墙壁施加了镜面镀膜处理而散发着无机的光泽,拓也与真希并肩走着。笠原真希走起路来,步伐相当快速。就拓也的观察,一般来说步伐快的人多半拥有一定程度的自信,多数的研究人员都是如此,而拓也亦然。研究大楼的平面面积相当大,对于步伐快的人来说其实也是比较方便的事。他们在走廊上与身着制服的军人跟一袭套装的男子擦肩而过。

"最近常常有军人到我们的研究室来呢!"笠原真希有感而发。

"那位穿着套装的人大概是隶属于NSA机构的人员吧。"拓也回答。

"NSA?"

"就是国安局。"

"是类似公安的机构吗?"

"是军方的谍报组织。"

"哦。"真希听来并没有特别的感触,"最近常常听说有恐怖分子在暗中活动的传闻。"

拓也低头。他隐藏自己内心受到动摇的能力逐年下降,所幸并没有被对方察觉到。他们来到了电梯前面,不约而同地注视起了显示电梯目前所在楼层的显示器。

"今天的实验还顺利吗?"真希问道。

"是搜集到了一些资料,不过还差得远呢!现在我们的进度只能够置换那么一丁点肉眼可以看到的空间区块,跟联邦国的那座高塔可以说是完全不能比。"

"这也是没办法的事。毕竟联邦国本来就在基础物理学领域领先我们一大步。那张虾夷岛的空中摄影……我也看过了。"

这句话让拓也忆起了当时初次看到那张照片而浮现的那股战栗感。

那是美军的无人侦察机拍摄回来的影像。拍摄的角度位于联邦国那座高塔的上空。

那张图中的高塔并没有出现异状,产生变化的是高塔周围的区域。

那个异象以塔为中心,整个圆形区块变成了一整片漆黑的空间。

从图中看起来像是整个变异区域的地面被漆成整片的黑色,其实不然。

那片景象的真正状态是空无一物,或者可以说是整片虚空的领域。

当时的拓也由这片景象联想到了所谓的黑洞。所有的光线进入那片异象之内的空间便会完全消失,有如被整片的黑暗所吞噬。那片黑暗的印象酷似他们方才在实验室里置换出来的黑色点状空间。

我们所处的这个现实世界被翻过来了。

以塔为中心的那个圆形区块被翻了过来,原来的空间整个消失,被另外一个世界的某个部分给蚀去了。

叮咚一声,电梯门向两侧退开。

"让我无法理解的是,为什么那座高塔的拓扑变换只在半径两公里的圆周线上停止。"

拓也在电梯内边看着显示器中逐渐递减的楼层提示数字边开口说话。这是他说话时的怪癖。他随后也将视线停留在计算机上显示的剩余时间与整理画面。

"美军认为联邦国的那座高塔是能够制造空间转换的强力武器。不过那座塔若是以攻击作为目的而设计的话,那就现状来看它其实一点意义也没有,不过就只是在自己的领土上凿一个大洞罢了。"

"两公里的范围极限该不会是因为什么机械故障或其他意外所致吧,还是它单纯就只是一个以实验为目的的建筑呢?"

"不只这些可能性,或许照片中的那次大规模拓扑变换,根本就是出乎设计者料想的系统功能失控所致。除此之外,富泽教授也曾说过,也许那次拓扑变换的两公里范围限制,有可能是塔的功能受到什么外在因素影响的结果。"

他们走出了研究大楼,阴暗的天空中飘着微微细雨。

真希取出了一把折叠伞,由于拓也先前将自己的伞留在授课大楼的置物间,他便跟真希借撑同一把伞步出了大学的校园。

"白川,你明天有什么事要做吗?高中那边也放假吧?"真希开口询问着拓也周末的计划。

"不好意思,明天我想去查一些资料……"拓也说话时意识到自己的肩膀与对方的肩膀有轻微的接触。

"去图书馆吗?"

"不,去一家认识的工厂。"

"工厂?"

真希表示如果不会打扰到拓也,她也有想要同行的意思。尽管拓也告诉她那家工厂远在穷乡僻壤的地方,真希则说自己并不介意。拓也听了让真希稍候,自己走进了电话亭拨了那个早已熟记在他脑中的号码。

"唉,不能说想看就来呀!我们工厂不接受外来者见习参观的啦。"

冈部社长的声音即使透过电话也听得出来他不太高兴。不过在拓也告诉他对方是个叫作笠原真希的女性时,他的态度就发生了一百八十度的转变。

"什么?女孩子?她几岁?"

"这我是不知道啦。不过呀……对方可是个美女呢。年纪啊……"

隔着电话亭的玻璃,真希有些不耐烦地看着远方。她的侧面以一般人为基准看来大概过了二十四岁多一点。

"哦,那我就恭候你们大驾啦!"冈部社长高兴地答道。

翌日,拓也依约开着深色的房车载着真希前往大川平。他一满十八岁便到驾校报到,然后早早考取了驾照。拓也先绕到青森市去接真希上车,随后便沿着二八〇号县道奔驰了一个半小时来到虾夷制作所。

这天天气十分晴朗,天空中传来黑鸢的鸣叫,美军的战斗机编队夹带着轰然的引擎声留下长长的飞机云。他们将车子停在工厂院子里的大树旁。真希走下车，她的视线随即便被工厂旁的多座铁塔吸引住。

"咦……好棒的天线呀！"

"不过里面有些是不合法的。"拓也虽然知道正确的数量跟位置，不过他没有多提，"这可以接收到一些有趣的东西喔。"

"咦？是纯兴趣方面的吗，还是跟工作有关？"

"嗯，一半一半啦。"

冈部社长看到了笠原真希的相貌，知道拓也没有骗他，于是露出了心满意足的表情。住在这里的野猫出现在庭院里，拓也看了便走到它的身旁，轻抚着它的耳后根。

厂房只敞开一扇铁卷门，看起来就仿佛一间大车库一般十分有趣。秋天的徐风吹进了工厂，今天工厂没有开工，厂房员工除了冈部社长之外，也只有佐藤先生留在工厂。真希带来了充当礼物的蛋糕，拓也于是前往茶水间泡了茶出来。他们拉了一张铝质桌子，四个人一起找到厂房里晒不到太阳的地方坐了下来。

"这么说来，真希小姐的专长是脑部方面的研究啰？"冈部社长开口问道。

"是的。我专门研究人类的记忆、睡眠，还有梦等项目。"

"不过真希小姐跟拓也属于同一间研究室吧？"佐藤先生接着问道，"我记得拓也也是研究虾夷岛上的那座塔，不是吗？"

"是啊。我的专职是研究那座塔没错……"拓也稍微想了一下才又说道，"不过其实我跟真希小姐的研究，就根本上的意义来说，其实是同样的东西。该怎么说呢，其实我们在做的研究都是属于平行世界的范畴。"

"平行世界?"佐藤先生听了不解地问道。

"其实……"真希说话时拿着叉子切下了一小块蛋糕,"就像我们人类晚上会做梦一样,这个宇宙也会做梦。"

"宇宙会做梦吗?"佐藤先生露出了惊讶的表情。

"也许用'这个世界'来取代'宇宙'这个词汇会比较容易理解。"真希滔滔不绝地开始解说,"这个世界也许可能会朝各种不同方向发展,因而酝酿出不同的未来。而这种可能性就隐藏在这个世界的梦里面,我们将这些不同的可能性称为平行世界,或者是分歧宇宙。"

"听起来真是科幻呀。"佐藤先生答道,"平行世界呀……这样的内容我以前在小说里面读过。"

"这是实际存在的喔。"真希说,"这种说法大概在五十年前就被证实了。"

"是真的存在吗?"冈部社长问道。

"是,过去有这么一个著名的比喻方式……"真希用大拇指弹起硬币,让它在空中旋转,"我们不是常常用这种方式让一枚硬币在空中旋转,然后打赌它掉下来的时候是正面朝上还是反面朝上吗?其中任何一种结果出现的可能性都是百分之五十。我们假设当它落下来的时候是正面朝上,那么我们把硬币弹起来之前,那另外一半反面可能朝上的结果究竟到哪里去了呢?"

真希解说的过程中,冈部社长跟佐藤先生都专注地倾听。佐藤先一步开口答道:"实际上,正面朝上的概率是百分之百,只是人们不知道而已吧。"

"你所指的是量子力学中的概率密度问题,对不对?"真希答道,"的确,我们一直以来都这么解释。不过其实百分之五十硬币反面朝上的概率终究还是百分之五十。硬币扔出去之后会得到百分之百正面朝上的概率波段结果,其实并不是在我们扔掷硬币之前就决定的。事实上,在我们扔掷硬币的时候,这个世界就已经分成了硬币正面朝上的世界跟硬币反面朝上的世界两种。依照这种说法,这个世界现在呈现在我们眼前的瞬间,其实也只是各个事件中的各种可能性之间,跟其他的世界并排在一起的其中一种结果。"

"这样啊……"

"而我的研究就是这些平行世界对于人脑还有梦境造成的影响。"

说到这里,真希将话题拉回到了他们的研究上。

"关于联邦国的那座高塔,其建造目的最可信的一个说法也是用于观测平行世界。所以白川的研究便是利用科学的方法,拉近现实与平行世界之间的距离。而我则是以脑化学解析平行世界。生物的脑也许从上古时代便可以在下意识之中感受到平行世界的相关情报,这些分歧世界的情报在脑中流窜,也许就是人类的预感,或者是预知能力的泉源。这些也都是我研究的课题。不过,这些研究课题听起来好像有点神秘学的味道。"

"不不不,一点也不会。"

冈部社长拍了一下香烟包,抽出了一根叼在嘴上,同时表现出了这般夸张的语气。

"真希小姐的言下之意,是指人类也会梦到跟宇宙同样的梦吧?这不是很浪漫吗?"

"很浪漫?"

拓也跟佐藤听了异口同声地表示怀疑。他们觉得世上很难再找到一个人比眼前这名男子更不适合"浪漫"这个词了。

"怎么啦?"

"没有……"拓也跟佐藤赶紧装傻,假装没事。

"要是笠原小姐在人类的预感跟预知能力方面得到了实际的研究成果,是不是我们就可以用人工的方式预测未来了呀?"佐藤问道。

"不……这应该是办不到的吧?至少像这种类似超能力一般的结果终究没有办法实现。"

"为什么呢?"

"因为我们没有接收这些情报的天线。"拓也接过这个问题提出了解答,"人类的天线能够接收电磁波,并且加以辨认其中代表的形状还有颜色,而这个天线指的是眼睛。除了眼睛之外,耳朵也是接收空气中的震荡、辨识这些声波的天线。然而我们并没有可以接收平行世界情报的器官。因此,虽然偶尔有人能够接收到这些平行世界的情报而预知某事,那顶多也就只是没有任何音源的喇叭偶然在瞬间接收到某个电台的广播一样,就只是单纯的巧合而已。"

他说完不禁看了看庭院中几座并排立在那里的无线电塔。

"对了,要让人脑能够接收那些信息的话,必须要发明人工的接收器,直接跟脑部串联……"

"呃……你说这话真像恐怖电影里面的情节呀!"佐藤先生露出了些许嫌恶的表情。

"这样的动物实验有人在做喔。"真希边说边一脸满不在乎地将蛋糕放进嘴里,"就目前的进度来说,其实没有什么具体的结果就是了……"

"不过真希小姐真是优秀呢!"

冈部社长嘴里吐着轻烟的同时将这番恭维脱口而出,听来多少有些刻意。

"说到青森的军事大学,这跟一般普通的大学可不一样。等于是隶属政府的研究机构嘛。你看起来还这么年轻,就已经是其中的主要成员了呢。"

"没有啦,没这么夸张。"真希被捧得有些不好意思,"不过我对那座塔抱持着相当的憧憬,所以觉得做起研究很有干劲。"

拓也不禁看了看真希。这种事他还是第一次听说。

"不过真正出色的人是白川呢!"真希很快地用十分坚定的语气说道。

"你说拓也吗?"

"对呀!十八岁就成了客座研究生,这可是前所未有的事呢!而且他比谁都要认真,连大他好几岁的研究生都没有他来得出色喔!我对世上有像他这样的人存在感到十分惊讶,也觉得他真的很厉害。"

冈部社长趁着真希没有抬起头,摆出了相当难看的脸色。佐藤则是一脸替社长感到难过的表情。

"哪有,我一点也……"

拓也畏缩地说,连声音都在颤抖。就在这个时候,那只猫来到了他的脚边。当它看到拓也打算分一口蛋糕给它吃的时候,便飞奔到拓也的手放下来的位置。

"咦，不会吧！这只猫好奇怪！"真希圆睁着眼睛露出了相当惊讶的表情。

　　傍晚，拓也开车送真希回到位于青森市的住处。由于冈部社长有事情要到青森市来，此时也一起坐在拓也的车上。当冈部社长在他们离开工厂前提出这样的要求时，佐藤吓了一跳，甚至不禁惊叫出声。尽管从真希的表情中看来有些困扰，不过拓也却泰然自若地答应了。对他来说，有冈部社长坐在车上反而正合他的意。

　　真希下车之后向着车子挥手致意，拓也等人则在目送着她走进家门之后重新系上了安全带。随后拓也听到冈部社长开口说话。

　　"你方便在车站放我下车吗？"

　　"你在车站下车之后打算去哪里呢？是去八户吗？"

　　"不，我要搭新干线。我明天早上得到东京处理点事情。"

　　"是哪里来的委托呀？"

　　冈部社长吐了一口烟，并没有回话。

　　拓也的房车驶在住宅区的双线车道上。当车子被红灯挡住停在路口时，拓也便再一次开口问道："冈部社长，我之前拜托你的事情，你考虑过了吗？"

　　"你拜托了我什么事？"

　　"我想参加威尔达。"

　　所谓的威尔达指的是俄国萨哈林州的原住民，这个名字被引用作为日本国内活动最为频繁的反联邦国武装恐怖组织的称号。

　　"哦，那个呀。"冈部社长又吐了口烟，"你真是不死心。比起那件事,你不是更专注于研究室里的工作吗?你很认真地在研究那座塔吧?哪有空分神参加我们的组织?"

冈部社长总是用这般敷衍的态度闪躲他不打算接受的请求。

"不,我有空。而且……我反而更想早一刻做个了结。"

他说话的同时,察觉到了前方挡风玻璃透出去的那片天空中,有一道垂直于天地之间的细长白线。拓也睨着那道白线继续说道:"对,我想要早一刻把一切都了结掉……跟那座塔有关的一切。"

9

第二十三次美日联合军事研究进度报告会议记录(摘要)

会议日期　××××年××月××日

召开地点　东京大学安田讲堂

报告人　青森军事大学　特殊战略情报处理研究所　富泽常夫

"……依照这种方式,我们便可以从此刻被划分开来的多元宇宙中找出最可能成真的一种,以成就精确度极高的未来预测法,这是我的研究室进行研究的宗旨。这种未来预测法并非根据任何一种理论或概率数学去计算而求得出来的结果，它是以实际上未来所发生的事——也就是实际存在的多重未来时空——作为预知情报本身的依据。这就好像我们在考试前先看过未来的考题，然后预先知道该怎么作答一样。这种技术对于军事跟政治方面的决定都将带来革命性的影响吧……不过坦白地说，联邦国在量子引力方面的研究与应用技术都远远超过我们现在的水平。也就是说，依据现状推测，利用量子学预测未来的实用技术，极有可能会被联邦国先一步达成。"

　　报告人富泽常夫提供四张照片
　　一九七四年，北海道中央区域的空中摄影（省略）
　　一九八四年，北海道中央区域的空中摄影（省略）
　　一九九四年，北海道中央区域的空中摄影（省略）
　　一九九七年，北海道中央区域的空中摄影（省略）

"那座有如象征物的高塔开始建设于北海道……应该说开始建设于虾夷中央是在一九七四年，也就是南北分裂之后不久。正式开始运用据推测是在一九九六年。我们在一九九七年的侦察照片中，已经可以看到那座高塔周围出现明显的拓扑变换。

"被称为那座高塔核心设计者的艾克森·月卫博士其实原本出生在本州，这对我们美日联合军来说实为一大讽刺。

"……接下来，我将为各位说明几种能够实际探测平行世界相关情报的崭新技术。"

10

数天过去,拓也在这期间工作方面进展十分顺利。他没有回家,整天埋头在研究生室里完成了两篇论文。累的时候,椅子并一并便直接躺在上面休息。

他一直熬夜,由于整夜坐在计算机前面,现在的拓也显得十分疲惫。他将论文用电子邮件寄给了富泽教授,然后中午便处理些琐碎的杂事。他终于感受到了疲惫,于是来到停车场的车内睡了一觉。等拓也再睁开眼睛,周围的天色已黑,此刻他仿佛感受到一种自己被整个世界跟时间之潮遗弃的感受,让他对此感到有些厌恶。

他打开手机的电源,看到两次笠原真希的来电记录,这让他稍稍抛开了刚才那种不悦的情绪。尽管如此,他始终没有想要回电的念头,取而代之的是拨了一串别的号码出去。那是他熟记在脑中的号码,不过它没有记录在手机里面。跟这个号码有关的拨出记录、来电记录,拓也会在挂断电话之后随即消除掉。

"我是白川。"

"……拓也呀。"冈部社长接到电话时总是一副意兴阑珊的反应。

"你最近方便吗?我想跟你碰个面。"

冈部社长说他恰巧来到了青森市内，拓也于是将驾驶座向后靠的座椅扳了回来，发动引擎便驱车离开了学校。

一家具有相当年代的居酒屋就坐落在青森渔港的旁边。一位看似年近八旬的老妇独自张罗着这家店里所有的事务。拓也从开车载着冈部社长通过东西向延伸的青森海湾大桥朝着这家居酒屋驶去。他想，要是联邦国打了过来，这座富有现代感的纯白色海湾大桥肯定会成为对方登陆之后的第一个目标。车子停妥之后两人来到居酒屋门前，冈部社长拉开木质拉门走进店内便坐上了吧台，开始自顾自地喝了起来。拓也坐在他的旁边，那位上了年纪的老板娘此时已经坐在吧台的里侧打起了盹。

"你到东京出差结果怎么样？"拓也帮冈部斟了一杯酒，同时开口问道。

"什么？"冈部社长随便应了一声。

"你选在这种时候出差，为的不可能是威尔达以外的事情吧！"

冈部社长听到哼了一声。

"别管那个。你知道浩纪到底怎么样了吗？我到东京去本来打算看看他的，结果完全没有联络上他。"

"他呀……我不知道。我跟他已经没有关系了。"

"……哦？"

"你们什么时候要拆了那座塔？"

"其实我们弄到了一颗 PL 穿甲弹。"冈部社长被问烦了只好对拓也实说。

"PL……"

"你知道这是什么东西吗?"

"不……我对军事方面的东西不是很熟。"

"我也不太清楚,听说是使用钯元素跟重氢之间的化学反应什么的。"

"噢,原来如此。"拓也理解到那个名称的实际意义,"真是不得了……"

"怎么样不得了?"

"爆炸威力很惊人。虽然不看详细的规格无法理解它真正的破坏力,不过你可以把它当成一颗超小型的核弹。"

"原来如此,那还真的是不得了。"冈部社长又点了一根烟继续开口说道,"问题是能不能对那座塔造成伤害。"

"应该可以……"拓也立即开口答道,"那座塔并不如想象中坚固。如果不是某种轻盈的材质,绝对不可能成就如此细长的高塔。它的墙壁外部在那颗炸弹的威力之下瞬间就会蒸发,听说墙壁内侧是使用带状的结构化纳米碳纤维材质加以填充,那些大概也会全部被融化掉吧。真用那颗炸弹攻击,虾夷的高塔一定会整个不留痕迹地消失掉的。"

"这样啊。"

拓也也掏出了香烟,自己点了一根。他吸了一口然后又说。

"不过光凭一个恐怖组织不可能拿到那种东西的。"

"没错。"

"美军到底在想什么?要是这种东西真的被你们丢出去,那基本就可以断定他们就是幕后黑手了。"

"谁知道呢?也许他们早就已经准备好推托的借口了吧?另外也

有可能跟他们内部的派系斗争有关。搞不好……在他们的计划里面根本就不需要借口这种东西。"

"开战吗？"

"大概吧。"

"他们的目的甚至有可能是要加速促成双方之间的战争。"

"有可能。"

"不过对威尔达来说这个理由是什么都无所谓吧，你们的目的只是早一步把塔破坏掉，然后借此尽快统一北海道。住在日本的民众，包含美军，大概全都对那座塔心生畏惧。那座塔身上散发出一种无形的强烈压迫感，并且为联邦国塑造了一种神圣而不可侵犯的印象。这是你们想要破坏那座高塔的原因。"

"不愧是个天才，你分析得真好。"

"不要再说什么天才啦。"拓也将香烟戳熄在烟灰缸里，"冈部社长，我希望请你现在就答应我，让我加入威尔达。"

"你放弃吧。"冈部社长老气横秋地说，"你现在都已经算是介入过深了，你到底知不知道？要是加入这种恐怖组织，就等同于把正常人的生活完全放弃掉了。要是弄不好，你一辈子都得鬼鬼祟祟地东躲西藏了。"

"我知道。不过我不会退缩的。"

"难听的话我就不说了。你最好把过去听到的跟威尔达有关的事情全部忘掉，乖乖地回去当个学者吧。"

"我不要，我绝对不会放弃的。要是你说什么都不同意，那我就把刚刚听到的一切全部提供给公安……"

拓也没能把话说完，就被冈部社长揪起了衣领，整个人撞到了一旁的墙上然后挂在上头。激烈的动作中，两把木质板凳应声倒了下去。酒吧里侧那位老迈的老板娘依旧自顾自地打着盹，也许她只是假装没被吵醒。

"我看你连自己现在在说什么都不知道吧！"

冈部社长贴到拓也的面前威胁着他。那声音细如耳边的呢喃，却带来了重如拳头一般的压迫感。拓也感到一个坚硬的东西透过冈部社长的外套顶在自己的腹部。拓也此刻终于知道自己宛如一个富家少爷，终究只是活在一个与暴力无缘的世界。

拓也感受到自己发出的颤抖。尽管他想说话，却只是听到齿间不停地打战。他死命地耐住心中的畏惧，终于能够开口。

"尽管你这么说，我还是想要毁掉那座塔。我想要用自己的双手毁掉它。有那样一座碍眼的高塔耸立在那里让我坐立难安。只要它还存在一刻，我就无法从这种无法发泄的厌恶情绪之中抽离，什么也无法改变，哪里也去不了。"

"……"

此刻拓也只听得到自己的喘息。他被冈部社长揪着，整个人悬在半空中完全没有办法行动。

一会儿之后，冈部社长终于松开了攥住拓也衣领的左手。在拓也可以顺利呼吸之前，冈部社长先一步从口袋里掏出一把手枪，交到了拓也的手上。

"拿去吧。"

那沉甸甸的重量感，瞬间让拓也从窒息的感受中回过了神。冈部社长一把抓住了另一个口袋里那些备用子弹伸手放进拓也的口袋,让子弹咔啦啦地滚了进去。

"去找个地方练习射击吧。不要天真地想着要打中什么东西,只要让身体习惯那东西的重量跟反作用力就好。不要还没开枪就手滑,结果打到了自己人。"

他找到那片有条小河流经的原野,是在他开车奔驰在四号县道上的时候。他下车来到了河岸边,河流的上方有一座东北铁路线主线行经的高架铁路桥。他走到铁路的正下方。抬头望去,可以从铁路中间的空隙看到天空。这座桥纤弱得好像一有列车经过就会垮下来一样。

他环顾了整个原野四周。距离铁路桥一段距离的地方有一座足球场。在那个没有球门的球场上有稀疏的几个人影。虽然人少,但他并没有打算偷偷摸摸地练起射击。他走出了桥下的阴影,沐浴在黄昏时的阳光下。

在河流的对岸,远方的天空依旧可以看到那座高塔。

拓也不禁眯起了眼睛。不,那不单是眯起眼睛的表情,还带着嘴角上扬的微笑。

他点了一根烟,然后等着。他的烟瘾日渐严重,然而他却不断来到一个更不能吸烟的新环境。要是研究室可以吸烟,那么他的香烟消耗量大概会比现在还要多出两成吧……

就在第五根烟燃尽的时候,远方传来火车即将切换轨道的警示音。

他丢掉手上的烟蒂,随后将手伸进了口袋。口袋里冰冷的铁块就是冈部社长交给他的那把枪。他向前走了两三步,取出了枪,扳开保险,然后上膛。此时的拓也并没有特别在意旁人的动向。

他将枪口的准星对准塔的方向。

电车来了。当他觉得噪声够大的时候扣下了扳机,并且使劲压抑手中几乎要弹开的枪身。

再扣扳机,击发,再击发。

弹壳弹了出来,飘荡在空气中的火药残渣轻弹到了脸上;枪口发出咆哮,刺鼻的烧灼味弥漫在他的周围。这种嗅觉上的刺激让他陷入陶醉。

电车驶离之后,拓也持枪的手随着肩膀的肌肉放松而垂了下来。

没有人察觉到拓也的枪声。就算有人听到,也绝对不会有人认为那是真枪。这让他觉得作呕,截至昨天之前的自己让拓也恶心得想吐。

他收起枪,然后转过头,此时的拓也无论心灵还是面貌都已经失去了仅有的温度。

11

"我置身在一座质地冰冷、外形扭曲、非常不可思议的高塔上。"

这片宛如文明残迹的塔群之中,佐由理环抱着膝盖蹲踞在其中一座半边墙壁风化颓倾、没有屋顶可以直接仰望天空的塔楼中。

"那里终年吹着犹如来自宇宙彼方一般的寒风,空气中飘荡着一股不属于这个世界的气味。"她低着头,一字一句喃喃地说着。

这些言辞都有个倾听的对象,那是她在心中虚构出来的听众。若非如此,她便无法承受眼前的一切。

眼前不透明的天空看似有着石头擦刮的痕迹。迎面而来的风吹起来算不上不舒服,却在这种不自然的景致中产生了违和感。

佐由理感受到一阵听不见的声音。那是超过人类鼓膜可以辨认的高频率声波,它若隐若现地撩拨着她的心绪。超高频率的声波渐渐转变成天边鼓动的飞机引擎声。她察觉到那是一架喷射机的时候小声地叫了出来,随即抬起了头。

她站起身。

瞬间塔群被消灭了。

寂寥的光景置换成了另一个截然不同的景色。佐由理站在伴着水泥校舍建筑旁的操场中央。那是间荒废的学校,操场上的杂草横生,房舍的砖瓦各处都看得到裂痕,破损的情形屡见不鲜。它至少是一所弃置十年以上的学校。

佐由理茫然地环顾着四周,远方的住家同样杳无人烟,一切都处于颓倾多时的状态。

视线的彼方出现红光。那光线的颜色既像落日中的余晖,又仿佛炙热的火焰。无论如何,这微温的光线中带着些许温柔的气息。它来自颓倾校舍三楼的某间教室。

那散发着红光的窗前,聚集着几只白鸽。

这是一幅生机盎然的风景。一片死寂的世界之中,那是唯一带有生气的画面。

她从中感受到一丝丝的温暖。

面对这始终无处宣泄的渴望,佐由理连忙飞奔了出去。

教室入口处的鞋柜空荡荡的,看不到一双鞋子,她没有脱鞋便跑上了走廊。稍微驻足搜寻了一下。

楼梯。

佐由理快步跃上了阶梯,通过二楼之后直接再往三楼奔去。她来到三楼的走廊。一道笔直的廊线顺着佐由理的视线尽头延伸而去。

温暖的光线从走廊中段溢了出来。

她来到高挂着三年三班牌号的教室门前,在些许的犹豫之后毅然推开了拉门。

温暖的光线来自窗边的一张书桌。

异于其他集中堆放在教室一角的书桌,只有那张散发着光芒的桌子矗立在窗前。

那是个充满悲伤情绪的光景。然而,佐由理却对眼前这样的景象有着十分熟悉的感受。

她才踏进教室一步,那束红光仿佛被吹熄的蜡烛一般瞬间消逝。

仿佛是在避着她。

那道温暖的光线刻意与佐由理保持距离……她内心的绞痛显露在表情上一览无余。

她不放弃,还是一步步朝窗边走去。此时透过窗户,佐由理可以看见已然颓倾的新宿高楼,宛如一场战争终结之后的死寂景象。她不禁伸手触摸那张前一刻散发着光芒而显得孤寂的桌子。桌面没有使人放心的余温。它只让佐由理感受到了一阵冰冷的触感。

她靠在窗缘，背部贴着墙面缓缓地滑坐到了地上。面对着那张毫不隐藏地散发着孤寂氛围的桌子，佐由理不禁缩回手臂环抱住自己的身体。

"我到底为什么会来到这种地方……没有人在吗……有没有人在呀……"

她双手捂住脸。

"拓也……浩纪……"

她闭上眼睛，再睁开后人又回到了原来那座没有屋顶的塔尖。耳边喷射机引擎尖锐的声音已不复闻，唯风声萧萧依旧撩拨着她的心绪。

天空的彼方那座联邦国的高塔带着惨白的外表耸立其中。

这个地方，偶尔因为风的不同，云端彼方会浮现出那座高塔的踪影。

*

粉笔画在黑板上，咔咔咔的连续敲击声带来阵阵的压迫，让我从梦中醒来。我似乎禁不住睡意的侵蚀，在课堂上晕了过去。在整间静谧无声的教室里，只有老师书写黑板的声音持续地回荡。

又是那个梦……佐由理彷徨的模样早已数度来去于我的梦中。她总是在已然颓倾的都市之中徘徊，似乎在找寻什么。

三年三班，那是我所就读的班级。

我瞥向窗外，视线少许地移动便可以看到窗外的景色。

那张红色的桌子，是我的桌子……

窗外是一片万里无云的蓝天，吹进窗内的风轻拂着薄薄的窗帘迎风摇曳。这样的光景总是让我心生阴郁。在这里生活了三年，我渐渐了解了，但每当窗外吹起这种风……

只要面对正确的方向，那东西一定都会浮现。

我打开信箱看到里面有一纸书信。会写信给我的除了他之外没有别人了。我通过狭窄的木造楼梯回到自己的房间，将信放到了低矮的和室桌上，拿起摆在地板上的耳机，拿着琴弓闭上眼睛拨起了小提琴的琴弦。我尽量不让自己看到桌上的那封信。

我拉了一个小时，努力地想让自己全身心投入琴声却办不到。我终于放弃，拿起了桌上的信并且拆开了封口。每次收到信，我总想着不要看它，却每每无法坚持这样的抵抗意志。我明知道自己看了信会觉得后悔。我渐渐地知道自己为什么会这样，却始终不让自己去思考其中深层的因果。

信中的内容依旧是以近况报告为主。现在的青森县似乎已经到处都可以看到疏落的美军大兵与军用车的踪影。这景象说明了美日联军与联邦国之间的紧张气氛已经逐渐透露出即将开战的信息。依据冈部社长的说法，早则今年年中，再不然明年年初，双方就会进入交战状态。不过，若要促成旧日本国土的统一，这是不可避免的途径。南北分裂造成了为数众多的亲族与朋友之间彼此离散，因为这种军事争端而被迫承受离别的痛苦，绝对不是应该被允许的事情……冈部社长滔滔不绝地写到这方面的感触。像这般主动表述自己意见的状况,就他的个性来说是非常少见的。

他还提到了拓也被邀请到青森军事大学,以客座研究生的身份专门研究量子物理。这倒是吓了我一跳。我没想到他会跳过大学越级进入研究所,这才明白原来他是如此出色的家伙。不过我也马上想到,能够通融这种越级攻读的方式大概也是因为那间大学是美军成立的。他说拓也因为来到了新的环境而变得有些神经质,要我找他联络,跟他聊聊。读毕之后我将信纸塞回了信封之内然后夹进书本里面,随后又将书塞进了组合书架之中。

那天晚上,佐由理又来到了我的梦中。

她在褪色的街道上意兴阑珊地走着。从街景看来,大概是北新宿一带。狭窄的街道两旁间杂着店铺与住家。唯一与现实不同的是,原本繁华的北新宿,在这个梦里成了断壁残垣的景象。路上的电线杆倒塌,截断的电线散落在地上。朝远方望去,丛聚的高楼险些崩塌的荒凉景象也映照着眼前有如废墟般的街景。街上遍寻不着其他的人影。又是一个连人也没有的情境深深地刺伤了佐由理的心灵。

佐由理迈着蹒跚的脚步徘徊在这个废墟中寻找自己以外的人。说是自己以外,不过并非谁都可以。她虽然有着具体的目标对象,却因为身处梦中而记忆模糊,完全无从取得这个人的形象。她漫无目的地寻找这个连自己也不知道是谁的人在废墟里四处徘徊,疲倦的感受也因此毫不留情地涌上心头。

一阵风带来了宇宙彼方的特异气氛。佐由理无论何时,无论到了哪里始终只有自己一个人。

我在睁开眼睛的那一刻便从床上坐了起来。昨夜的梦带着极为真实的触感。断壁残垣的新宿风景,深刻地烙印在我的心里,这种感受让我的心头涌起了一股无比的恐惧。这不会是经历了战争破坏之后荒废的景象吧!若真是如此,那么我是打从心底渴望战争吗?尽管我并不这么认为,然而,究竟我的潜意识下藏着什么样的欲望,我自己也不是真的很了解。

梦中吹起的风,那股气息在我醒来之后依旧没有散去。那是弥漫着尘埃的陈旧氛围。这味道勾起了我心中熟悉的触感,让我感到一阵安心。

然后电话响了。

在铃声重复到第三次的时候我伸手拿起了听筒。在接起电话之前我已经知道这是理佳打来的。会打电话给我的人不多,再加上如果打电话来的人总是会在固定的时间,那便很好判断。只有她会在礼拜天的早上打电话给我。

"啊,你在家!"理佳说,"我说呀,之前也跟你说过,去买部手机吧!现在这个时代没有手机的人很奇怪啊!"

"不了,不用。"面对这个问题,我给了一个一如往常的答案,"没有手机我也不会觉得特别不方便……"

"我觉得不方便呀!这样我都找不到你。昨天我也打电话了。你到哪里去了?"

"没有啊,我哪儿也没去。"我歪着头,狐疑地回忆昨晚的电话声,"我想我大概已经睡了吧……"

"一个人住真好。想睡就睡,想起床才起床。"

每当理佳吐出这种尖酸刻薄的语气时,她脸上会有什么表情我大概可以想象到。

"可以出来吗?"她问。

"当然可以呀。你知道的,我今天没有补课也没有选修课程。"

"只要没有补课你就有空啊?你都不会有其他的计划吗?"

"没有。"我没有多想便直接回答。

"我有的时候真的不了解你到底是个什么样的人。要是我没有找你的话,你放假的时候都怎么过呢?"

"嗯,这个我不会特别去想。"我低声地答道,"不就正常地去过吗?"

她先是叹了一口气,然后开口问道:"我可以去你那边吗?"

"可以呀,等我整理过房间再让你来。这大概会花上几个月的时间吧。"

"你又是这样。那你要来我家吗?"

"好啊!你爸妈没意见吗?"

"他们不太常待在家里的,你不用烦恼这个问题。"

"那我大概一个小时以后到。"

"要带伴手礼哦。"

她说完便挂上电话。我换好衣服之后出门朝新宿车站走去,在车站前的西式糕饼店买了水果果冻。进了车站以后我搭上山手线在池袋站下车,随后便直接朝理佳家的方向移动。我边走边想,理佳最近心情似乎不太好。我跟她都升上了高三,准备要应对大学考试。

理佳想考的是一所深受千金小姐们喜爱而出名的贵族女子大学。她大概一定可以考上吧（后来她也真的以高分考取了这所学校）。尽管如此，整个环境中充斥着的紧张应试气氛依旧没能让她轻松地度过这段日子，终日陷在一种焦虑的情绪之中。过去天才亮她便拨电话过来的情形也不是只有一两次。而我这种时候也都是陪着她聊天直到一天的生活将要正式开始。一方面她要的也不多，另一方面我也只能做到这点小事。

被人依靠的心情其实不坏。理佳快速的说话方式与不同于一般人陈腐的话题都让我十分欣赏。因为她，我才得以觉得自己并非全然没有存在于这个世上的价值。我们能够彼此互相补足对方的需求，这其实是件很值得庆幸的事。

然而最近我们之间的对话之中，我发现自己呈现一片茫然的时候变多了。这不是她的问题，完全是我个人的因素。我逐渐开始觉得这个世界索然无味。这种改变的速度极为快速而唐突。

理佳的家是坐落在宁静住宅区内的一栋洋房。这座透天建筑尽管没有庭院，却有着广大的坪数。住宅区位处缓坡的地形上，从大门走到玄关设置了一段十阶左右的楼梯。整座房子的感觉既舒适又美观。

我按下电铃，屋内传出理佳要我自己进去的声音。走进客厅，我看到理佳整个人慵懒地靠在沙发上。大张的矮桌子上有几本课堂笔记、题库，还有参考书、学校印制的大考猜题问题集等，全都摊开置在桌面上。我将白色的盒装伴手礼放到了书堆上，然后面对她盘坐到了地板上。

"饮料在冰箱里。"她懒洋洋地开口说道。

我于是径自来到了厨房,将两罐罐装咖啡倒到了杯里,放入冰块端了出来。

　　"你情绪很糟吧?"

　　"你都已经看到了还说这种理所当然的话。"她说着坐起了身。

　　"不能说呀?"

　　"也不是不行啦。不过,你是故意这么说的吧?"

　　"不是呀。因为像我这种无趣的人就只会说这种无趣的事嘛!"

　　"对、对,你也总是这么说。明明你就知道自己不是那种无趣的人。"

　　我知道她的心情很糟,但程度似乎比我想的还要严重。

　　"你看过《献给阿尔吉侬的花束》①这部小说吗?"理佳忽然带开了话题。

　　"看过啊,怎么啦?"

　　"我曾想过要是我能够变成那个样子就好了。"

　　"说什么变成那个样子啊……"

　　"总之我现在不是能够面对考试的时候啦!"

　　"你这么说不对啦。"我尽管理解,还是出言指摘。

　　"我当然知道不对啦。不过我即使知道也不免要这么想。我又没有办法控制,不要骂我啦。"

　　"我知道了,抱歉。"

　　"你从没有过这样的想法吗?在你因为不安的情绪而显得不知所

---

① 《献给阿尔吉侬的花束》,美国作家丹尼尔·凯斯(Daniel Keyes)所写的科幻小说。先后以短篇及长篇的形式发表,其短篇于1960年获得"雨果奖",长篇于1966年获得"星云奖"。

措的时候,你不会想要把一切全都抛诸脑后不去过问吗?"

"只要是人都会有这种想法啰。"

"可是你看起来就没有啊。"

"我想我大概下意识地觉得一切都无所谓,早早就把这些东西全都抛掉没有去想了。反正只要多报考几所学校总会有一所让我考上,再说就算全都落榜也不会死。总之船到桥头自然直啦!就算沉了也无所谓……"

"你这种想法真是可怕,我绝对办不到……"她说完又再靠回到沙发上,"藤泽,你坐到这边来。"

我依照她的要求坐到了她的身边,然后就见她将整个头靠到了我的肩膀上,开口说要我分她一点能量。她束在两侧的头发半边贴到了我的脖子上。一个女孩子的头靠在自己肩膀上的感觉很难找出什么比喻加以形容,它有着一种独特的重量。一个女孩的记忆、思绪,还有情绪全都在这份重量之中倚在我的肩膀上。我有些紧张。

我伸手轻抚她的脸颊,另一只手则环过了她的腰际。她借着这些肢体语言知道我的意图而配合着横躺在沙发上。该顺着眼前的氛围就这么脱掉她的衣服吗?我在瞬间短暂地犹豫了一下。

也许只要我有那个意图,我随时都可以抱她。此刻的她,也从气氛之中告诉我她并不排斥这种关系。尽管这种想法很可能只是我自己自我意识过剩,不过我甚至感觉到她希望我更积极一些……

然而我却无法行动。也许我就是这么软弱的人,不过,我觉得要我在她目前的精神状态之下对她出手,就太没有人性了。除此之外,我似乎隐隐约约地感受到了什么。在我的心中,就连再熟悉不过的理佳也变得越来越不真实。我并没有让这样的反应显露在外，但是我确实因为理佳变得非现实的这种现象而受到轻微的动摇。然而，这种想法不应该出现在我的身上。

这真的是一种很奇怪的现象。我跟她相处的时候，并不会受到她的刺激。那飘逸的迷你裙、纤细的足踝、白皙的胸口……不过究竟是为什么呢？这种冲动却如此轻易地被横在我跟这个世界之间的毛玻璃给挡住了。

我们为了解决午餐的问题而离开理佳的家搭上了山手线。理佳表示，虽然有些遥远，不过她想去神田，那边有不错的西餐厅。一出了家门，理佳的表情明显缓和了许多。她几乎都是独自待在那座空旷无人的洋宅一个人面对考试压力，那么她会有那种疲惫的表情其实是理所当然的。

我们来到理佳提议的那家餐厅，她点了牛肝蕈意大利面，我则叫了一份欧姆蛋跟炸食的拼盘。这真的是一家饭相当好吃的餐厅。

我们吃完饭便搭乘中央线来到了新宿。电车很空，两个人可以大大方方地占住一整列的座椅。理佳看着我的手掌，然后说我应该会很长寿，却不像是有钱的命。其实我也这么觉得。我带着茫然的视线看世界，然后茫然地过生活。

这样的我，忽然看到了什么东西。

那是在电车车窗的外头。此时的电车正停在御茶之水车站，车窗上的玻璃映出了月台的景象。然而我的视线则被对面月台上的光景吸引了。

这个世界瞬间弥漫起了一层烟霭，我的视线被紧紧地扣住。随后我便反射性地站了起来，顿了一下便朝着车门奔去。

那是——佐由理！

我看到了佐由理的身影！

车门在这一刻正要关上，眼看我已经无法及时穿过车门间的缝隙。

我毫不犹豫地用手肘抵住了车门，使劲地想要将它扳开。电车的车门关上时的力道并不是一般人的臂力可以抵抗的，然而感应器侦测到了异状，松开气阀，又让车门再往两侧退开。我见状于是毅然跃下了月台。

我眯着眼朝着铁路的对面月台看去。

没有。

消失了。

车站工作人员上前跟我说了些什么，不过我没注意听。我冲入地下道，然后爬上楼梯，甚至忘记要注意她早已与我擦身而过的可能。我来到方才佐由理伫立的场所。

我跑遍了整个月台，然后将视线一直锁在车站检票口间出入的人群之中。我不放弃地在这座车站来回逗留了三十分钟，然而始终找不着佐由理。

在我徘徊在整座车站内的时候，我曾经若有似无地嗅到了梦中那股陈旧的味道。不过也许这终究只是我过度思念佐由理的结果。

我忽然想起了被我抛在车上的理佳，刚刚我根本完全忘了她。于是我连忙找到了公共电话，打她手机跟她解释。我告诉她我看到了长时间失去音信的朋友，所以忍不住冲了出去。

"算了。"她说,"这种事情也是偶尔会发生的。"

电话的那头,似乎可以听见理佳的啜泣声。

12

就这样又来到了冬天。这是我来到东京的第三个冬天。

学校里的气氛比起前些日子更为紧绷,所有的学生都全身心地投入考试。为了做考试前的最后准备,周围的同学全都参加课外的特别讲习去了。我则是因为考的是理科,习题的演练比较重要,所以我都尽可能地专注于课堂上的内容。不过一天连续上个八九节课终究会累积相当程度的疲劳。我因此也常常拿着笔记,意识却早已沉到了梦中。

无论在家还是在学校,我都常常梦见佐由理。

不对,确切地说,我梦到的是我为了找寻这个女生而四处徘徊的场景。我在呈现一片荒废的死寂景象中,拼了命地来回奔走,四处张望。梦中的我时而会在路边街角瞥见佐由理的发梢与衣摆,却在定神仔细看的时候发现那里其实空无一物。

我来到了一所已然呈现破瓦颓垣的高中校园。我深信佐由理就在这所学校里面,学校里散发出佐由理的气息,还有另一个世界的味道。我知道她此刻正一个人待在某个冰冷没有温度的地方。我抬起头，看见远方一间教室窗户散发着夕阳般的红色光芒。那是我的教室。

我朝自己的教室奔去。

教室中属于我的那张桌子散发着光芒。

那光很快地消失了，同时它也一并带走了佐由理的气息还有眼前的一切。我只能屏息站在原地，看着整个景色随着那片光芒逐渐消逝。

无论何时都是类似的梦境。

佐由理在呼唤我。

我感受得到她的呼唤，而我也不断地渴望能够得到佐由理的消息，我确信我跟佐由理都在找寻彼此的身影。其实仔细想想，这种精神状态十分危险，然而我却不觉得这样的自己有任何的异样。这对我跟佐由理来说都是理所当然的事。每当我在梦中错失了佐由理的气息，我的心便有如千刀万剐般难受。

日复一日，我仿佛在冰冷的水淹过了天空的城市底下过着没有空气的日子。我觉得自己被遗弃，孤独地活在这个世上。

头发被指尖拨弄的触觉让我从梦中苏醒。

"下课啰。"

理佳结束了别间教室里举行的课后辅导来到了我的身旁。

"你很累呀？"

"嗯，最近睡得不是很好。"

"咦？看你这样我忽然觉得安心了不少。原来你也会紧张。"

"当然会呀，我又不是恐龙。"

我送理佳回家，回家前先来到池袋附近散步。我们走出池袋车站的检票口，然后靠在路旁的栏杆上聊天。对话中彼此都避开了升学考试方面的话题。我们分着耳机，听着 MD 中播放的新专辑的主打歌。理佳闭上眼睛，随着音乐的韵律有节奏地轻摆着头。

也许是因为冬天澄澈的空气，我察觉到远方天空的异物。

在极北的方位，那座高塔直挺挺地耸立着。

这是意外的冲击。平常我注视到那座高塔的时候都已经做好了心理准备，借此稍稍缓和它所带来的痛楚，然而今天我却因为那座高塔的出现而受到了强烈的震动。它仿佛一颗透明的子弹穿过我的胸膛，让我瞬间被阴郁的情绪给束缚住。我在理佳没有察觉的情况下绷紧了自己的意识。

理佳用她轻盈的脚步越过了东京荒川线的地上电车平交道然后开口向我问道："你大学打算在东京念吧？那么在大学毕业之后有打算回老家去吗？"

"不……我没有这样的打算。"

"这样啊，真是可惜。"

"什么可惜？"

"我想看看你在什么样的地方长大嘛！也想尝试看看住在那边是什么样的感觉。"她一派轻松地说出这般唐突的内容，让我一时之间有些不知所措。

"那里什么也没有哦。住在那里就只能看到山跟海，还有稻田而已。在那里如果没有车就完全没办法过日子。大众运输工具只能靠一条铁路线往返的地方支线。因为那个村子所有人都会搭乘那条铁路，所以到最后那些不认识的村民就算不知道对方的名字也会在电车上变成朋友。我想那里的生活究竟不方便到何种程度绝对会让你吓一跳的。"

"这不是很棒吗?"

"你好像误会了。这种生活一点也不浪漫。"我笑着答道,"那里时间流逝的速度会比东京慢上两倍。大概不要两三天你就会开始觉得烦躁得受不了了吧。"

"我现在也觉得很烦躁呀!所以应该不会有什么差别吧。我跟你说,我可没有打算在东京待一辈子哦。这里的环境既嘈杂又忙碌,而且所有的事情都暧昧不清。这里没有什么事情是绝对的,或许该说这里是让我无法变得果断的地方……你没有这种感觉吗?"

"嗯……不知道。"我刻意含糊其词。

"我无论是出生或长大都在这个环绕着东京的山手线里面,从来没有体验过所谓的田园生活。这样的人生其实是很痛苦的,你能够体会吗?"

"我不懂。为什么你会这么认为?"

"因为哪里也不能去呀!当遇到了什么事情想要逃离这个地方的时候,却发现自己根本没有地方可去。自己终究只能住在这个地方。这种感觉有的时候很让人感到绝望呢!"

理佳说话时的口吻并非带有多么沉重的感受,反而像是她平常开玩笑时一贯的语气。这样的氛围将她深刻的感受更为直接地传到了我的心里。

"你常常会有那种想要离开这里的感觉吗?"我问。

"是啊,你不知道吗?"

"我怎么会知道这种事。"

"你再多说一些关于你故乡的事情吧。"

"好啊……"

我尽可能地压抑住心绪的波动,以平淡的口吻开口说话。

"那几乎是在日本的最北边,雪下得很大。现在这个季节,那边的一切大概全都埋在雪堆里面了吧。为了方便出门,所有的人每天都得铲开门口的积雪。天气很冷,而且冬天几乎听不到其他的声音。大雪会把所有的声音都吸收掉。"

"真不错。"

"我住在三厩。"

"三厩?"

"对,'马厩'的'厩'。义经祠在我们的村子里面,习俗上有祭拜义经的习惯。为什么那个地方会叫作三厩,其实是因为源义经在受到源赖朝的军队追捕的时候,上天为了让义经能够逃过此劫,所以授予他三匹龙马。传说中义经最后乘着那三匹龙马飞越了津轻海峡,到了北海道……"

我将吐到嘴边的词句又吞了回去,没能为这段故事做个结束。

"嗯,大概就是这样的故事了。"

"好帅喔!"

我们边走边聊天,说到这里的时候被平交道拦住了脚步,一辆长长的货车从我们的面前驶过。

那串连接起来的各节的货车上堆放了九〇式战车,十辆以上的战车让车头拉着通过眼前的平交道。看来战争已经是一触即发了。

"那些战车是要送到藤泽的故乡去吧?"

"嗯,是吧。"我带着平淡的口气答道。

"藤泽,这种货运车走得挺慢的,好像可以跳上去哦!我们一起偷渡上车直接坐到青森去吧。"

尽管我想要用笑容回应,然而我却清楚地感受到自己脸上的肌肉有些僵硬。我无法耐住这样的心绪,终于只能噤口低下头去。我拼命地压抑住胸口反胃的冲动。我咽了咽口水,屏住呼吸,方才稍稍缓和了难以忍受的感触。我抬起头,深深吸了一口气。

就在这个时候,联邦国的那座高塔忽然出现在我的视线之中。

它在天边有如烧灼一般的红色暮景之中,令人难以置信地来到东京的边缘。它带有威胁性的气息逐渐将我包裹。

我告诉理佳我心情不好,一个人离开了池袋。我在回家的路上伸手拍着一面路旁的铁丝网,手指滑过铁丝网的间隙,随着我的脚步发出啪啪啪的声响。当我回到宿舍,看了看邮筒,又见到了一封冈部社长寄来的信。我拿走了信,然后朝自己的房间走去。我没办法心平气和地拆开信封。

在进房时我用左手带上了门,把自己关进了这个昏暗的房间。身上的包包顺着我的肩膀滑落。我靠到门上,慢慢地滑坐到了地上。

我的全身涌出一股刺痛的感受,仿佛身上的骨头就要刺穿肌肉戳破皮肤。明明这只是心灵上的打击,为何这种痛楚会转变成实际的痛觉呢?

我究竟什么时候背负了如此沉重的伤口?

在我能够使劲站起身来的时候,外头的天色已经暗了下来。我脱掉制服,换上毛衣与牛仔裤,然后又坐到地板上,靠着床架的边缘。

休息了一下,我拿起了耳机,闭上眼睛又拉起了小提琴。像练习用的小提琴般,自己拉出来的声音只会传回到自己的耳里,对此刻的我来说是一种恩典。我可以借由意识的对流而得到一种心灵上的安慰。

我心如止水地拨弄着琴弓,依序拉出了我所熟知的曲目。

不知何时,我开始一而再,再而三地只演奏佐由理演奏过的那首曲子。现在这首乐曲成了我只拉给自己听的曲子,是只属于我的乐曲。这个一辈子不会与他人分享的旋律,此刻我不断地只为自己而演奏。

大概经过了不少时间,我的脖子跟手腕肌肉已然僵硬,于是我放下了小提琴让自己喘口气。

我忽然听到了异样的声音,感受到了他人的气息出现在房门的那头。薄木板门的卡榫不知何时已然大肆敞开。

走廊昏暗的老旧日光灯下,穿着便服的理佳站在那儿。理佳圆睁着双眼,双手捂着脸。虽然没有见到她在流泪,却可以感觉到她就要哭出来了。

"那个,因为我很担心你,所以……"

我走到了门边,试着用温柔的语气开口问道:"你怎么了吗?"

"因为门开着……"理佳努力地将哽在喉咙里的字句从嘴边吐出,"然后我看到你一个人的模样,觉得好可怕,好可怕……"

"觉得可怕?"我回问道。

"你在家里的时候表情都是这么凝重吗?"

"进来吧。"我轻触着她的手肘,"站在那个地方吹风会感冒的。"

"不要!"

她退开一步,跟我保持距离。

"因为你根本不希望我进去!"

我默默地将手缩了回来,然后告诉她没这回事。

"你骗人!"

这到底是怎么回事?这个状况来得毫无缘由,我对此感到十分不解……不过问题是,她说的话的确切中了我的想法。

"那么……如果你不想进来,那我送你回去吧。"

"不用你送。"

"我送你吧,这附近很暗,治安也不太好。"

"我不要!"

她说完便转身跑步离开,而我只是默默地听着她跑下阶梯的声音。

我就这么呆立在原地好一会儿。

我没有心情继续待在房里了。我顺手拿了一件短夹克,锁上门便走出了宿舍。冬天冰冷的温度让我觉得舒缓许多。我就这么独自走在宿舍周围显得陈旧且有些凌乱的住宅区中。

由于这一带几乎都是木造房屋,因此附近有不少地方都围起了拆除重建的营建工程。在我没有察觉的时候,又有一间古老的房舍已经拆除,变成了新宅的建地。旧房舍的残骸就这么高高地堆在空地上,还没有被搬运出去,只是整个空地已经被铁丝网的围墙给圈了起来。

因为这间房舍变成了空地,站在街道上便可以透过这片空地窥视远方的天空。透过疏落的铁丝网缝隙,西新宿的高层建筑清晰可见。绿色的高楼与奢华的旅馆,在无谓的能量消耗中挺立于漆黑的夜空下。几乎每一栋大楼中的每一扇窗都透出了室内的光线,这般辉煌的夜景真的十分美丽。尽管内心不禁对此感到有些厌恶,却依旧无法动摇它美丽的气质。

不过这铁丝网非常碍事!我忽然间情绪变得激动,伸手便紧紧抓住了铁丝网。

这东西挡在这里是什么意思?!

为什么会有这样的东西挡在这里?就因为有这个东西横在我的眼前,所以我才会孤独地被遗弃在此地!为什么我非得像这样被隔绝开来不可?为什么我不能到铁丝网的那端去呢?我用力地摇着铁丝网前后摆荡,而铁丝网则随着我的力量发出了阵阵的金属摩擦声。我挥拳打在铁丝网上。就是因为有这样的东西,所以我才无法拉近自己跟理佳之间的距离。

然而,事实上我自己心里明白,隔开了我跟这个世界的铁丝网,并非外在施加的阻碍。这张铁丝网并非存在于现实之中,而是在我的心里。因此并非这个世界把我关到了另一个地方去,而是我将自己关在这个世界的外头,我将自己关在理佳无法触及的地方。这个都会其实一直都打算接纳我,理佳也是。

只是这一切都让我回绝掉了。

——薇拉希拉。

我忆起了那架白色的飞机。它正是为了越过重重阻碍而建造出来的力量，它拥有能飞越这道围墙的能力。而我则是将所有的力量都投注在它的身上。在它无法飞翔的时候，我便也将自己关进了一个密闭的小箱子。

我知道自己犯了多么严重的错误。当年我应该用尽一切力量让它起飞。因为我将未来人生中必须拥有的一切全都投注在薇拉希拉身上了啊！

雪花一片一片地从夜空中落下。

13

尽管外头下着雪，但青森军事大学中的富泽研究室为了维护机密安全，所以很幸运地没有设置窗户。研究室里的人们绝对不会知道青森已经迈入了雪季。

现在研究室内除了拓也跟真希之外没有别人。拓也因为家住得远，几乎都住在大学里面。研究室里设有休息室跟淋浴间等设施，就算几天不回家他也不会有什么特别不方便的地方。真希则是因为家住得近，因此可以在研究室里待到很晚。尽管真希留校有一部分原因其实是刻意地配合了拓也的在校时间，然而拓也却装出了谨守分际而没有察觉的模样。

当富泽教授来到了研究室的时候,拓也刚好在隔壁的茶水间冲咖啡。

"真希,那位患者确定要移交给我们了。这么一来也许得让你去处理一些琐碎的杂事,那么这就麻烦你了。"

"咦?真的吗?那真是恭喜!"真希带着开朗的语气答道。

"唉,因为日本政府旗下的研究所一直出面阻挠,所以从发现这位患者直到能够将她带来这里竟然花了半年的时间。结果在国际情势这么紧张的时候才把这么重要的实验体送过来。真是一些只会找麻烦的家伙。"富泽教授以轻率的口吻吐露着不满。

"不过这么一来也许关于塔的研究就可以有突破性的进展了。"

拓也听到富泽教授最后的结语而从茶水间走了出来。

"请问,您所指的患者是……"

富泽教授察觉到拓也在场,露出了些许困惑的表情。不过这种反应究竟从何而来,拓也则无从得知。

"哦,是白川呀……那个患者就是睡美人啦。"

"睡美人……"

"就是特殊的嗜睡症患者嘛。"真希为拓也做了解释,"我之前不是告诉过你那个九六年发现的变性发作性睡病吗?很夸张呢!她会发出那种不可能出现在一般人身上的脑波。而且,她的脑波以极高的精密度跟塔的活动同调。这绝对不是偶然。"

"哦?"

"那是秋口在东京发现的病患。"富泽教授开口说道,"自从她的变性发作性睡病发作之后，三年来几乎都不曾清醒。当我们把塔的活动记录跟她的脑波比对的时候，当场把我吓了一跳。这么一来，也许我们的实验器材也得要加上什么隔离措施了……"

"我第一次听到这么不得了的大发现呢！"拓也说。

"是啊，接下来要让真希的脑化学研究团队负责研究了。为了处理移送的手续，我得到东京待一阵子了。"

富泽教授说完转头面向真希。

"不好意思，那个特殊病房的准备工作可以交给你来处理吗？"

"好的，没问题。"真希答道。

此时拓也口袋中的手机发出了振动。

他看了看手机，发现那是冈部社长传送过来的短信。字面上仅仅只是询问近况的寒暄，没有特别的事情，不过这是威尔达集会的暗号。

"噢，是冈部先生呀？"

真希从旁窥视着拓也的手机屏幕，露出了放心的表情。

"白川，阿冈最近好吗？"富泽教授唐突地问道。

拓也不禁抬起头来。

"教授您认识冈部社长呀？"

"我跟他是老交情了。九月的时候，我们两个也在东京不期而遇。他说他是来嘲笑我的研究进度报告会的。"

"这样啊……"

"其实我们是高中同学啦。"

"啊？原来你们认识这么久啦？"

"是啊。"富泽教授露出了意味深长的微笑，"到了这种岁数还有这样的朋友是很难得的。不对,也许不论年纪,像这样的朋友都很珍贵吧……"

天未明,海洋的颜色带着一股冰冷的寒意。三月了。津轻一带的气候丝毫没有回暖的迹象。

冈部社长带着拓也跟三名虾夷工厂的员工,搭乘渔船来到了津轻海峡的海面上。虾夷工厂的员工也全都是威尔达的成员。他们五人都坐在船舱里,静静地聆听着引擎室里的马达声。其中只有拓也一个人明显地表现出紧张的情绪。他不时地重复将双手的十根手指头攥在一起然后松开的动作。

渔船来到了位于联邦国南端海域的白神岬外围海面。

虾夷——眼前就是北海道的大地。

拓也的手心不断地冒着冷汗。

渔船停靠在白神岬的港口。

"我一直梦想着有一天要到虾夷来看看。结果,我今天却不费吹灰之力就来到了这里。"拓也在船屋内说出了这样的感想。

"这里是虾夷没错啦。"佐藤将受到外头冷空气影响而变得冰凉的咖啡一饮而尽,"不过这里也就只是虾夷最南端的地方而已。怎么?你在虾夷有亲戚呀?"

"其实不是因为有亲戚在那边才会这么想……"

"嗯。你是南北分裂之后才出生的世代嘛。"

佐藤说完站了起来,然后转头望向漆黑天色中的本州岛。

"联邦国是科技大国。"他说,"所以我也能了解你对它抱持憧憬的想法。不过冈部社长因为南北分裂而跟家人分开了,所以他对虾夷所抱持的想法跟你又是截然不同了。"

"咦?这是真的吗?"

"是啊。社长跟他太太已经有二十年没有联络了。"

"原来冈部社长他……"

拓也望向停在港口那端的高级房车。由于车子停在远处,所以不容易辨识,不过车内些微的灯光照出了冈部社长慵懒地倚在车厢后座中的身影。他身旁坐着一位戴了俄罗斯毛帽、身穿军服的联邦国军人。冈部社长与这位军人在车内密谈。这位军人是军情局的人员,也是威尔达的间谍。会谈的内容主要是想确保侵入联邦国内的空路。

"不过我还真吓了一跳。"佐藤唐突地说道。

"什么让你吓一跳?"

"我完全没有想到社长会把你给带进来。"

"其实是我强行拜托社长的。我说要是他不让我帮忙,我就把威尔达的事情报告给公安知道。"

"喂,你竟然做这么危险的事……"佐藤听了紧张了一下。他所指的危险当然是拓也可能因此而丧命这件事。

就在这个时候……

三声干涩的爆音带起了空气的震荡。他们在背脊一阵寒意中确认了这些枪声。拓也跟佐藤同时做出了反应。待在舵手室里的社员听到枪声也马上做出了起航的准备。

那辆高级房车的前挡风玻璃露出了蜘蛛网状的裂痕。挡风玻璃之所以只有这点程度的损伤是因为那本身就是防弹设计。驾车者疾速地驱车倒退,然后做出准备射击的模样。车子退到了仓库的阴影下,冈部社长随即冲出了后座然后朝着港边的渔船狂奔过来。

在他的身后一阵阵的枪声不断地催促着他的脚步。

"开什么玩笑!"

其中一发子弹擦过了冈部社长的手腕,他没有反应,依旧快步朝渔船跑了过来。除了追击冈部社长的枪声之外,眼前另外出现的一辆大型车追着驶向他方逃逸的联邦国军情局的军人座驾而去。仓库街道的中央发生了爆炸。柴油燃烧时特有的黑烟在红褐色的火光中扬起,同时冈部社长也一跃跳上了渔船。

"真是个靠不住的成员,这下子谍报活动全曝光了……赶快出船吧!"

渔船在冈部社长的一声令下随即出港。解决了高级房车的大型车又驶回了港口内。尽管船体持续出现机枪子弹打在船壁上的声音,不过所有的成员早已躲进船舱内避难去了。渔船快速地朝着南面驶去。港口处不死心的自动机枪虚无的枪响也逐渐被重重的海浪给吞噬了。

"这次还真是有点危险呢!"

宫川一副熟练的模样帮助冈部社长缠上绷带。

"不过多亏这次的情报,侵入虾夷领空的空路有谱了。"冈部社长对拓也开口说道,"跑一趟白神岬还是有意义的。"

拓也还没回话,舵手室便传来了操舵者发出的警告。

"社长,有船!是巡逻艇!"

"什么!"

冈部社长带着铿锵的脚步声来到了舵手室，然后转头望向海面。他们所搭乘的渔船旁边，一辆军方的巡逻艇并肩行驶。对方的船只发出了警铃，并且用俄语发出了警告。尽管不懂俄语，对方说些什么大概也可以推知一二。白色的巡逻艇比起渔船还要大上数倍，两者之间的差距有如大人跟小孩之间的对比。除此之外，对方的船只行驶速度相当快。

"明明就已经要开战了，这些家伙居然还这么认真工作。"冈部社长喃喃地抱怨道，"这下难搞了……甩掉它吧！"

"是！"操舵的员工仿佛为了鼓舞自己的士气而大声回应。

"到国境还剩下三分钟！想办法撑到那时候！佐藤、宫川，你们站到射击座去就位！"

在佐藤跟宫川做好攻击准备之前，巡逻艇的单发火炮便发出了足以摇撼天地的声响。

那沉重的声音仅仅是音波的能量便足以让渔船船身倾斜，而炮弹更是在渔船的腹部开了一个大洞。对方的攻击完全省略了恫吓射击的警告。接着又是一阵机枪扫射。面对眼前的枪林弹雨，渔船木质的船身就像纸片一样绽开了整排的弹孔。

机枪射击的流弹在船舱中四处乱窜。拓也发出了哀号，低蹲着身体。象征死亡的铅块以看不见的速度在拓也的身旁来回穿梭。

整个视线忽然一片漆黑。

拓也原以为这是灯泡被流弹击中而熄灭，但事实并非如此。一阵麻痹的触感从他的身上蹿了出来。这阵麻痹感忽然变成了一股恶寒，然后又转变成了痛楚。拓也在这阵剧痛之中以为自己的左臂已被折断。

所幸他在一片漆黑的视觉中确认了左手还接在自己身上，不过就是流弹击碎的船体刺穿了自己的左上臂而已。背部跟墙壁中间忽然涌上一股湿润的触感，被血水濡湿的衣服也让人感到十分恶心……船舱外头的机枪扫射依旧有如工地现场的钻地机一般大肆咆哮。不过那声音对拓也来说已经像是别的世界了。

不知道谁出声地叫着拓也的名字。

对方大声嘶吼着——你没事吧！

是谁？

拓也原以为那是冈部社长粗犷的声音，不过又发现其实不是。

他知道自己的身体正沿着船舱内的墙壁缓缓滑躺到地上。对方舰艇的炮击几乎要把船舱的屋顶给掀开来。拓也快要睁不开的眼睛中映出了黎明的光辉。原本一片漆黑的天空在紧贴着海面的上缘染上了一抹红晕。太阳还没有爬上地平线。

远在高高的空中，一只小小的海鸥，有如砂粒一般大小的白色海鸥正振翅飞翔。

"你飞什么飞呀……"

拓也的意识消失在深邃的黑暗中。

14

她一开始认为那是一只鸟。

在一片云也没有却显得阴郁的天空中,一只纯白色的鸟翱翔在那个褪了色的空间。它散发着生命的气息。佐由理站起身,仔细地端详之后发现那不是一只鸟。

是一架飞机。

白色的飞机。

"它翅膀的形状……我知道那架飞机!"

佐由理快步追了过去。

在奔跑的过程中,周围的景色忽然改变。她跑在一座宛如废墟的都市之中。那里是已然杳无人烟且到处都是断垣残壁的东京都会。

"等一下!薇拉希拉!"

佐由理的视线只关注在眼前的那架飞机上,然而跟佐由理拥有共同体验的我却被这个街景所吸引。这个景色让我有非常深刻的感受。这虽然已是一片荒芜的废墟,却是陪伴了我三年高中生活的地方。

不管怎么奔跑,佐由理始终没有停下来喘口气。然而她的身体却随着摆动的双脚而越显沉重。身体的末端仿佛逐渐变成铅块一般再也不听使唤。她的眼神依旧紧紧扣着天空中飞行的物体,然后尽可能地带着双腿多走一步。这样的感觉也着实地传达到我的意识之中。

薇拉希拉开始回旋,它仿佛在等待佐由理的脚步。

佐由理停下来了。

周围的风景又一阵变换。

风不再吹。当她回过神,方才察觉到自己已经被鲜奶油色的墙壁从上下四方团团包围。这是一间充满了无机质感而显得冰冷的病房。

佐由理置身于一间宽敞的病房。这间病房可以放置六张病床,然而整个病房却只是空荡荡的一片。窗边有一张床,床边设置了心电图机器等医疗器具。这些仪器依照规律的脉动发出声音。

她看向病床的同时露出了惊愕的表情。

躺在床上的人——就是佐由理自己。

躺在床上的她变得极为消瘦,头发也变得很长,不过这确实是佐由理的身体。

佐由理的身体正陷入沉睡。

她抿着嘴,畏畏缩缩地靠近床边。

床上的佐由理看不出来有没有呼吸。佐由理听不到自己的鼻息,胸部也看不到起伏,只能从心电图的脉动中判断她依然还有生命迹象。

佐由理站在床边,一直低头盯着沉睡中的自己。她不知道躺在床上的自己维持这副模样究竟经过了多久。佐由理对于时间的流逝已经无法掌握。而眼前的这个光景也许只是上一刻开始的短暂瞬间,也有可能已经维持了数年。

通往走廊的病房房门,在厚重的滑动声中开启。一张病床从敞开的房门中被推了进来。跟在病床后面出现的是推着病床的三名黑衣男子。他们并没有察觉到床边的佐由理。

躺在病床上的她被抽离了系在她身上的医疗器具，然后小心翼翼地被搬到了刚推进来的那张病床上。

过程中，一名灰衣男子走了进来。年龄不详，但并不年轻。他长得十分消瘦。这名男子站在一旁静静地看着另外三名黑衣男子持续动作。知道这名灰衣男子就是富泽教授已是许久以后的事了。

佐由理的身体被移到了另一张病床然后推了出去。病床四个脚上的轮子发出了叽叽的摩擦声。佐由理从头到尾只能眼巴巴地望着自己的身体被搬运出去，一点办法也没有。

富泽教授离开之前，回头朝佐由理的方向望了一下。面对眼前这个状况，她表现得相当紧张。

时间短暂地停下了脚步。

一会儿之后，富泽教授离开了病房。厚重的门扉在无情的声音之下再度合上。走廊那头照进来的光线还有声音全都被那扇门给阻隔开来。

眼前只剩四面冰冷的墙壁。

这么一来这里真的不再有任何的生命迹象，只剩下一个不会动的方形水泥箱。她又变成孤孤单单的一个人了。

*

"刚刚那场梦是怎么回事……"

我坐起身，不禁喃喃自语。温度定得过高的暖炉发出吱吱的声音。我为了准备考试，不知何时就这么趴在书桌上睡着了。窗外已是天亮时的模样。

薇拉希拉……

医院……

这是我最为贴近佐由理的一次。在那个梦中,我变成了佐由理……不,这么说并不正确。我只是佐由理身边、与她最为贴近的一种无形的生命,那个距离让我几乎可以看到佐由理能够看到的事物,并且跟她拥有相同的感觉。

我并不认为这纯粹只是一场梦。

尽管我对解梦或是预知梦这种事情完全没有兴趣,然而这场梦却让我感到十分在意。由于刚刚睡醒脑袋无法顺利地思考,于是我打开窗户,让室内的空气流通。早晨冰冷而新鲜的空气就这么从窗外飘了进来。

视线的一角有个会动的物体出现让我吓了一跳。那是个白色的、皱皱的信封。它让我瞬间想到了薇拉希拉。因为空气的对流让这个尚未拆封的邮件迎风飘了起来。我拿起了这个信封。

我将它放到桌子上,静静地看了它一下。

会想拆开这个信封是不是因为昨夜的梦境使然?不过当我拿起了拆信刀,心情却又无端变得沉重。我从椅子上站了起来,将水壶放到炉子上加热,打算冲杯咖啡缓和一下情绪。

拆开信封之后,里面有一封更小的信封,还有一张笔记。那张笔记跟一般的便条纸不同,像是用尺从笔记本上裁下来的。笔记的内容很短,只写了几个字——"我从认识的人手中硬是把它给抢过来了,费了我好大的工夫。来跟我道谢吧。"

在这行字下面还写着医院的名称跟地址,涩谷的国铁综合医院,脑神经内科。

医院?

我看了看那个装在里面的小信封。信上贴了邮票,不过却没有加邮戳。也就是说,这封信最后并没有寄出去。收件人是"青森县津轻郡大川平冈部先生(请转交与藤泽浩纪和白川拓也)"……

某种不祥的预感让我全身涌起了一阵恶寒。

我翻过了信封,确认寄件者的姓名。

简短的几个字让我不断地冒出了冷汗。

浩纪、拓也,我不得不对你们保密,真的很抱歉。

信上这么写着:

我真的很想跟你们一起度过这个暑假,不过很遗憾,当我醒过来的时候发现已经置身在东京的医院里面了。之后我就一直住在医院里面。医院里的人告诉我,我应该与外界断绝一切的联系,专心疗养自己的身体,这样会让我的心情好些,身体也可以好得比较快。也许医生说得对,但是对我来说,我必须好好跟你们说明这一切却比医生说的话来得更为重要。

我为了能够让你们一起看这封信,所以寄到冈部叔叔那里去。

不过其实我不知道自己究竟该写些什么好。

我很迷惘。

医生告诉我，我患了病，不过我却一直无法适应这样的状况。当我醒来的时候，不知道医生是不是因为身旁的仪器通知了他，他马上就会赶到我的身边来。我的病似乎是睡眠的习惯整个被破坏掉了。所以当我醒来的时候所有的人会觉得吃惊。好像只要我一睡就会睡上好几个礼拜，好几个月，然后一直不会从睡眠中清醒。

我一直梦到同样的梦。

我梦到自己一个人处在一个完全没有人烟而显得空荡荡的宇宙。梦中的我感到非常寂寞。我的手指、脸颊、发梢，全都因为这股寂寞的情绪而感到难以忍受。

我开始怀念那个我们三人曾经一起相处的地方。

我们三人曾经在那个充满温度的地方共同拥有的时间，现在就好像一场梦一样。

我渐渐地开始分不清楚什么是梦、什么是现实了。病房里墙壁的颜色，还有窗外庭院的模样，对我来说都变得完全没有实感。我偶尔会觉得自己其实只是梦中虚构的人物，越来越分不清楚自己究竟是不是真的存在于这个世上了。

每当这个时候我就会想起那座山丘上的废车站。

对于现在的我来说，我最珍贵的回忆，就只剩下那个山丘上发生的一切。在我的人生之中，那大概是唯一让我感到幸福的时刻吧！

我陷入昏睡的时间越来越长。下次我再从梦中醒来已经不知道是什么时候了。也许我会就这么一直睡、一直睡，再也不会醒来了。

不过我想，只要我还可以想得起来我们三个人共同拥有的那些时光，也许今后的我就能够借此依稀地维系住现实中的一切。虽然眼前的事物哪些是现实,哪些是虚幻,我已经无法判断,但是我可以确定的是,你们一定是真实的。

浩纪、拓也,还有那架非常漂亮的白色飞机,你们是我唯一可以确定的真实。

——我闭上眼睛,想在此将这封信给放下,然而我却无法贯彻这样的想法。

你们平安地飞向海峡彼岸的那座高塔了吗?

信上的日期是三年前的冬天。我读完了信,然后喝了口咖啡。放下杯子之后,我又从头到尾看了一遍。因为此刻我的情绪十分激动,为了能够更确切地理解信上的内容,我非得让自己再看一遍不可。

我的意识终于接受了信中的内容,然后我即刻换上了衣服,套上一件短夹克,马上离开了宿舍。我经过一条沿着河边筑起一道围墙的坡道,体会着自己的每一个步伐走上蜿蜒的石阶。我在新宿车站搭上了山手线的列车。找到座位之后我又取出了佐由理的那封信再一次详阅了信上的内容。

——梦中的我感到非常寂寞。我的手指、脸颊、发梢,全都因为这股寂寞的情绪而感到难以忍受。

这句话揪住了我的意识,让我目不转睛地一直望着其中的一字一句。我觉得佐由理代替我承受了我身上所有的负面情绪。没错,我很寂寞。在这个拥有三千万人的城市中,我怎么也无法摆脱这样的寂寞。

列车马上便驶进了涩谷车站，我换乘公交车大约花了十五分钟来到国铁综合医院。我横过了医院广阔的前庭进入医院内部。院内的地图显示脑神经内科在医院的六楼，我于是搭上电梯朝该楼层移动。

尽管会客时间是下午，我还是直接来到了护士站询问。

"泽渡佐由理小姐转院了。"

这位护士连资料也没看便直接给了我这样的答案。

"转院？"心急的情绪让我整个人贴到了护士站的柜台上。

"是的。大概是一个礼拜前的事。可以请你直接到她转入的医院去询问吗？她所转入的医院是……"

我手上没有任何笔记本或纸笔，所以直接请对方写在一张纸上让我带走。我向她道谢然后忽然想到一件事，于是又开口问道："不好意思，请问泽渡小姐之前住过的病房……我可以进去看一下吗？"

脑神经内科的走廊有些昏暗，整个楼层的气氛有如一间医院之中那种不安与紧张凝缩之后的感觉，我的脚尖渗入了一股寒意。该不会是因为脑跟神经方面的疾病需要在这种昏暗与冰凉的环境下调养吧？在医生开始巡房之前我通过走廊，来到了护士告诉我的病房门前。

墙上没有名牌，眼前横着一扇与墙壁同色的沉重门扉。那是能够完全隔离病房的滑动式拉门。我抓住门把手，使劲地拉开这扇拉门。

当我走进房间之后，拉门便因为重量平衡的设计而自动关上。这间病房是个只有四面墙的水泥箱。病房里没有点灯，因此只有透过窗户照进室内的唯一光源。光线打在窗边那张无人的病床上。

这毫无疑问是我梦中佐由理身处的那间病房。

我仔细地环顾四周然后来到病房中央。明明是一间完全封闭的房间，却可以感觉到风吹过脸上。那是跟我梦中感受到的一样的触感，它的气味有来自另一个世界吹来的陈旧空气。

我仿佛看到一架非常美丽的白色飞机。

"泽渡……"

我喃喃地念着佐由理的名字。梦中的佐由理就置身在这个地方。

那架飞机朝着海峡彼方的那座高塔飞去。

"泽渡，你在这里吗？"

我朝着什么也没有的空间伸出了手。

就在这个时候——视线中的一切景象全都在瞬间蒸发。

四面水泥质的墙壁全都在这个瞬间燃烧殆尽。我所处的位置已经不是那间医院，来到了截然不同的世界。

我的双脚伫立在一片广阔的空间。

那是一片大草原。

我正站在那个废车站旁的大草原上。

眼前的一切都跟我记忆中的一模一样。风雨经年累月地摧残而显得残破的路桥、完成之后便遭到弃置的水泥月台、广阔的天空、低矮的水平线……

空气震荡的波动打在我的身上。海峡彼方那座联邦国的高塔在一片火海中燃烧。包围了高塔的火舌将周围的天空全部染成了日暮时分的艳红色。风吹起了一波波的草浪。这里没有一点点下过雪的痕迹，草原上一片青翠的绿色宣示了夏日时节特有的氛围。活泼的风拂过整片草原。

接着,在我的眼前,我一直不断找寻的那个女孩——佐由理,就站在那里。

她一头乌黑的长发迎风摇曳。

她就站在那里。我伸手与她十指交握,那是活生生的肌肤触感。这并非往日那些只有浮光掠影的梦境……不,这大概终究也只是一场梦吧。不过这一切都像现实中实际发生的事情,我可以清楚地感受到佐由理的存在。风拂过草原,草间带着湿润的气息。天际被夕阳的光色晕染成一片桃红,而佐由理毫无疑问地就站在我的面前。

"我一直在找你……"佐由理开口说道。不,也许说这句话的人其实是我。

"浩纪,我一个人好冷,好寂寞……"

"我知道。"

她举起双手捂住脸庞。

无声的静默空间中,佐由理低声啜泣。

我只是默默地望着她单薄的肩膀,她每一根纤细的发丝,还有她小巧的手指。

此时的天空是我跟佐由理最后一次见面时的那种暖红色。

远方传来海鸥鸣叫的声音。

佐由理就在我的眼前。

我不断地深呼吸以期缓和哽咽的情绪。原来,想念一个人就是这样的感受……然而,我清楚地明白这一切并非现实。我在做梦,抑或我来到了一个恰似梦境的幻觉之中,眼前的光景仅仅是我们两人的意识奇迹似的重合的交叉点,不过是我们两人偶然间共同拥有的幻境而已。

尽管我心里明白,我却依旧沉醉在这个时刻之中,我想就这样跟佐由理一起长相厮守直到天地的尽头,也许这并非不可能的事。

然而……此时的我却应该做出另外一种不同的抉择。我的内心为此隐隐作痛。

我缓缓地合上眼睛。再睁开时,我跟佐由理一起站在颓圮的路桥上。那是我抓住佐由理的手,两人险些掉到湖里的那个地方。

我们眺望远方的海景。海面上飘荡着雾气,仿佛另一片低矮的天空紧贴着海洋。耸立于天地之间的高塔发出了红色的光芒。那片紧贴着海面的云雾也染上了红色。

那座高塔的根部在白芯的红色光芒中燃烧。在一片熊熊烈火之中那座高塔依旧维持着它美丽的模样矗立原处。我跟佐由理并肩一起眺望着远方美丽的景致。

"我会去接你。"我顿了一下接着又开口,"我想再见你一面。不是在这里,而是更真实的地方。我想实际感受你身上的肌肤所带来的触感。我也希望你能够用你的手直接抚摸我的脸庞。我要用我的手去确认你的存在。所以……"

佐由理听着露出了些许的怯懦。

"……所以我要走了。"

佐由理不发一语。

我从那场梦中苏醒,然后我知道自己此刻非做不可的事。

"你要去哪里?"佐由理小声地问道,"你要去哪里找我?"

"当然是你所在的地方。"我指向远方的高塔,"就是那里。"

这个约定维系着我跟佐由理。

我们之间,只得在这个约定之下彼此相系。

"泽渡,我这次一定会实现我们之间的约定。我会让你搭上薇拉希拉,一起飞到那座高塔那里去。这么一来,我们就一定可以再见面了。不是在这个梦中,而是更能够确认彼此的地方。"

佐由理不说话。

"我答应你。"

我下意识地用力地握紧了拳头。

佐由理一直抬头望着我,却在下一刻不禁伸手捂住了她的脸庞。她的肩膀颤抖着,仿佛一个稚子般放声哭泣。她的食指不停地来回搓揉着眼缘擦拭粒粒如珠的泪水。

"嗯,约好了……"佐由理用她颤抖的声音在哽咽中努力地开口说话,"我们要一起飞往那座高塔……"

天空依旧一片火红。那是佐由理的世界中一贯的色彩。我在这片艳红色的天空中看到了白色的薇拉希拉翱翔天际的幻觉。它像只迷失方向的海鸥,我在心里暗自祈祷着这个迷了路的孩子能够平安地回到族群的怀抱。

我一个人站在徒然四壁的病房中。

也许方才的我只是做了一场白日梦而已。尽管如此,佐由理的指尖带来的触感却依然留在我的手中。那微温的指尖,持续地温热着我的心灵。我用袖子用力地擦拭着脸庞。

我们前一刻许下了约定,重新给予对方过去无法实现的那个承诺。耸立在废车站前那片草原景致里的高塔,今天依旧在我的灵魂之中散发着灿烂的光辉。

塔之章

1

拓也发现自己即使身在梦中额头仍旧冒着汗,眼前的景象看来大概是夏天吧,他身处在一片苍茫皑然的世界。

他时常察觉自己置身梦中。总能发现自己正处在梦里其实是件好事。然而,拓也得以发现自己身在梦里的情形永远只有梦境的开端,随后他马上又会坠入意识深处的泥淖,失去冷静看待梦中一切的自主性。当他开始进入更为深层的梦境,他便又会忘记自己其实身在梦中。

拓也站在书店里。

梦中的场景是在车站前综合商场大楼里占据了半个楼层空间的大型书店。他正在阅读与物理相关的专业书籍。对他来说,他所需要的杂志或书籍其实研究室里都有,摆放在一般书店里的书本对他来说几乎都没有用。因此眼前的他其实正在做着他平常不可能做的事情,然而他并没有察觉到这样的矛盾。

不,这其实并不矛盾。拓也在梦里察觉到自己回到初三学生的身份,然后瞬间跟十五岁的自己同化,被十五岁时的世界所包围。下一刻,他清醒的意识再次沉入了梦中。

他缓步在书店里走着,在各排的书柜之间移动。当他来到文库类书柜夹道的走廊上,一位身材纤瘦的少女出现在他的眼前。她伸出纤细的手指取出书柜上的书。

眼前的景象让拓也有些意外,于是他出声喊了这位少女。

"泽渡?"

这个名叫佐由理的少女闻声回头。

"……拓也?"

他们走出书店,来到了青森车站的津轻线月台。此时距离列车进站还有十五分钟。

他们彼此没有说话。静默的气氛让拓也感到有些尴尬,于是他不停地抬头确认提供列车信息的显示器。他偶尔也低头看着月台下的铁轨,然后毫无意义地将视线移到自己的鞋子上。

"那个……"

拓也跟佐由理耐不住眼前沉默的空气,同时开口说话。

"抱歉,你想说什么呢?"拓也尴尬地说。

"没有……"佐由理带着些许阴郁的表情将方才到嘴边的话又咽了回去。

沉默——这个状况让拓也感到十分不解。他不明白为何跟某人站在一起,彼此不知道该说什么的这种氛围,会如此让他觉得焦躁。明明跟浩纪在一起的时候,再久没说话也不会让他觉得有什么奇怪的地方……

"那个,浩纪呀……"

在拓也开口的时候,佐由理又同时出声提到了同样的话题。

为何他们会如此凑巧地想到同样的人名呢？这是因为他们之间的共通点就只有浩纪这个朋友而已。

拓也的耳边传来低声的窃笑。

"我们两个人好像没什么机会单独聊天呢！"

佐由理泛出了笑容开口说道。多亏了这么一句话，他们之间的紧张气氛稍稍得以缓和了下来。

"也许是吧。"拓也点头。

"拓也，你喜欢物理吗？"

"咦？"

"你不是买了一本物理学的书？"

"嗯，是啊。是有一点点兴趣啦。"

"真厉害……"

"什么东西很厉害？"

"物理就好像魔法一样。其实，我爷爷也是一位物理学家喔。"

"是吗？"拓也问话的同时，脸上露出了十分诚恳的佩服之情，"那你爷爷才厉害呢！"

"不过我好像完全没有继承到爷爷这方面的才能。其实我连见都没有见过他。"

"因为南北分裂的关系吗？"

"对，他当时人在北海道。"

因为南北分裂而与亲人相隔两地的人多半不太喜欢使用虾夷这个名字。

"不知道他现在是不是还活着。"

"这样啊……"

"拓也,你跟浩纪都在打工对不对?打工好玩吗?"

"还好吧。"

其实对拓也来说,用自己的双手赚取自己所需的花费是一件很愉快的事情,不过他刻意地隐藏这样的感想,给了佐由理一个否定的答案。

"我们可是在一个很可怕的大叔那边工作,老是被他叫过来唤过去的,还要挨骂呢!"

"这么可怕吗?"

"我们总是狼狈得像驱睡祭里面的鬼,不用化装就可以扮鬼了。"

"骗人!"佐由理听了不禁皱起了眉头,"真的吗?"

"下次有机会要一起去看看吗?"拓也从容地开口问道。

"咦?可以吗?"拓也的邀约让佐由理的脸上露出愉悦的表情,"可是我去不会妨碍你们工作吗?"

"你愿意的话浩纪一定也会很高兴的。"

尽管拓也心中对此感到有些不安,不过他很快便挥别了这样的顾虑。因为眼前佐由理坦率的笑容让拓也希望能够让她更高兴些。

"嗯!我要去,我要去!"

此时车站广播告知开往蟹田三厩方向的列车即将进站。拓也闻声便探头看向列车驶来的方向,一如他往常一定会有的举动。

"拓也,我有话想跟你说,不过你不可以笑哦!"

听到佐由理忽然开口,拓也于是又回过头。

"嗯,我不笑,你想说什么?"

"嗯……"

佐由理应了一声，然后接着开口说道。

"既然你答应了，那我就告诉你……"

就在佐由理进入正题的时候，列车驶进了车站。

"你说的塔就像联邦国的那座高塔一样吗？"

他们搭上了方才那辆津轻线列车，并且来到车厢内其中一张两两相对的双人座椅前面，拓也坐下来的同时开口。佐由理将手放在大腿后方的裙摆上，静静地坐到了拓也的对面。

"不是。"她摇头回应拓也的提问，"那座塔的外形比起联邦国的高塔更为扭曲，有着不可思议的形状。除了我的那座塔之外，另外还有很多很多一样的塔矗立在身边。"

"大概有多少？"

佐由理稍微沉思了一下然后开口。

"十、二十……也许还要更多，我不知道……不过不知道为什么，我却能够了解那一座一座的塔分别都是不同的世界。那里的每一座塔都在做梦，都在做这个宇宙的梦。"

拓也将手肘靠到了窗边撑起自己的下巴，然后聚精会神地倾听着佐由理所说的每一句话。她说话时看着窗外。也许此刻出现在她眼中的并非是远方的窗景，而是倒映在玻璃窗上的自己。

"其中一座塔的塔顶被掀开而露出了内部的空间，我就站在那个平台上面。那座塔的周围，只有一整片褪了色的天空，还有宛如森林一般耸立在四周的塔群而已……"

她在这里停顿下来,稍微思考了一下接下来要如何说明。

"我无论如何都没有办法离开那个地方。"

她握紧了那双小巧的手,摆到了纤细的膝盖上。

"我一直孤独地待在那里。我觉得寂寞。然后呀,就在我觉得自己的心灵会这么消失的时候……"

她说着抬起头,微微挺出了身子看着拓也。

"我在那个时候看到了一架白色的飞机在天空中飞过。"

列车驶进了隧道,强烈的风压推挤着两侧的玻璃窗。拓也整个人从座位上弹了起来。

"白色的飞机?"

"嗯。"

"然后呢?"

车厢内没有其他的乘客,只有拓也跟佐由理彼此正在对话。高挂在列车车厢天花板上的电风扇不知道为什么今天没有开。

"然后我就醒了。"

拓也听完沉默了一会儿。他不知道该如何回应佐由理的话题。拓也觉得自己现在不能随便谈笑敷衍,也不适合摆出严肃的表情。

"那个梦让我觉得很寂寞、很难受,整个心都纠结在一起了。不过那架飞机的出现却让我觉得安心,它给我一种很温暖的感觉。所以我只要觉得难过的时候,就会想起那架飞机……最近,很多事情让我觉得不太能够释怀,不过只要我想到那架飞机,我就可以坦然地面对了。我想,只要哪天它飞过天空,所有的事情一定都会变得顺心。我觉得它一定可以载我到一个不会让我觉得寂寞的地方……"

"泽渡……"拓也脱口而出的言语比起思考更快上一步。

"嗯?"佐由理歪着头对拓也投以一个微笑。

"你一定要到我们打工的地方来……我有一样东西一定要让你看。"

　　*

拓也觉得十分刺眼。在眼睛习惯了光线之后最先映入眼帘的是头顶上的天花板。他还没戴上眼镜,所以视线显得模糊。左手的上臂窜过了剧痛的感觉因而举不起来,拓也于是闭上眼睛等待上臂神经的痛觉消退。身上的衣服全因为汗水而濡湿。房里的空气热度颇高,偏高的室温让人觉得不太舒服。

"这是什么梦呀……"

他尽量避免牵扯到疼痛的肩膀,稍微活动了一下脖子。这是一间充满老旧气息的病房,地上铺设了脱蜡的木质地板,床头柜上放着消毒药水的器皿,旁边暖炉上的水壶被火烘得啪啪作响。病房里还有两张铝制折凳,其中一张放了一只手提袋。他觉得那个手提袋好像在哪里看过。

窗户上布满了水汽。窗外的天空则是一整片的白云,似乎还下着雪。他望着窗外一片寂静的氛围中飘落的细雪。

病房的房门被推开了。

轻盈的脚步声缓缓地接近。

"白川,太好了……你终于醒来了。"

"真希。"

眼前的这位女性露出了安心的微笑。她乌黑的秀发缀着斑斑的雪花。看来她刚刚一直都待在外面。她告诉拓也她很担心他。

"你的肩膀还痛吗？"真希将身上的外套脱下来挂到了椅子上开口问道。

"嗯……还是会痛。"

"我看一下。"

真希走到拓也的身旁，伸手轻触了这个男生的额头。她掌心微凉的温度让拓也觉得舒服。真希上衣底下隆起的乳房就在拓也的眼前，他无法移开自己的视线。

"你有点发烧呢！"

真希说完收回了贴在拓也额头上的右手。

"你可以吃点什么吗？"真希提起自己带来的购物袋，"我买了一些水果还有几块蛋糕。"

"不……还不能吃东西。"

"这样啊。"真希露出了些许失落的情绪，"那你有什么要我帮着做的事吗？"

拓也的视线不禁落到了真希白皙的手上，然而他终究还是摇摇头，接着问了件与问题无关的事情。

"研究室那边有什么特别的事情吗？"

"啊，对了，发生了很不得了的大事呢！"

真希听到拓也的问话而想起了研究室里发生的事情，即刻回应拓也的问题。

"联邦国的高塔活动层级一下子大幅度地向上蹿升,现在研究室里的研究员全部都为了解析这个现象而手忙脚乱呢!"

"咦?你说的是……"

"那座塔的周围,那个……拓扑变换的黑色圆圈在短时间内整个扩散开来了。我之前也有担任监控那个状况的工作。那个状况让我觉得很可怕……"

真希说完沉默了一会儿。

"这么夸张吗?"

"以塔为中心半径二十六公里之内的空间全部置换成平行世界了。"

"整整是之前的三倍呀?为什么忽然会有这样的突破呢?真想看看相关的资料。"

拓也想要起身却遭到真希的阻止。她柔嫩的左手放到了拓也的右肩上,于是拓也便乖乖地躺回到了床上。他想要伸手握住真希的手,然而身体的状况却让他收回这样的想法。他知道自己现在变得相当虚弱。正因为自己变得虚弱,他才会想要乞求对方的安慰。

"没关系的。研究所那边已经确定了分析的目标,你只要赶快好起来,然后再查阅相关报告就好了。"

"可以请你告诉我现在你所知道的状况吗?"

真希带着满脸困扰的模样仿佛看着一个不听话的弟弟,不过她还是马上跟拓也解释。

"就是那个患者呀。"

"你指的是……噢,你是说富泽教授从东京带回来的那个患者呀?"

"对,就是他从东京带回来的那个孩子。她的意识波动跟塔的活动几乎同时变得活跃起来。也就是说,她试着想要从梦中醒来。就在她的意识活性化的同时,拓扑变换也跟着加速。然后,她的脑波又马上沉了下去,陷入沉眠的波段,而塔的活动也就在这个时候同时沉寂了下来。"

"这⋯⋯"

从真希开口说话到拓也接受这个事实,他在脑中花了几秒钟进行整理。

"虽然在我真的看到这样的状况之前,我一直都对这种说法半信半疑,不过那位患者的睡眠状态果然跟塔的活动完全联结在一起。要是你看到那个现象,一定也会深信不疑。"

"这么说来,那位患者就是让塔作用的开关啰⋯⋯"

"根据富泽教授的判断,他认为与其说那位患者是开启塔作用的钥匙,倒不如说是控制那座高塔活动的系统。教授怀疑那座高塔接收到的平行世界的信息,无法释放到这个世界上,而是流到了那孩子的脑中⋯⋯也就是那个孩子的梦里面。"

"梦里面⋯⋯"

"不知道平行世界的相关信息在她的梦里如何呈现。是不是能转换成平行世界的影像呢?不过不管怎么样,接收了如此庞大的信息,她一定很难继续维持自己的意识。因此,一旦她拾回了自己的意识,平行世界的信息就会超过负荷⋯⋯"

"所以酿成了联邦国高塔功能运行上的失控⋯⋯"

"理论上,这种情况甚至可能会让整个世界都被那个黑色的空间给覆盖掉。"

"那么……那个患者怎么办?"

"嗯,就目前的结论而言,也许就让那个叫泽渡的小女生永远、永远沉睡下去是最好的方法吧……"

真希语中两根锋利的锐刺戳到了拓也的神经,让他反射性地收起了全身上下的毛孔。

他屏住了呼吸。

"你……你刚刚说了什么?"

拓也下意识地冒出这句话,喉咙跟嘴巴完全不听使唤。

这是由于他的思考被压缩在极短的时间之内,身体跟不上这个瞬间的意识。

脑中许多片段的记忆集中成为一点,导出一个问题的答案。拓也整合了过去所有的信息,而这些信息全部指向同样的结论。他一下子豁然开朗。

拓也感到自己急剧蹿升的体温,还有漫布全身的痛楚。他呼了一口气,那口气夹带着胸口炙热的温度。

"泽渡?"拓也带着炙热的呼吸开口问道。

"对呀,她叫泽渡佐由理。"真希的口中听得见些许同情的语气,"好像跟你同年,是个长得非常漂亮的女生。真的很可怜……"

拓也两天后出院。拓也左腕吊着三角巾开车,这看得出来他的左腕有骨折的现象。他将车子开进了停车场,下车之后便马上赶往了实验大楼的特殊病房。

全新的实验大楼所有的门扉都是设置了卡片识别系统的自动门。拓也取下夹在胸前衣袋内的识别证,刷过自动门旁边的读卡机。机器发出了小小的警示音,信号灯从绿色变成了红色。门没有打开。

他放慢了刷卡的速度再试了一次,警示音还是响了,结果一模一样。

此时拓也的耳边传来了脚步声。军事大学的实验大楼没有窗户、窗帘等可以吸收声波的设计,室内总是充斥着脚步声冷澈的回音。

"你的识别证是进不去的。"

脚步声的那头传来了某人说话的声音。是富泽教授。

"你的伤好了吗?"

"啊,是的。不好意思,让您担心了……那个……"

"真希可是担心你担心得要死呢!你可要跟人家道谢喔。"

"是。"

"你听真希说过了吗?要去看看吗?"

富泽教授没等拓也回话,便先他一步用自己的识别证刷过了辨识机。

门边发出了空气压缩的声音,厚重的自动门于是朝右侧滑开。

特殊病房的室内照明被控制在和缓的光度。为了消除阴影,天花板上配置了绵密的光源。微微偏蓝的光线布满了整个空间。一台有如断层扫描机具的大型医疗机台上面躺着一位年轻的女性。她身上盖了一层薄被,不过薄被底下应该是一丝不挂的裸体。

眼前的这个女生毫无疑问就是——泽渡佐由理。

"为什么……"拓也喃喃自语。

眼前的这个女生跟他记忆中的模样已经有了相当大的改变。飞逝而去的三年光阴也在这个沉眠的少女身上留下了相当程度的改变。佐由理也许长高了不少,原本丰腴柔嫩的脸庞变得消瘦,整张脸的轮廓也变得修长。她的体态透过薄被清楚地呈现出来。那纤瘦的模样一点都无法让人感觉到丝毫生气。

尽管如此,佐由理依旧美丽如昔。不,也许该说正因为她的改变让她显得更为美丽。拓也第一次知道人类的外貌可以如此叫人着迷。

真可谓完美无瑕。

他注视着佐由理的脸。那双眼睛似乎永远不会张开。拓也不禁认为也许这张美丽的面容天生就是经过艺术家的刻意雕琢,根本不可能睁开眼睛。

佐由理有着白皙的肌肤,蓝色的静脉透过了她的脸颊在朦胧中浮现,剔透的肤质在灯光的照映之下呈现白色的光泽。

那是惊为天人的美貌。

拓也察觉到自己的眼泪就要夺眶而出。

"根据推论,她之所以会持续陷入昏睡状态,是因为联邦国的高塔传来的平行世界信息让她的脑袋无法负荷之故……"

富泽教授说话时的口吻跟他在课堂上讲课时几乎没有差别。他用这副无论何时都显得轻盈的语气继续解释各项研究报告的结论。

"要是她从睡梦中醒来会变成什么样的状况呢?"

富泽教授举起了左手的手指代替联邦国的高塔,然后右手画出了圆圈代表黑色的空间扩张。

"在她睁开眼睛的那一刻,这个世界将以那座高塔作为中心,在瞬间被平行世界吞没。"

"该怎么办……"

"嗯?你说什么?"

"该怎么做才能让她从睡梦中醒来呢?"

"这就不知道了。究竟要如何让睡美人苏醒,这点我们迟迟找不到相关的线索。不过……目前这个状况也许对现在这个世界来说是件好事。"

拓也没有回话,只是默默地看着佐由理的睫毛。

"这一两个礼拜之内美日联军与联邦国之间的战争就会展开,因为这个变故,上层已经决定要将她送往美国的国安局本部去了。其实我本来从头到尾都没有打算要让你知道的。因为你知道了也只是徒增痛苦而已……面对这个状况,我们什么事也不能做……也许这么说没有意义,但是我觉得你还是不要去钻牛角尖比较好。"

"您为什么会知道我跟佐由理之间的事情呢……"

"只要稍加调查,马上就可以得知你们过去就读于同一所学校,而且在她断断续续陷入沉眠的时期,还曾经试着跟你联络过。"

"泽渡要联络我?"

"是啊,她想写信寄到阿冈那边要转交给你,不过在她把信写完之前就完全陷入沉眠的状况了,所以信也就没有寄出去。"

"为什么……为什么偏偏是佐由理……"拓也重复着类似的疑问。

"现在我们能够掌握到的情报远比不知道的多,不过我想这应该不是偶然。我看了她的身份调查吓了一跳,那位塔的核心设计者,艾克森·月卫……"

富泽教授语毕前轻轻叹了口气,刻意地压抑了些许的感慨才又开口。

"艾克森·月卫就是她的祖父。"

拓也仿佛奔逃一般冲出了病房。他在走廊上找到了安全门,推开便冲下了楼梯。他奔出了实验大楼,来到停车场。停车场上的积雪全都因为洒水器洒出的水而融化了,不过花圃跟大门前的车道两端依旧堆积着大量的白雪。

吸气时,冰冷的空气蹿进了拓也的胸口,随后换吐出了温热的气息。呼吸,再呼吸。一吸一吐之间,拓也感觉到自己的胸口总会涌出一股难以压抑的激荡情绪。

塔、塔、塔。

这个词汇在他的脑中不断地回荡。

一股讨人厌的气味搔弄着他的嗅觉——就是那座塔!

拓也抬起头,就看到那座高塔正处在视线的彼方。它变得比起过去任何时候都要来得清晰。大气化成了一面透镜,将这座高塔的模样直接投射到了他的眼前。

拓也的面容变得扭曲。他瞪视着那座远方的高塔,将心中所有的愤恨全都灌注在自己的眼神之中。

三天过去。

"美军已经将联邦国在虾夷中央搭建的那座量子塔视为具有威胁性的武器了。"

冈部社长洪亮的男中音回荡在虾夷工厂空荡荡的厂房里面。

包含拓也在内,一共有七名男子整齐地并排站在冈部社长的面前。这是反联邦国武装组织——威尔达所有的成员。同时,他们也都是虾夷工厂的员工。其实虾夷工厂本身也就是冈部社长为了掩人耳目而设立的。

拓也注视着冈部社长,他的左腕依旧吊着三角巾固定。

"这二十五年来,那座塔几乎成为日本人习以为常的风景。它成了各种事物的象征,它象征着国家,象征着战争,象征着民族……对某些人来说它代表了绝望,又或者成为某些人的憧憬。它的意义在不同世代的日本人眼中不断改变,人们站在不同的立场,也会对它怀抱着截然不同的想法。然而,这其中依旧存在着一个共同点,那就是无论对谁而言,它都是无法触及的,无法改变的。这个共同点说明了它为什么会成为某些笨蛋的信仰。"

洪亮的声音撞上高高的天花板并反射回声。

"只要还有人认为那座高塔是神圣而不可侵犯的东西,这个国家就无法得到任何的改变;只要人们还惧怕那座高塔,这个国家就会对联邦国怀有一种非必要的恐惧。这让两国之间的形势与南北统一的方向背道而驰。只要那座高塔一天不消失,这个国家大概将永远处于分裂的状态吧,而相隔两地的亲人也终究没有重逢的一天……"

拓也的视线投射到了冈部社长身后一架宛如玩具一般的小型飞机上,那并非人可以搭乘的大小。飞机的机首张开一面透明的挡风玻璃，玻璃里面装着一架可动式的摄影机。

这架飞机是由美军提供的无人侦察机，RQ-1掠食者。飞机已经经过了专业人员的改造。

"三天后的早上，美国政府将对联邦国全面宣战。我们将趁着开战时期的混乱场面深入北海道，对那座高塔进行爆破行动。"

眼前的队列默不作声，他们早已熟知整个计划。冈部社长的发言不过是确认计划实施的仪式。尽管如此，当下的气氛却令拓也感到战栗不已。冈部社长就是这么一个有着自己的一套，并且能够改变这个世界的男人。

"我们将利用无人操作的掠食者飞入虾夷的领空，然后使用其上装载的PL穿甲导弹攻击联邦国的那座塔。"

拓也听了再度将目光移向掠食者身上，它的机腹装配了一枚红色的飞弹。

"这东西会让整座高塔从世界上消失。"拓也的脑中反复回荡着这样的想法。

导弹内的导航系统是拓也设计的，经过了万无一失的模拟测试。只要在射程之内发射这枚飞弹，一定能够自动地朝目标飞去，并且确实地命中。

"我要毁掉那座塔。"

他的身上因为激荡的情绪而颤抖着。

"威尔达解放军将于计划实施的当日解散，这座工厂也将在今天关闭。"

"终于到了这一天……"拓也心想，只要毁掉那座塔，他便可以卸下一直梗在心底的那个重担,右手不自觉地握紧了拳头。

2

　　眼泪不一会儿便停了下来,并且随即风干。我走出医院,脚上的步伐很自然地加快,到了站牌前面没有想要停下来的意思,我于是略过了巴士站,直接徒步朝着涩谷车站走去。我感受到自己心中一种不想停下脚步、只想朝着某个方向前进的意念。

　　随着我的脚步,迎面而来的风刺激着我的触觉而变得敏锐。我心中一股沉眠的意识在此刻得以烟消云散。心脏在胸口活泼地运动,氧气随之流窜到我的全身。我的脑细胞开始思考,拼命地想要抓住些什么。

　　我针对脑中那个想法持续地开始摸索。

　　在我搭乘山手线回到新宿,然后徒步走回宿舍的过程中,我的脑内不时回荡着"铿锵铿锵"的金属撞击声,这声音有如徒手扳动生锈的铁路切换器手把一样锐利。

　　我静静地盯着手上的便条纸。那是医院的护士递给我的便条纸,上面写着佐由理转入的医院。

　　我回到宿舍,取出被我埋进书架上的书堆里的信。我拿着便条纸,一张一张地比对信中的内容。

青森军事大学特殊战略情报处理研究所
脑神经化学班特殊病房

便条纸上写着这样的名称,我反复对照着信上的内容看了看。

没错,那是拓也的研究室……佐由理就在那间研究室里,在拓也那里。

一切都依循着特定的指示发展,所有的事物都被牵引着。

当然,这一切不过都是偶然。

假设所谓的偶然具有人性,那么它一定是要我回到位于日本极北地区的那块土地上。一定是的……

在回去之前,我还有一件非在东京完成不可的事情。我得跟这个都会中我唯一珍视的那个人把话说清楚。这么做绝对不是件轻松的事情,如果可以的话,我想我会选择逃避,不过这么做是不对的。我在不断选择逃避的过程中,在自己的身上留下了不可磨灭的伤害。

在那天理佳跑出我的宿舍之后,我们便再也没有联络。不,正确来说,我曾经打过几次电话给她,但是她不愿接我的电话。她是个个性率直的女生。只要她没有接电话,那不会有其他的借口,就是她不想接。刚巧我又是不喜欢强迫别人的人,我跟理佳之间就这么好长一段时间没有彼此的消息。

私立大学的面试跟公立大学的共同学力测验已经结束,不过大家现在都还需要准备私立大学的二次面试跟公立大学的各校后期补试，因此我跟理佳也都还有得忙。

然而，这不是我可以逃避的借口。

现在这个时候已经不怎么需要去学校了，不过后天是返校日，看来要找到她只剩下后天而已。这两天漫长的等待，让我完全没办法集中精神做任何事情。

返校日到来，我比平常早了三十分钟来到学校。我站在理佳的教室门前等她。她在规定到校时间的前五分钟来到了教室门口，身旁伴着一位烫着长卷发的女生。当我叫住她，我可以清楚地看到她的肩膀瞬间抖了一下，然而她却想假装没有我这个人，就这么直接走进教室。理佳身旁那位女同学胡乱猜测眼前这个状况，几度出言暗示要我赶快离开。

我单刀直入，极小声地告诉理佳，我有事情无论如何都要跟她说。

理佳听到后做出了反应，从她往教室里走去的背影中可以清楚地看到她的头微微偏了一下。这样的发展仿佛出乎她的意料，这并非表示她认为我不可能会有这种表现，只是单纯地听到了一句她没有预料到的话。

然而，理佳马上板起了脸，冷冷地开口答道："下次再说吧。"

尽管我告诉她今天非说不可，她却依旧跟那位同学一起走进了教室。

我曾在短暂的瞬间思考是否就这么冲进教室揪住她，不过这么一来，她肯定会成为班上所有同学好奇目光的焦点。我并不希望事情朝这种方向发展。

经过了数秒钟的思考，我朝着走廊那头走去，绕过楼梯来到二楼的走道，然后朝着走廊的另外一头移动。在二楼走廊的尽头是教务处，教务处前面有一部绿色的公共电话。我插入了电话卡，然后拨出连指尖都已经熟记的电话号码。

铃声响了五次，理佳接起了电话。电话那头没有应声，理佳什么也没说。我只从话筒中听到教室内的杂音跟其他同学模糊的对话。除此之外，耳边还可以听到理佳的呼吸。

"我要回青森。"面对话筒，我劈头便直接这么说道。

尽管理佳没有回应，她的静默依旧表现出了她内心的困惑。

在我打算继续开口的时候，理佳却抢先一步问道："可是……你还有后期补试要考吧？"

"对，我打算早点结束那边的事情，然后回来考试。不过我不知道会不会像我想的这么顺利。拖长的话，我可能就得弃考了。也许后者的可能性比较大。"

"什么事情让你非这么做不可……"

"我已经迟了三年，现在不想再多拖一天。理佳，那边有件我非做不可的事情一直被我悬在那里。"

"是啊。"理佳的语气听得出她心中的不悦，"迟到跟该带的东西忘了带都很不应该呢！"

"对，非常不应该。"我没有避讳她的嘲讽，接过她的话我又继续开口说道，"有件非做不可的事我过去一直刻意地放着它不管。那件事非常重要，要是做不好我这辈子就完蛋了。我今后是不是还会像今天这样如行尸走肉，这是必须面对的事情。我曾经因为一点小小的疏忽而放弃它，打算就这么不管。所以我这三年来才会完全不知道自己是谁。我就这么一直浑浑噩噩地过日子。想想我会变成这样也是理所当然的，毕竟我把我人生中最重要的一个引擎弃置在我的故乡了……"

"然后呢？你要去把它找回来吗？"

"对。"

"是女生吧……"理佳的声音带着些许的颤抖，"那边有你喜欢的那个女生对吧？"

"不是。"我即刻否定了她的疑问，我没有说谎，"这件事的确跟一个女孩有关，不过不是你想的那样。我是为了回去找回遗留在过去的自己。在一座山丘上的仓库里面，我的另外一半还沉睡在那里。我得回去把它找回来。"

"藤泽，你说得太笼统了，我听不懂啦。"

先前的对话中隐约可以听到衣衫摩擦的声音。这声音似乎是因为理佳身上的衣服在她移动时身体轻微地拉扯所致。

我察觉到这点，于是回过头。

理佳正拿着手机从走廊另一端的楼梯口跑了出来。

我跟她站在这栋校舍的两端。走廊很长，视线的延伸之处可以看到她的身影因距离而显得渺小。多位学生在我们之间来回走动，偶尔会遮住我跟理佳四目相望的视线。我想要朝她的方向走去，却在话筒线伸展到极限时停了下来。我受到电话线的牵绊，无法再往前跨出任何一步。

我犹豫着是否要挂上电话，心中有种莫名的预感，害怕要是挂上了电话，我就再也无法跟理佳说话了。

我跟理佳之间现在靠一条电话线维系，我打算屈就这个状况。远方理佳娇小的身影依旧伫立在原地，我紧握着话筒，片刻都没有移开自己的视线。

"藤泽，你其实对我根本没有任何的感情吧？"理佳的声音透过话筒传入了我的耳中，"其实我知道，我一直都知道。但我也觉得这样就好。我有生以来，一直都是孤孤单单的一个人。我时常觉得自己就好像一个游魂一样。我这个人实际上并不存在，而我周围的人也都是没有意识的游魂。所有人的心灵都是空荡荡的。我总是对此隐隐约约地抱持着不安的情绪。不过只要你在我身边，我就会觉得自己好像可以安稳地踩在这个大地上，而且可以开始建立我跟这个世界的关系。所以我希望你能够陪在我的身边。你对我来说就是拥有这种与众不同的特质……"

这些话让我短时间内不知该如何回应，然而我终究还是开口回应了。

"问题是，现在的我依旧缺少了某种能够证明自己存在的东西……"

眼前的人群散去，此时我跟理佳在走廊的两端彼此对望。

"理佳，我一直都好像在做梦一样。就算我从梦里醒来，我还是觉得自己好像身在梦中一样。这三年来，我一直都有这种感觉。酿成这种后果的不是别人，就是我自己。这三年来我从未有过任何形式的感动，因为我的心灵空荡荡的，什么感觉也没有。如果要说我拥有什么与众不同的特质，那也已经是过去的事了。我完全失去了那样的自己。你之所以会觉得我与众不同，那是因为我身上还留着当时确切地存在于这个世上时的那种余韵罢了。"

"我不是说过那也无所谓吗?"

说实在的,理佳这句话让我的决心出现了不小的动摇。

"理佳,我想,要是我们就这么继续相处下去,你哪天察觉到了我像个游魂,心灵空荡荡,你一定就会失望的。所以不管我们接下来怎么办,两人都得面对没有出口的人生。所以我得重新开辟一条路。我得取回过去那个能够跨越所有障碍的力量,我想要变回一个确实存在于这个世界上的自己。"

"藤泽,要是失去你,我会崩溃的。"理佳以极为平缓而没有抑扬顿挫的音调开口说道,"因为,你是我在这个世界上唯一的牵绊。这样你还是要回去吗?"

我反射性地就要将一句"抱歉"脱口而出,然而话没说出口我便觉得这么说不妥,于是立即改口。

"我要回去。"

理佳的叹息透过话筒传入了我的耳中。远方的她肩膀发出了颤抖。理佳低着头,我无法判断她此刻脸上的表情。

"然后呢?你回去要做什么?"

"我要让飞机起飞。"我说,"我要飞过津轻海峡,往塔那边去。"

"你是指联邦国的那座塔吗?"

"对。"

"等一下!"理佳抬起头,"藤泽,你没有看新闻或报纸吧。也许这礼拜美日联军就要跟联邦国打起来了呀!青森跟虾夷之间会成为战场不是吗?"

"是啊。"这种事情我当然知道。

"那你要去？为什么非得现在去不可？"

"因为这是最后的机会了。"听到理佳的问话，我才察觉到这个重要的信息，"搞不好那座塔会在这场战争中被毁掉。"

"为什么你非得要……"

她不满的言辞中途吞了回去，取而代之的是另外一个话题。

"藤泽，我之前不是说过我想跟你一起到青森去吗？"

"嗯。"

"我是认真的。"

我没有回话。

"你认为我是开玩笑的吗？"

"这个……"我想了一下才又开口，"我不知道。"

"我觉得你有时候会给人那种感觉，仿佛你是从远方国度来的访客。"她说，"你刚才说的那些大概就是呼应你这种特质吧。"

"理佳，虽然不知道确切的时间，不过等到一切都结束了……我想回来找你。到了那个时候，我会把一切的事情全部都告诉你。我无论如何都希望在一切都结束之后跟你碰个面。"

理佳没有回答。我们之间大概经过了一段长时间的沉默。这阵沉默之中，我跟理佳彼此完全没有动作。我压抑了呼吸的声音静静地等待。终于，她放下了手机，同时挂掉了电话。话筒吱的一声震痛了我的右耳。

理佳转身消失在人潮之中，我看着她离去，手中依旧紧握着话筒。我回想着理佳方才的言辞，才明白，她就是我。我们一样懦弱。我明白了自己对理佳做了多么过分的事。好一段时间,我就这样像一根石柱一般伫立在原地。

3

尽管我伤害了理佳,然而那是受形势所迫,我不得不这么做。

回到宿舍之后,我换过衣服,收拾了简单的行李便前往东京车站。

我搭上了东北新干线,在不用划位的车厢内找到了窗边的座位。列车启程之后,我取出了短夹克衣袋内的一本书。那是我在东京车站里的书店一时兴起买下的《宫泽贤治诗集》。我开始翻阅着手中的书本。

我并非基于多么深刻的动机买下这本书,然而其中的内容却意外地撼动了我的心灵。过去我读这些诗篇的时候什么感想也没有,今天,这些词句里蕴含的能量却让我体验到一种仿佛自己的血肉一般的感动。

眼中的世界
也许在你眼中,
这景象黯淡而不见生机,
然而在我的眼里,

那里尽是清澈而艳丽的蓝色天空，

还有，

舒畅心境的蓝色微风。

这诗句里的意境在我的脑中与梦到佐由理的梦境叠合。佐由理身处在奇形怪状的塔群之中，尽管她觉得寂寞，但那个梦境却让我觉得异常美丽。不……在我读到了这首诗之后，我才察觉到我在潜意识里是这么想的。

跟佐由理的梦比起来，也许我置身的东京才是黯淡的光景。就在我的脑中浮现这样的想法的时候，我忽然察觉到，佐由理的梦境，其实正是我在东京生活的写照。

她到底是如何看待我所居住的世界呢？

寂寞的佐由理也许会喜欢那个四周都有高楼环立，高挂的电线布满了天空的地方吧。也许正因为她终日处在那个只有风不停地吹、举目只看到天空的地方，所以东京拥挤而嘈杂的街道在她的眼里成了美丽的憧憬……

我继续阅读着诗集。一首题名为《鸟》的诗在我的心中引起了一阵嘈杂的回响。那并非不快的感受，而是在心情上出现一种和缓的对流。

这么说起来，我想到很久以前那个文学怪人吉鹤老师曾经说过，宫泽贤治的作品中出现的鸟是连接现世与逝者的桥梁什么的，当他欲与死去的妹妹交心，他便会将心中的那股情念寄托于天空中翱翔的小鸟。

我反复地阅读这首诗,读累了便将书放到膝上打会儿盹。我靠到了玻璃窗上,在眼皮落下的前一刻,看到了联邦国的那座高塔出现在窗外的风景之中。不知道是什么缘故,以往那座高塔带给我的压迫感此刻完全不见了。我在眼前那座高塔耸立的美丽风景中缓缓地进入了梦乡。

我换乘了津轻地区的铁路来到了津轻滨名车站。没选在三厩下车是因为我完全没有回家的心情。我踩着地上的积雪,跟三年前一样越过虾夷工厂,来到了熟悉的废车站前的那片草原。草原上整片的积雪反射着阳光,此刻透出了平常相当罕见的光芒。我踩进雪中,走在这片平坦的雪面朝着停机棚走去。这么说来,刚才虾夷工厂的庭院里也没有看到任何人的足迹。我原本打算顺道跟冈部社长打个招呼的,然而无论工厂或办公室都是大门深锁,毫无有人在里面的感觉。

我绕到了停机棚后面,拨开地上的积雪向下挖掘。那把钥匙依然处在当初我将它埋下的地方。

钥匙第一次插入钥匙孔的时候完全扭不开。我于是抽出了钥匙,仔细地拨开沟槽上的泥土,再转了一次才得以将门打开。

在我踏进停机棚的第一步,我整个人便僵住了。

停机棚后门敞开的地方,阳光透过整片的白雪射进了停机棚,单向的光线打在室内的那架飞机身上,它带着白色与银色的光辉伫立在停机棚中央。这架飞机比起我记忆中的形象小了一圈,仿佛凝缩了所有美好的事物一般散发着耀眼的光芒。我心中的感动有如注视着一片雪花的结晶。

薇拉希拉。

我迈开了脚步靠近那架白色的飞机。每跨出一步我便可以感受到身上激荡的情绪波动。我在机首前面停下,伸出右手带着轻微的颤抖抚摩它。

坚硬而带着些许弹性的组织化纳米碳纤维外壳勾起了我心中怀念的情绪,眼中的泪水差点夺眶而出。

我详细地审视着薇拉希拉。这架飞机在我们离开的三年间,非常不可思议地没有留下丝毫岁月的痕迹。我们将它弃置了许久,我想它应该多少有些部分会变得陈旧,为此我已经做好心理准备,若想让这架飞机起飞势必得大动一番工事,然而……

"这里的时间完全没有流逝吗?"我不禁咂舌。

我吐出的话语仿佛冻结在冰冷的空气中一般,不断地在室内回响,久久滞留在这个空间里面。

我松开大门上的铁链,推开两侧的门扉,然后试着为薇拉希拉的引擎点火。启动方面完全没有问题,油料燃烧的味道弥漫了整个停机棚。

我关掉引擎,随即开始着手剩下的作业。

所有的制作资料还有工具零件在我离开的时候全都留在停机棚内。当我开始活动起手跟身体,时间的流逝便与我无关。此刻的我得以全神贯注,这种快感已经许久未曾造访。

薇拉希拉的硬件方面三年前几乎已经全部完工,只剩下细微的调整工作。这并非难事。

然而现在的问题在于它的软件导航系统,除此之外还有一点……

我走到墙边,那儿有一架靠在墙上的小提琴琴箱。这个地方的配置也跟三年前一模一样。

此刻我的心中有些感慨也有些哀伤,但并不能确切地归类为哪一种情绪。这把小提琴在我的心中留下了相当深刻的感触。

我想要伸手打开这只小提琴箱,但最后还是作罢。时间悄悄地流逝,夜幕已然低垂。我走下山,来到了津轻滨名车站前面的一间杂货店。我拿起公共电话想要拨打拓也家的电话号码。我依然清楚地记得他的电话号码,但是要按下全部的号码需要一些勇气。

电话没有人接。

我循着原路回到了废车站。此刻的我没有心情跟任何人碰面。方才沿途上经过了虾夷工厂,厂房的灯火完全没有点亮。我回到停机棚,在卤素灯青白色灯光的照耀下,我仿佛处在一个只有自己的世界里。

我将暖炉搬到了板凳旁,卷起了棉被度过这个晚上。

翌日,我依旧重复了往返车站前杂货店的举动,然而我还是没有联络上拓也。

又隔了一天,电话始终没有人接听。

这天,我跟拓也选在大川平商店街的郊外碰头。拓也已经先到了。他靠在电线杆旁叼了一根香烟。铺设了铁轨的桥梁横在拓也的身后,一辆车厢上载运了战车的货运列车缓缓驶过。他静静地凝视着那一节一节车厢上载运的战车,接着因为我的脚步声而回头。

他面无表情地跟我打了招呼。

"嗨。"

我紧张的情绪让他的招呼声给驱散。他的脸庞让我有种近情情怯的感觉，或者又可以说是心绪动荡而无法自制的感受。我抬起头，出言回应他的招呼。

　　"三年不见了。"

　　尽管我们碰面已过了午后三时，但我跟拓也都没有吃过午餐，我们于是找了家中式餐馆叫了两碗拉面。店内除了我跟拓也之外，还有两群美军的小团体坐在另一桌。放在高架子上的十四英寸电视，此刻正播报着政府为了回应战争而宣布戒严的消息。拓也以锐利的眼神看着电视荧幕。

　　"你什么时候回来的？"

　　拓也问话时眼睛依旧没有离开电视。

　　"前天。我现在都睡在废车站。"我一边吸食面条一边答道。

　　"你睡在废车站？"

　　"是啊。"

　　回答了他的问题之后，我便问起从刚才就一直令我感到十分在意的事情。

　　"你的手怎么了？"

　　他看了看左腕的三角巾随便支吾了一下没有正面回答。

　　"是怎么弄的？到底怎么回事？"我开口追问。

　　"晚点再告诉你。"

　　拓也丢下这么一句话，然后举起了另一只手继续吃起了拉面。这个家伙，就算受了伤，吃起拉面来依旧维持着他一贯的端庄举止。眼前的拓也一点也没变。

看着拓也这副模样,我觉得好有趣,不禁扬起嘴角露出了笑容。

这么说来,我们三年前是因吵架而分开,当时的我也打算就此不再过问他的任何事情。之后的那些日子我也认为这样很好。然而现在我却对于拓也当时开始交往的那位学妹有些好奇,打算开口询问他们之后的关系。不过想想这个问题实在有点无聊,最后还是作罢。

"然后呢?你找我出来有什么事?"拓也问道。

在此之前我什么也没对他说过。毕竟解释起来相当麻烦,我也不知道该用什么样的态度从何说起。

"在这边不方便说……"我开口答道,"我们去废车站吧?"

他听了没有答话。我们之间持续了一段长时间的沉默。

他最后还是开口说道:"好啊,就去废车站聊吧。"

前去废车站的途中,我绕到了虾夷工厂办公室敲了敲门,结果依旧没有人应门。

"他们今天也休息吗?拓也,你有没有听说什么?"

拓也没有答话。

脚边传来了猫的叫声,是栖息在工厂边的那只野猫。

"哎呀,是巧比呀。你好吗?好久不见了呢!"

我蹲下来伸出手,巧比亲昵地过来蹭着我的身体,这让我感到有些安慰,于是顺着它的动作抚摸它、逗弄着它,陪它玩了好一会儿。

耳边传来脚步摩擦在地面上制造出来的声音。我回过头,看到拓也带着一脸不悦的表情转头跨步离开。

"喂,拓也!"

我最后轻抚了一下巧比,然后起身追了过去。他快步地朝着通往废车站的山路走去,身后的我则连忙想要早一步追上他。

我们穿过了森林来到废车站前的草原。拓也没有前往停机棚,而是朝向站前的月台走去。他的脚步仿佛最初便决定要往那里移动,完全没有想要询问我的意思。我跟在他的身后,两人一起踏上了废车站的水泥月台。月台下的湖面整个结成了冰,看似要是脚步放得轻盈一些就可以直接在湖面上漫步。

我们站在一起,从月台上眺望整个湖面。

"我想跟你说的事其实有点复杂……"

我话才说出口便让拓也插嘴抢了下来。

"你等等,先让我把我想说的话说完再轮到你。我想说的是很严重的事,不管你说什么我都要先讲。"

"拓也,你现在要说什么……"

我一派轻松地回话,然而他却始终维持着方才一直板起来的脸孔,让我明白他想说的是非常严肃的事情。

"虾夷工厂其实是威尔达解放军的据点。"他劈头便直捣问题的核心,"这是现在工厂为什么没有人留守的理由。工厂已经关起来了。"

"什么时候的事?"我听了只是淡淡地开口问道。

"这个礼拜。"他说完带着惊讶的表情看着我,同时开口问道,"你看起来好像不觉得意外。你早就察觉到了吗?"

"没有。"我摇摇头,"我接受了这样的事实而已。你以前不是就说过,这间工厂不如外表看起来这么单纯吗?"

"我说过吗?"他自顾自地念叨,然后接着开口,"算了,这么一来解释起来就方便多了。我接下来要跟你说的事情是我觉得你最起码应该要知道的事,所以我必须先说。不好意思,可能要请你待会儿先不要插嘴。"

拓也于是开始讲述这一连串漫长的故事,其中的每一个段落都让我惊讶不已,包括威尔达解放军的理念等。拓也接着提到冈部社长跟她的太太分隔两地的事情。

他解释着他在大学学的量子物理学跟联邦国高塔之间具有什么样的关系。那座塔具有接收平行世界信息的功能,同时也是以高度的精确性预测未来的系统。

塔的功能失控,造成以其作为中心的领域被置换成另外一个平行世界。美军则将联邦国的高塔视为一种自毁型的大规模毁灭性武器……

我一边听一边捡起一块石头施以浑身的力气将它扔向湖的彼端。

石头落在结冰的湖面上,然后顺势滑向远方。

拓也继续提到他成为威尔达的一员,并且参与其策划的活动而受伤,还有他在医院里面看到了始终陷入沉眠的佐由理。

我于是知道佐由理的脑部跟联邦国的高塔之间,彼此以相当紧密的关系连接着,每当佐由理的意识呈现复苏的迹象,联邦国的高塔也会跟着活性化。拓也还告诉我,要是佐由理醒过来,那座塔便可以发挥所有功能;而且要是佐由理醒来,那么这个世界很可能会在那个瞬间完全消失。

拓也继续讲述美军跟威尔达联手的事情,他们打算利用威尔达的恐怖行动炸掉那座高塔……

他说着说着便蹲了下来。在整个说话的过程中,他始终没有表现出任何异样的情绪,只是带着客观的语气陈述所有的事情。这样的他,其实是因为他无法客观地看待整件事情的证明。一旦拓也试图控制自己过剩的情绪,他就会摆出这样的态度。

我再捡起一块石头扔了出去。

这块石头掉下来之后也同样顺着结冰的湖面滑向了远方。它终将受制于冰块的阻力,不可能滑到太远的地方。

拓也结束了一段漫长的话题,我沉默以对。他见状于是又开始讲述一些比较偏向专业知识的内容。诸如怎么去证明平行世界的存在,还有平行世界对于人脑是否会产生影响等。我想他应该是觉得忽然提到平行世界这样的话题,也许一般人会无法理解吧。

"你听得懂吗,浩纪?"

拓也说完之后,为了保险起见而多问了这么一句话。

"我懂。这么一来我就全部都能够理解了。"

听完拓也的话,我整个人豁然开朗。毕竟我过去一直都是以具象化的方式看待拓也口中所谓的平行世界。

"你是怎么理解这些事情的?"拓也听了开口问道。

"我等的存在都只是有机交流电所引燃的其中一盏蓝色火光。"

"你说什么?"

"这是宫泽贤治的诗,大概是说所有的人类不过都只是存在于假说之中的一种现象罢了。"面对拓也的疑问我于是答道,"无论是这个世界还是人类的存在都只是一种假设,就好像幽灵一样。而泽渡则是决定要让哪一种假设持续作用的关键。"

"……这还真是诡异的说法呢!"拓也思考了数秒钟之后囫囵吞枣地接受了我的比喻。

"我可以问你一个问题吗?"我说,"要是将那座高塔破坏掉之后,那泽渡会怎么样?"

"这种事情谁有办法知道呢?不过话说回来,有一种可信度颇高的说法。"

"什么样的说法?"

"现在的泽渡其实可以说是艾克森·月卫博士所设计的量子塔支援系统。本来应该由那座塔来处理的信息,现在是由泽渡的脑来取代。因为这个,所以泽渡的意识中的这个部分便是由塔的系统加以控制。也就是说,泽渡跟塔之间并不是建立在交信联系上的关系,而是同化。塔就是泽渡的脑,而泽渡就是塔。"

"怎么会这样……"

一股战栗感从脚边蹿到了我的肩膀上。

"要是……"拓也说,"把塔破坏掉的话,泽渡的意识大概会永远停滞消失吧。"

冰冷的氛围此刻弥漫在我俩之间。

"我要说的话到此为止了。"拓也说,"换你。"

"要驾驶薇拉希拉?"

拓也重复了我说的话。我边走边把我所经历的一切告诉他。跟他提起的那些事情比起来,我所说的这些显得含糊而笼统。我们从后门走近停机棚,然后打开了电源的总开关。几盏聚光灯同时射出了白光,照在室内白色的机翼上。

"你要让泽渡搭乘这架飞机吗?"拓也再一次问道。

"对。"

我伸手轻抚着薇拉希拉。

"最后的组装工作只要一天就可以完成了。剩下的问题就是导航系统……"

"你等一下,刚刚我说的那些你真的听进去了吗?泽渡现在依旧陷入沉睡,而那座塔……"

"塔成了恐怖攻击的目标对吧?我当然在听。"

我缩回了放在薇拉希拉身上的那只手,转身朝着坐在木椅上的拓也那边走去。

"拓也,所以我需要你的帮忙。我不是说了吗?我一直在想,要是载着泽渡一起飞到塔那边去,她就可以清醒过来了。"

拓也的视线没有放在我的身上,他眯着眼睛,有意无意地望着桌上那台数据机闪烁的信号灯。

一会儿之后拓也开口说道:"你就是为了这种蠢事回来的吗?"

他的口气带着十足的轻蔑,让我整个人僵在那儿。

我完全没有想到拓也会这么说。他这句话让我觉得意外而失望。我的内心为此燃起了一丝愤怒的焰火。

"你怎么可以说这是一件蠢事……"

我词穷了。为何我总是无法完整地表达我心中的想法?

"我们不是跟佐由理约好了吗?"

调制解调器上的红色信号灯依旧一明一灭地不断闪烁。拓也的视线始终没有离开那架调制解调器,这让我忽然对信号灯感到气愤。我靠近桌子,原本打算要关掉调制解调器的电源,但是终究觉得这么做毫无意义而作罢。我将手放到了桌边,用力地握住了桌角。

"我一直梦到泽渡所做的梦,这样的情形这几年来从没停过。"

我低头看着桌子的木纹,接着开口说道:"泽渡总是一个人孤独地待在没有人的地方,然后说她什么也记不起来。不过她还记得我们之间的约定……"

我转头看着薇拉希拉的机翼,聚光灯偏蓝的光线照在机翼上。然后我转头面向脸色苍白的拓也。他一直保持着同样的姿势没有任何动作。

"我在梦中又跟佐由理重复了一次约定。我告诉她这次我一定要带她到那座塔去……我不认为那只是单纯的一场梦而已!"

我提高了音量,将胸口里所有的空气全都一口气吐了出去。

拓也从羽绒服的口袋里取出了一包香烟。他叼起了一根烟点了火,吸了三口后随着叹息将最后一口烟一起吐了出去。

"到现在你才回来,结果竟然就只是回来说这些梦话。光是看到你我就觉得很生气。"

他弹了一下烟头上的烟灰,摆出一脸"这么无聊的事情也要追究到底"的无奈表情。我对他这般态度感到愕然。

他踩熄了脚下橘色的烟蒂然后站了起来。

"我没时间陪你玩这种小孩子的游戏。"

他从怀里取出了手枪,我起初没有辨识出这东西究竟是什么。

"你就是从头到尾都无法放弃对这鸟东西的执着。"

他靠近薇拉希拉,以熟练的手法将弹匣送进了枪膛,然后拉动了枪身将子弹上膛。

"我让你把它忘掉……"

拓也说完便举起手枪指向薇拉希拉。

"住手!"我反射性地发出了嘶吼。

拓也摆出了冷酷无比的眼神。

这是在我还维持着自我意识的时候所看到的最后一幕景象,接下来的一段时间里究竟发生了什么事我便浑然不觉了。我几乎处于失神的状态,只有身体不理会我的意志擅自行动。我时常觉得很不可思议。为什么身体会赶在思考之前自动地做出反应?好像此刻我的身体不是自己的一样。

枪声响起。

我的耳膜被枪声击发时的音爆侵袭。

停机坪外传来乌鸦受到惊吓而振翅飞离的声音。

拓也倒在地板上。自动手枪落到了地板上滚动了一下。

不需要特别确认,我也知道薇拉希拉没有受伤。

右手的拳面传来一阵麻痹的感受。我一拳将拓也击倒在地上。我此刻方才察觉到自己做了什么,慌乱的气息反映出了我心里激动的情绪。无论我多么努力地喘息,依旧无法平复心中的亢奋之情。血液甚至随着急剧的喘息拼命往脑袋上蹿去。

拓也吐了一口口水站了起来。他走到我的眼前,然而我却因为亢奋的情绪而没能实时反应过来。一阵冲击之下,我知道有东西打在我的脸上,这才晓得自己挨了一拳。意识顿时陷入一片茫然,然而我依旧拼了命地维持自己的意识。我倒了下去,咳了一下之后我发出咆哮。

"拓也!"

这阵怒吼搔弄着我的耳膜。愤怒、恳求,还有困惑的情绪三者掺杂其中。我从地板上坐起了身子,双手紧紧握着拳头,手腕的肌肉变得结实,看来我的身体正打算再还拓也一个拳头。我右脚蹬了一下冲了出去,然而眼前却出现一只枪口正对着我的眼睛。视线之中这个圆圈显得特别黑暗。我一动也不动。在意识到危险或死亡之前便已经无法动弹。我看着紧握着枪托的那只手。那是一双我再熟悉不过的手。手臂的延伸之处,我透过眼镜跟拓也四目相望。

"让你选!你是要救泽渡还是要救这个世界!"

拓也没用多大的声音说话,然而这声音却响彻了整间停机棚。也许这不过是我的错觉罢了,然而我却受到了声音的威吓,身体完全无法动弹。拓也手中握的是不是手枪此刻已然不再重要。因为更具有冲击性的东西已经击发。我连眼球也整个僵住。我明明知道这个道理,但是我不愿听到的事实此刻还是从拓也口中蹿进了我的身体。他放下手枪,然而方才击发的子弹此刻依旧梗在我的心里。

拓也转过头,扬起一阵脚步声朝停机棚的后门走去。

他的脚步声传入了我的耳中,维持着他一贯步行时的韵律。这个韵律在我的脑中化成了某种特殊的节奏。

《鸟》

水色的天空下,

清风拂过反射着阳光而闪耀的雪原高地……

"我再也无法忍受这样的痛苦了!"我叫喊着。

一只鸟在炙热的紫外线中,
带着一颗受到污染的心灵……

"佐由理的事情一直都在我的脑海中徘徊不去!"

试图回忆漫着陈旧水色的苍穹之梦。

"我想要让自己不再去想佐由理的事,可是我却换来难以言喻的痛苦!"

那记忆已然褪色。

"我们的时间都是静止的,心情也冻结在那年的冬天。再这样下去……再这样下去,我们都只会离这个世界越来越远了……"

它是一叶扁舟。

"所以才更要把那座塔炸掉呀!"拓也发出了咆哮,他脚下踩出的韵律同时消失。

"拓也,你变了。"

我说话时双脚依旧定立在原地,视线没有移到拓也的身上。

"当然会变。"他丢下这么一句话,"浩纪,反倒是你始终都像个孩子。"

停机棚的后门无情地应声合上。

摇摇晃晃的航程中,

大雪刻画的世界太过寂静,

一切渺无声息。

4

拓也身处梦中。

要拯救这个世界吗?

其实对拓也来说,这个世界会怎么样根本就无所谓,这个世界要怎么发展跟他一点关系都没有。然而,他如果没有这么冠冕堂皇的理由,他便无法贯彻自己的决心。他唯一的愿望不过就是想让那座塔从这个世界上消失罢了。他想要扼杀潜藏在自己心中的那个幼稚心理。

当他破坏了那座高塔,连带使佐由理也无法得救,但是他却可以从自己的过去中得到解放。

"好棒……是飞机!"

梦中的拓也置身废车站旁的停机棚内。佐由理也站在旁边。那是初中三年级时的佐由理。她跑到薇拉希拉的旁边,回过头喊出了这么一句话。

时值炙热的夏天。废车站的周围弥漫着整片浓郁的绿色。

拓也从梦中清醒。

他跳下床,不禁开始咬牙切齿。挨了一拳而显得红肿的脸颊隐隐作痛。

"可恶!"

5

我处在梦中。

脸颊的肌肉传来些许麻痹的触感。颚骨有些疼痛。我的心情糟到了极点。放学的钟声响彻了整个校园。钟声告诉学生们,该是回家的时候了。

春天的气息暖昧温暖且潮湿，湿润的感觉布满了我的每一寸肌肤。梦中的我比起现在的体型稍微小了一寸，以十五岁的年纪走在中学校舍的走廊上。窗外淡粉红色的樱花在风中摇曳。枝头上已经露出了成簇绿油油的嫩芽，风中飘着樱花的花瓣。

找到了刻着三年三班的木牌，我走进教室。在"喀啦喀啦"的摩擦声中我推开了老旧的木质拉门。有人还滞留在教室里面。是哪个同学还留在这里没有回去吗？

是佐由理。

她独自坐在自己的位子上。

当我走进了教室，便看到她连忙擦拭着眼角的泪水。我假装没有察觉到她正在哭泣。此时的她身上穿着体育外套。就一个不适合运动社团的学生来说，放学时维持这副模样其实是相当奇怪的现象，然而我并没有多加思索这个疑点。

面对眼前这个情况我显得有些不好意思，于是稍加解释为何我会回到教室里来。

"我忘了拿东西。"

"这样啊？"

尽管佐由理试图装出平静的态度，然而声音中却依旧带着颤抖。

教室里除了我的脚步声之外听不见其他东西的声音。我一边走向自己的座位，然后为了缓和当下的气氛而开口对佐由理问了一句话。

"泽渡，你还不准备回家吗？"

"啊，嗯……我要回去了……"

佐由理将目光从我身上移开，然后似乎在意起了自己的外表，偷偷地拉了拉运动外套的衣角。桌上放着她的小提琴琴箱。

我歪着头，伸手在自己的书桌抽屉里摸来摸去，然后取出了两本杂志。这么做作的动作其实是因为意识到了佐由理的存在而出现的不自然反应。我感受到了佐由理的视线。

"浩纪，你的脸怎么了？"

她的问话让我心跳加速。

"我跟拓也起了一点争执……"我边说边将杂志放入书包内。

"没关系吧？"

"没事的，我们应该马上就会和好了。"

我说完便将书包的背带扛到了肩上。

"泽渡，我先走啰！再见！"

"啊，浩纪，等我一下！"

我听到佐由理叫住我，于是回头看她。她此时正从椅子上站了起来。

"你要去车站吗？"

"是呀，怎么了？"

"可以等我一起去吗？我马上换衣服。"

佐由理走进了女子更衣室然后关上门，我则靠在走廊的墙壁上等她。视线一直落在女子更衣室的门口怎么想都觉得怪怪的，于是我便转头望向窗外的景色。太阳已经西斜，暖色调的光线透过玻璃投射进了校舍。

此刻的走廊里已经完全看不到人影因而显得空荡荡。女子更衣室的门扉那端微微传来佐由理衣服摩擦的声音，我极力地压抑自己脑中若隐若现的遐想。佐由理不一会儿便换好了水手服走出了更衣室。她的胸前抱着那个小提琴的琴箱。

"我的心里一直都有一种预感……"

这时我们两人正肩并着肩,横越校园里光线有些昏暗的操场。佐由理忽然说出这么一句话。与其说她这句话是对着我说,倒不如说她是在自言自语。

"什么样的预感?"

"一种将要失去什么东西的预感……"

我们走出了校园,横过一条树林旁边的窄道。

"明明这个世界是如此美丽,可是这个世界上就只有我一个人……"

眼前尽是疏落的民宅还有广阔的田地。

"只有我一个人将要远远地离开这里……"

在这一片荒凉的道路上,一台自动贩卖机坐落在路旁。在这个夜幕低垂的时候,那台机器上投射出的白色荧光,此刻散发着一种寂寥的氛围。

我在贩卖机前停了下来,从口袋里取出了散放着的几枚硬币,投入贩卖机内买了两罐温咖啡。我将其中一罐塞到了佐由理的手上,过程中并没有特别注意她脸上的表情。

这场梦里所发生的事大概是三年前……不,应该已经是将近四年前的事了吧。我完全不记得当时的自己到底为什么会做出这样的动作。

现在回想起来那个动作大概有着这样的含义:也许哪天你会离开这个世界,远离所有事物成为孤孤单单的一个人,不过我会永远记得你身上那个拥有灿烂光辉的特质。我将会记得埋藏在你心中的那份温暖。

尽管此刻的我猜想当时自己想要传达的应该就是这样的想法,然而当时的我却无法理解,而这样的情绪要用语言表达也并非这么容易的事情。

我将咖啡交给佐由理之后转身继续往前走,然而佐由理却停留在原地。

我回过头看她。

此时的天空染上了整片低彩度的暗红色。

远方的那座高塔反射着夕阳而与天空融成一体,直挺挺地耸立在佐由理的身后。

佐由理沐浴在夕阳红色的微光之下,置身在这片日暮时分的景致中。

她的身后是那座高塔。把小提琴抱在胸前的佐由理对我露出了浅浅的微笑。

这时,我仿佛看到佐由理正处在这个光辉灿烂的世界中心。

风拂着佐由理的发梢在空气中飘荡,她的视线落在我的身上。

我也看着佐由理。

"是啊,原来如此……"

*

我在废车站的停机棚中醒来。暖炉散发出来的热气烘暖了我的脸庞。才刚梦醒,前一刻的梦境却马上消失无踪。我将手放在额头上坐起身子,身后是停机棚内的沙发床。

"刚刚我好像……"

我绞尽脑汁,试图找回方才消失的梦境,试图找回我在记忆的迷宫深处所找到的那个景象。然而这个十分重要的记忆在梦醒之后消失,只留下残存的情绪让我的内心慌乱不已。

"我好像才想起了一件非常重要的事情……"

为什么重要的事情总是只出现在梦里?为何这些梦总在梦醒时分变得再也无法触及?我不甘就此罢休,持续朝着意识深处摸索。然而,结果终究没有任何收获。

我清楚地体会到什么叫作孤独。此刻的我孤立无援,一切的事情都得自己独立完成不可。而我正是为了自己一个人把所有剩下的工作结束掉才回到这里。

心情开始平复下来。

我熄掉暖炉里的火,走出了停机棚。我的想法变得积极多了。我抬头望向眼前一片令人心旷神怡的蓝色天空,周围一片白茫茫的积雪。推门的声音惊动了四周的鸟群,它们振翅飞向天空。

我在原地停留了一下,利用短短数秒钟的时间眺望了眼前的景色。随后我便飞快地沿着山路朝山下跑去。

我边跑边开始思考自己该做的事情。只要找出具体的方法,一切的事情处理起来都会变得简单。

我得让冈部社长取消炸掉那座高塔的恐怖活动,或者试图说服他延期行动。同时我也得将佐由理从那间大学里的附属医院中带出来,在那座塔被破坏之前到达那里。尽管要做的事情变得多了些,但总会有办法的。当然，我非得让这些事情顺利不可。现在的我，没有撒手或退让的机会。

我穿过了铁丝网的破洞潜入虾夷工厂的围地里面。

如果是过去的我，一定会直直朝中庭走去。然而这次我为了掩人耳目，刻意迂回地沿着外围的铁丝网绕进去。我来到了厂房外头，此时的厂房铁卷门紧闭着，俨然一个没有开口的大箱子。厂房的出入口当然都上了锁，我整整绕了一圈，没有找到任何可以进出的地方。

我朝那栋铁皮屋办公室走去。工厂跟办公室彼此是相通的，然而办公室的出入口也全都上了锁。不过办公室的窗户毕竟跟铁卷门不一样，我贴到窗边，屏息窥探着室内景象。里面完全看不到有人活动的气息。

我蹑手蹑脚地爬上了面对庭院的铁梯，朝着位于二楼的办公室入口走去。入口处的铝门窗上嵌着一片毛玻璃，我贴在毛玻璃上，稍微看了一下门内的状况。

在判断里面没人之后，我用一个空罐子打破了门上的毛玻璃，接着从玻璃外部伸手进去，扭开门锁打开了房门。室内理所当然地没有一点灯光，一片黑暗。

我走进室内。

根据我的判断，用于恐怖攻击的无人飞机大概有五成的概率还留在工厂里。我只要动些简单的手脚，在他们打算让飞机起飞的时候发现就好。

我希望能够让整个恐怖攻击延后半天，顺利的话最好可以让这个行动延后一天左右。

我走进了一个只有单人可以通过的狭廊。

我在走廊的转角被人擒住。太大意了……在我被抓住的瞬间，一股强劲的拉力将我甩到地上，然后我整个人就被压制住了。肩膀传来手臂被硬扳到身后而蹿出的剧痛。在对方的压制下，我要是轻举妄动，关节瞬间便可能脱臼。

一个硬物抵在我的后脑勺上，那大概是我昨天看过的东西。我感觉到自己冷汗直流，全身的毛孔在瞬间放大。

"果然是你，你长大了嘛……你现在这个举动是为了还我写信给你的谢礼吗？这还真是恩将仇报啊！"

耳边传来冈部社长的声音。我无法回头，眼前尽是地板上的灰尘而已。

"冈部社长！"我扬声叫道，"要是把塔炸掉，泽渡会死的！"

"什么？"冈部社长用枪抵着我的那只手，还有扣住我肩膀上的力道完全没有放松。

"泽渡之所以会陷入沉睡，都是因为那座塔的关系！她的脑部跟塔的运作彼此联系着。请您终止这次的行动，如果您不愿意，拜托您至少延后行动，等我把佐由理带回来再展开攻击。"

"浩纪，我听不懂你说什么。不过……"冈部社长低沉的声音在我脑后扬起一阵声音的波动，"这个计划现在是不可能改变的。"

"拜托你，冈部社长！"

"不行，这已经是决定好的事，不可能更改。还有，我也不会让你离开这里。"

一股寒意蹿上了我的心头。冈部社长手上的那把枪抵住我的后脑勺,强势地将我的头压到了地上。

我会死,这是我生平第一次感受到自己可能会死的事实。

尽管我想要挣扎,却因为冈部社长整个人的重量都压在我的脚上,让我完全无法动弹。我眯起了眼睛……

"等一下!"

这声音让我的身上蹿起了一阵痉挛,瞬间我以为自己已经遭到射杀。接着一阵脚步声走近,这是我所熟知的节奏。

"怎样啦?"冈部社长开口说道。

"请让我们两个人来执行那座塔的爆破工作。"这是拓也的声音。

我试着抬起头,枪口冰冷的触感此刻更贴到了我的后脑勺上。他右手环在身上,左手包着三角巾,乍看之下仿佛双手叉在胸前的模样站在走廊前端。

"我跟浩纪会把塔处理掉。我们可以用薇拉希拉一起载运佐由理跟飞弹完成这次的任务。只要让佐由理到达那座塔,她就可以清醒过来。在这之后我们再把飞弹射出去。"

"哦?"

"无论如何,为了佐由理都得把那座塔给炸掉。只要佐由理醒过来,那座塔会怎么样都无所谓了。为了佐由理……不,不对,我们是为了自己而要飞到那座塔那里去。"

"……"

"拜托您,冈部社长!"

"拓也!"我从喉咙深处尽力地发出声音。

"岂能就这么顺着你的意思去办?"

冈部社长的一句话让拓也手腕上的肌肉一下子绷紧了。

一阵无情的沉默弥漫在整个空间之中。

从我的角度只能看到拓也的身影。他瞪大了眼睛睨视着冈部社长。拓也的肩膀几度因呼吸而起伏。

"……我是想这么说啦!"冈部社长说话时从我身上移开了自己的身体,"不过我这个人呀,对于这种说辞总是没办法拒绝。再说威尔达成立的宗旨,本来就是让原本被迫分开的事物恢复到原有的模样……你们可一定要把那座塔给破坏掉哦。"

"冈部社长……"

我带着急促的呼吸,口中数度重复着同样的词句。

"我会把飞弹锁定程序的资料给你。"冈部社长敲了一下我的脑袋,然后转头对拓也说道,"你们赶快把那架飞机完成,好把这些资料输入到那架飞机上去。"

拓也听了终于将三角巾底下紧握的那把手枪塞回到了口袋里。他随后又在牛仔裤上来回擦拭着手心的汗水。

6

拓也开车奔驰在夜晚的街道,思考着接下来该怎么办。现在的他没有时间尝试各种复杂的计划，而且到了现在这个地步，也只剩下唯一的方法。

拜托笠原真希帮忙。

然而拓也其实并不想把她卷入这次的行动，而且无论如何都希望能够避免。不过拓也已经别无选择。他没有时间了……

拓也带着半推半就的意志将车子驶进了大学的校园。他将车子停放到平常没有人使用的地下停车场，然后来到富泽研究室专属的实验室。

"你现在这个时间还来实验室呀？"

时值凌晨两点钟左右，笠原真希却还坐在自己的位子上面对着计算机桌。拓也原本打算打电话把她找出来，却因为没有在这里碰见她的心理准备而产生了些许意志上的动摇。

"你也是，怎么这么晚还留在这里……"

"我得料理那位患者的事，所以今天值班嘛！"

"是喔……"

"本来预定要把那个孩子送回本国去的，结果最后没有赶上……"真希转过椅子面向拓也，"明明这两天就可能要开打了。"

拓也走到真希附近的桌子旁边，将身体轻轻地靠到了桌上。桌上放着一本最新的新闻周刊，他顺手便拿起了那本杂志。

"该怎么办呢？"拓也开口说道，"其实战争就在眼前，也许现在已经不是该处理那个孩子的事情的时候了……毕竟要是战争的规模扩散开来，我们研究那座塔的意义也许就会跟着消失吧。"

"你不要说这么叫人感到害怕的事情啦……听说甚至会有恐怖攻

击。不晓得这是真的还是假的。"

"攻击哪里?"

"就是那座塔呀!你没有听说吗?"

"没听说呢!你从哪里听来的?"

"也许这个研究室也会成为攻击的目标吧……"

真希拿起了一根百吉巧克力棒放到了嘴里。

"讨厌,这么说起来,这两天不是最危险的时候吗?"

"没事的啦。"拓也淡淡地答道。

"为什么你会这么说?"

"因为这里只是以研究那座塔为目的,跟南北分裂的原因扯不上关系。威尔达只是为了反抗南北分裂的现况而行动而已。"

"哦?"

"所有的问题都是出在南北分裂上。把原本完整的事物强行切割开来终究是会造成问题的。真希,其实我最近开始觉得,也许月卫博士所要做的就是同样的事情……"拓也翻着杂志开口说道。

杂志的内容正是战争危机的特别报道。

特报!恐怖攻击的威胁

跨越最后一道警戒线的倒数计时!招致长期战争的国际情势……

书中充满紧张气氛的标题。

"塔的周围出现了拓扑变换……造成这种现象的原因无从得知,

虽然那个现象大概可以断定是塔的功能失控,不过我也在想,也许那根本就是艾克森·月卫刻意设计的陷阱。这其实是一种恐怖行动,他想借此表达自己对于南北分裂的抗议。要是这个状况还要持续下去,那么他就干脆把虾夷、本州,还有联邦国一起葬送掉……"

真希圆睁着眼睛盯着拓也。她拿着百吉巧克力棒的手整个僵在那里,一动也不动。

真希忽然将视线从拓也身上移开。

"你有时候会给人一种不可思议的感觉呢!总觉得你身上好像藏有很多秘密。"

"不,没这回事。"

真希从椅子上站了起来,开口驱散此时弥漫在两人之间的尴尬气氛。

"抱歉,我去泡个茶。"

她走向拓也,然后在绕到茶水间之前,伸手指了一下自己的脸颊。

"等等,我帮你处理伤口。"

真希冲了两人份的咖啡,然后到共享的置物柜取出了一只急救箱。她回到实验室要拓也坐下,于是拓也便听她的话乖乖地坐到了椅子上,让真希为他处理脸上的伤。

"你最近浑身都是伤呢!"真希一边帮拓也涂药,同时开口说道。

"抱歉……"

"发生了什么不得了的事情吗?"

"没有,没什么特别的事情……"

她站到拓也的面前，帮拓也贴上一块创可贴。此时真希微微隆起的胸部，跟着她胸前的那张识别证一起横在拓也的视线前方。他察觉到每当自己接受了对方的温柔，他的心灵便会变得怯懦。有姐姐是这样的感觉吗？虽然有些不太一样，不过应该非常类似才对。

"抱歉……"拓也再一次吐出方才已说过的话。

真希在短暂的瞬间皱了一下眉头。那个瞬间的表情一下子便消失在她的脸上，随即恢复成平常的模样。她开始收拾用过的棉花棒。

"他是我以前最要好的一位朋友。"拓也喃喃地径自开口说道。

"咦？"真希听了回过头来。

"就是打我的那个人。我们过去有着同样的憧憬，怀抱着相同的目标。"

"嗯。"真希温柔地点点头。她总是这么温柔。

"不过我们各自到了不同的地方，也失去了自己的目标……该怎么说呢？我不知道该朝什么方向前进，然而我的体内依旧充满了一股莫名的力量跟冲动，我无处发泄，总觉得自己仿佛被困在什么地方一样……"

"嗯。"真希应声暗示着拓也继续说下去。

"所以当我来到这间研究室，我整个人才得以安心下来。因为我觉得自己好像找到了自己该做的事。除此之外，能够碰到你也让我觉得很高兴。"

他抬头望着真希。眼前的这个女生脸上泛起了一阵红潮。

"所以……"拓也说着站了起来，"所以我真的不想把你卷入这个事件。我不希望这种事情发生。"

拓也走到可以搂住真希的距离，想要抱起她但终究还是作罢。她抬头看着拓也。

拓也伸出手，然后取下了真希胸前的识别证。

真希尽管对此感到困惑，却也没有抵抗。她抬起头来带着渴望获得解释的眼神看着拓也。

拓也将识别证放入口袋以后回头看了真希一眼，随后便朝出口走去。他的眼眶泛起了泪水。拓也知道自己就要哭了出来。真希散发出了一种不同于以往的感觉，拓也察觉到了，但是她却没有任何的行动。拓也终于伸手操作起了门边的开关。

"我现在有非完成不可的事情。等到一切都结束了……我想再回来找你。"拓也说话时回头看了真希一眼。

她忽然惊觉，这是临别前的词句，而且她领悟到了这样的说法很有可能是再也见不着面的告别方式。真希惊叫着拓也的名字，同时朝着拓也的方向跑去。

拓也在真希跨出第一步之前便打开门，然后很快地跨出了实验室。他离开后立刻将门关上，同时用真希的识别证将门上了锁。这栋大楼里，只要没有识别证所有的门都打不开。

拓也站在走廊上，一直盯着自己锁上的门扉。他伫立在原地好一会儿，心想门的那端，真希一定拼了命地敲着这扇无法开启的门扉。然而这扇门厚重而得以将空气隔绝开来的设计连声音也透不出来。

拓也终于下定决心而迈开了脚步。

拓也抱着一袋整理了私人物品的运动背包来到了特殊病房的

门前。

他使用了真希的识别证刷过门边的读卡机。空气活塞运动的声音中,厚重的自动门向侧边滑开。

佐由理的身体还是跟上一次看到的时候一样,维持着同样的姿势躺在床上。

真美……这种美感仿佛一支箭,穿过了正确的途径深入复杂的迷宫而直接一击贯穿灵魂深处的意识一般。

这样的感受让拓也在触碰这位女性的时候心中多了一份敬畏之情。

"泽渡……"

拓也抱起这位女性,很快地帮她穿上了自己为她准备的衣服,然后用外套将她裹住。

"泽渡,这次我们一定带你去那个约定的地方。"

他背起了佐由理,走在四下无人的走廊上。通往地下停车场的路上,有个人挡在拓也的面前。

"白川,你现在回头还来得及。"

富泽教授的脸上显出了过去从未有过的严肃表情。

"教授,您所指的是什么呢?"

"我可以让你现在就把那个孩子带回到病房里去,然后放你一个礼拜的假在家里休息。我会把这一切当成从没有发生过。我会忘记这件事,你也不会记得,真希也会愿意配合的。你要不要考虑一下?"

"不,教授,我非得赶上另外一件更重要的任务不可。"

富泽教授听了之后夸张地叹了一口气。叹气是他的习惯。

"白川,你最好听清楚。这个孩子现在可是美日联军这边最为重要的实验体,要是你把她带走了,你想想会有什么样的后果?别说是研究工作了,恐怕你今后一辈子都无法在非共产主义国家生活了。"

"大概吧。"拓也回应了一个坚决的语气,"不过,也许她还有救……"

"坦白说,比起她,我更重视你,白川。你拥有才能,如果可以的话,我希望你继续现在的研究工作,然后有朝一日以一位杰出研究员的身份光耀于世。"

"我只能跟您说声抱歉了……"

"其实除此之外还有拓扑变换的问题。要是她清醒过来,这个世界也许会整个儿消失。"

"关于这点,我们会设法解决的。实际上,我们也已经想好解决的方法了。"

"威尔达吗?"富泽教授清楚这个计划,"事情会如你们所想的那么顺利吗?你打算以全世界作为赌注而奋力一搏吗?"

"是的。"拓也点点头,"我是打算这么做。"

这句话说毕,两人彼此交望的眼神转而锐利。

"这条路对你一点意义也没有……"富泽教授先一步开口说道。

"不,教授。这是我必须选择的道路。要是不这么做,我的灵魂将会永远干涸死去。"

拓也在开口的瞬间明白到,尽管这样的说辞只是为了应付富泽教授,但是对他而言,实际上就是如此。

"教授,您没有遇过非得舍弃一切也要完成的事情吗?对我来说,现在就是这种情况。"

富泽教授的表情明显露出了些许动摇的心绪。看来拓也的言辞确实击中了富泽教授心灵深处的某个核心部分。

"其实一直到前一刻为止,我的决心都不是特别坚定。不过跟您聊了这几句话,让我确信我必须这么做。请您让开。"

"……"

"请您让开。"

富泽教授终于无力阻拦,让出了去路。拓也与富泽教授擦肩而过,笔直地朝着前方走去。而此时的富泽教授,只能眼睁睁地看着拓也通过自己的身边。

"教授……"拓也说话时并没有回头,"真的很感谢您的体谅。"

他说完便再度迈开了脚步,头也不回地离开这个地方。

拓也的房车行驶在一片漆黑的夜空下。一路上几乎所有的信号灯都只是一明一灭地告诉驾驶员缓速行驶。偶尔碰到了红灯,拓也便会回头确认躺在后座上的佐由理。他这趟车程中没有抽烟。

前面没有车子行驶,对面也没有来车,拓也花了一个小时便来到了虾夷工厂。冈部社长靠在办公室一栋二楼阳台的栏杆上等着拓也回来。他看到拓也的车子驶入工厂的围地便走下阶梯来到中庭迎接他。

拓也走下车便听到冈部社长开口问道:"小妞真的可以因为飞到

那座塔而醒过来吗?"

他问话的同时探头看着车内身上包裹着一件毛毯的佐由理。

"其实我刚开始也是半信半疑的……不过我现在可以肯定她一定会醒来。"

拓也看到冈部社长点起了香烟,自己也跟着叼了一根。他吐了一口轻烟然后接着开口说道:

"那座塔大概就是佐由理跟这个世界之间唯一的联系。就连她现在处在梦中,也一直等着薇拉希拉来接她。泽渡在陷入沉眠之前知道自己将会跟这个世界分离,所以事先拜托我们,要我们救她……其实我跟浩纪,不知道从什么时候开始,就一直有这样的感受。"

拓也将烟蒂扔到了地上,用脚踩熄了。他没有吸多少口,因为他的身体不知道为什么没有对尼古丁的渴望。他低头望着脚下的视线此时又拉回到了冈部社长身上。

"薇拉希拉是两人座的飞机,我的手伤成这样也不能驾驶,所以我会留下来看着那座塔的结束。冈部社长……我可以问你一件事吗?"

"什么事?"

"你为什么会愿意让我们两个人来做这件事呢?"

"这个呀……"

"老实说,我觉得在这个时候改变计划,让整个行动增添一分不确定的变量并不是威尔达最好的选择。为什么你会同意?"

"这个嘛……"

冈部社长含着烟草自顾自地笑了一下然后接着说道:"以前有两个妄想要做一架飞机的小鬼……不是指你们,是更久以前的事。"

"咦?"

"那是一架螺旋桨式的水上飞机。他们为了吸引一个女生可是拼了老命呢!"

"……"

"我只是想起了有那么一件事而已……"

"那两位是否都是我所认识的人呢?"拓也听了之后开口问道。

"你说呢?那么……我也回问你一个问题。"

"请说。"

"让你这么做的理由是想要救那个小妞吗?"

"也有。另外泽渡也曾经拜托过我们,而我们答应了,所以我们有履行这个约定的责任。除此之外,我也是为了我自己。许下的约定就必须要完成,这是为了我自己。我无法抱持着愧疚的心情过一辈子。我必须证明自己是个信守承诺的人。"

"原本只是个装模作样的小鬼,现在真的长大了呀?"冈部社长叼着烟露出了爽朗的笑容。

语毕,他忽然狐疑地抬起头望向了天空。

"咦?我才刚觉得冷,竟然就真的下起雪来了。"

雪花片片疏落地从空中飘了下来。这个时候垂直看向天空,雪片会像是从视线的消失点中向外散射开来的模样。它们不时地围绕着这个经由视觉虚拟出来的圆心画出螺旋状的弧线,无数的白色结晶从空中洒落。

"趁着大雪之前我先离开了。"拓也开口说道。

"嗯……对了,提醒你一下。"

冈部社长靠近拓也,用力地在他背上拍了一下。

"好不容易和好了,你们可得珍惜这个默契呀。"

*

到前面一段为止,是拓也日记里写到的最后一个段落。

这些我从没有亲眼见到的情境,过去不止一次地出现在我的梦里。

7

我忍耐着下雪的夜里特有的一种了无生气的氛围,来到了废车站旁的停机棚里。进了停机棚,我埋首在自己用了三年多的笔记本电脑前。

由于薇拉希拉采用的是线传飞控系统①,即全计算机控制的平衡系统。也就是说,程序方面必须分毫不差,而且拥有能够完全掌控飞

---

① 线传飞控系统,为了因应音速飞行下的灵活度,飞航工程师舍弃了传统油压传导的飞航控制系统,开发出以计算机计算辅助飞行的系统。这样的设计排除了高速飞行下,人为的平衡调整受限于人类的反应速度而相对显得迟缓的缺陷,成为操作杆与平衡系统之间的协调机制。

机每一个细微机件平衡的高精密度。这样的程序撰写工作好比在人的身体内设计每一条细部的神经一般,是连接意识与肉体的作业。虽然这只是为了三年前我跟拓也携手合作的工程进行收尾工作,不过我在程序方面的反应力一直都显得相当迟钝。

我在 BIOS 的序列中判读需要调整的项目。闪烁的绿色文字折腾着我的眼睛,让我觉得疲惫不堪。

"是哪个档案呢……这个吗?"

我喃喃自语的同时输入了预想的文件名称。这个动作让驾驶舱内的荧幕发出了警示音。

指令出错。手边的计算机液晶屏幕上出现了红色的文字——BIOS 的版本不对啦!不会好好确认呀,猪头!

不悦的情绪瞬间涌上心头,我闭上了眼睛叹了一口气,不禁喃喃地抱怨。

停机棚的后门传出了门被拉开的声音,我的神经不禁抽动了一下。

拓也迈着迟缓的脚步走了进来。他背上多出了一个人影。看到那一头带着斑驳白雪的乌黑秀发,我整个人瞬间僵在那儿。我回过神连忙将桌上还点着火的那个暖炉搬到沙发床的旁边,等着拓也将背上的那个女生放到沙发床上。他为佐由理裹上了棉被。

我跟拓也一起默默地看着她的睡脸。

尽管十八岁的她在这三年间外貌有着显著的改变,却跟我所梦到的模样没有一分一毫的差距,过去的那些梦果然不只是梦……

佐由理安静地沉睡着。暖炉融掉了她身上的雪片,雪水顺着她的发梢滑落。

佐由理现在就在这里……她不再只是出现在我的梦中。

我的胸口涌起一股激荡的情绪。

只要我们谁也不开口说话,也许我们就能一辈子像这样看着佐由理终老,然而我终于还是打破了沉默。

"拓也,BIOS 该用哪个版本才对?你不是在之前改变了方向舵的位置吗?没有变更设计之后的 BIOS 版本了。"

语毕我才察觉到,前天我们彼此赏了对方一拳之后今天是第一次对话,我忽然感到一阵难以言喻的羞怯之情。也许拓也也是一样,整张脸红通通的。他随即从衣袋里取出了一张盒装的光盘片,然后抛给了我。我睁大了眼睛盯着接过手的光盘,上面什么也没写。

"在那张光盘片里面。除了 BIOS 之外,导向飞弹的程序也在里面……现在还剩下些什么工作?"

"超导马达的配线工作还剩下一点点……还有一些软件部分。"

"我透过冈部社长听到了一些跟美军有关的情报。"

拓也从自己的口袋里取出了一台笔记本电脑然后继续说道:

"宣战布告预定在五个小时之后发布。我们唯一的方法就是趁着开战时的混乱局势飞进虾夷岛。软件方面我来搞定,配线部分就交给你了。"

"好。"我应声之后,随即吐出了方才一直闷在心里的不满,"不过拓也,你写那个错误信息是怎么回事?"

"什么怎么回事?"

"就是确认 BIOS 版本的那个信息呀!你真是够可恶的!"

"确认 BIOS 版本的信息?"他歪起了头想了一下,"哦!你说那个呀。那个部分是你负责的吧?三年前的那个时候……"

"咦?"此刻我的心情仿佛踩到了香蕉皮而滑了一跤,"是这样吗?"

好像真的是如此。

拓也撇起了一边的嘴角笑道:"看看你的蠢样!猪头!"

拓也转眼间便完成了软件方面的收尾工作。尽管必要的档案全都在他的计算机里面,不过几个小时就把这些部分全处理掉还真的只能用神速来形容。

"这种东西简单啦。"他一派轻松地说道,"知道自己该做什么事,剩下的就只有动手而已了。最难的部分在于决定要怎么做。"

正是如此。他的想法跟我不谋而合。

我正在为马达做最后的调整,先利用搬过来的发电机帮电池蓄电,然后接上泵将燃料灌进油箱。现在回想起来,这里竟然有大量的煤油被弃置了好几年,真是危险……发电机跟泵的振动集合成了嘈杂噪音,让我整个人充满了干劲,心中涌出了一股跃动的情绪,一种生命力。

外头的天色慢慢地亮起来,太阳马上就要跃出地平线。

我进入了驾驶舱开始确认显示屏幕还有各个开关,然后踩着踏板确认方向舵的状况,同时交互活动着高升力装置还有辅助翼。制动器传来悦耳的声音。

行了!

薇拉希拉大功告成……

我握住了操作杆,呈现茫然状态。

忽然间驾驶舱的下方传来拓也的声音。

"浩纪,你过来一下。"

"什么事?"我闻声探出头来看向拓也那边。

"津轻海峡的交战状况预测已经出来了。"

我从飞机上下来,朝着拓也面前的那张桌子走去。

"大概跟我们预想的一样。"

他的笔记本电脑上映出了青森至北海道间以津轻海峡为主的地图,我站在拓也的背后看着屏幕上的资料。这张图上标示着各个地点上战力配置的百分比。

"前线大约落在北纬四十二度左右……"看来美日联军还有联邦国两边都预测会在海上交锋,"虾夷陆上……特别是塔的周围,几乎呈现没有防备的状态。"

"这是因为那个地区几乎都被塔的运作给侵蚀掉的关系吧……"拓也解释完之后开口向我问道,"你怎么打算?"

"这个嘛……"我稍微思考了一下之后伸手指向笔记本电脑的屏幕,"在飞越海峡的过程中以喷射引擎采取超低空飞行……等到穿过飞越北纬四十五度的交锋线,然后在这条山脉一带提高高度,做巡航飞行。你看这个策略怎么样?"

"嗯……不过这么一来会直接进入空战地带呢!"

"对。"

"都已经这个时候了,要是被打下来,那一切可就都玩完了啦。

你觉得这样没问题吗?"

"开战前其实警戒会比较严密,这时候不能飞吧?我们终究只能在别人忙着打仗的时候趁乱飞过空战地带,除此之外别无他法了不是吗?"

"是没有。"拓也毫不犹豫地答道,"不过你看来真的已经做好心理准备了。"

"也许是因为麻痹了吧!"

拓也操作着计算机,调出了另外一个画面。

"等你飞到塔那里去,泽渡醒来之后,塔周围的拓扑变换会再度启动。这时候你得马上掉头飞离那个地方,然后在距离塔十米的位置发射导向飞弹。飞弹从飞弹架上射出之后就会自动导航以塔为目标飞去……接着一切就结束了。"

"嗯,我知道了。"

拓也将椅子朝后方退了一步,然后撇过头看向聚光灯下的薇拉希拉。从这个角度,他可以将整架完工的机体形貌尽收眼底。

"距离开战还有两个小时,我们比预计时间早完工呢!"他说。

我望着薇拉希拉,然后仔细地检视着它的每一个部位。我花费在它每一块机件上的苦心此时正在我的心中沸腾。尽管迟了许久,我们终于一步一步地将要实现彼此对自己许下的约定。剩下来该做的,就是完成我们跟佐由理之间的约定了。

突然间,一阵奇妙的异样感蹿上了我的心头。

"这东西长得还真是怪呀!一般人看到它,大概都会问'要是不能顺利起飞的话怎么办'吧。不过,我倒是从来不曾有过这样的想法。"

拓也听了率性地答道："它是我们以能够飞行为前提而制作的，当然能飞啰！"

"听到你这么说，我就觉得一切都没问题了。"

"你明明从来就不觉得它会出问题，还画蛇添足加上这么一句干吗？"

没错，"以能够飞行为前提而制作的，当然能飞啰！"没有比这一句话更贴切的了。

我从没想过我们制作的飞机也许飞不起来，当然也不可能飞不起来。

所谓的力量就是这么回事——无所惧。

"浩纪，我可以问你一件事吗？我不知道这种疑问到底是来自天马行空的想象，还是直觉……"

"什么直觉？"

"你该不会学过小提琴吧？"

"真被我说中了呀？"拓也咪咪地笑道。

我心不甘情不愿地拿起了佐由理的小提琴开始调音。

令人难以置信的是，这把小提琴几乎没有走音，而且音色非常棒。调音的工作一下子便完成了。这把小提琴也一直留在这里，停留在三年前的时空……

拓也坐到地上。暖炉放在他的身旁。我站在薇拉希拉跟拓也的中间，面对着薇拉希拉开始确认小提琴的音阶。

"面对我拉呀！"

"你啰唆！"

我转过头，看到的是拓也一脸爽朗而愉悦的表情。

"要给你拍手吗？"

"你闭上嘴安静听啦！"

有那么一瞬间，笑容中丝毫没有芥蒂的拓也在我的眼里，跟他三年前的模样两相重叠。

我深深地吸了一口气，然后呼出来，然后背对着薇拉希拉开始拉起了我手中那把小提琴。

第一首曲子是《向星星祈愿》，是一首简单而好听的曲子。我很喜欢。这首曲子让我抓住了佐由理的小提琴音色方面的独特性，不过这还是我第一次用有共鸣箱的小提琴演奏。

在《向星星祈愿》之后我又拉了几首流行音乐。因为我平常多半都会收听广播，所以对于流行音乐其实相当熟悉，然后我又拉了一首英国古典摇滚乐。

接着是萨蒂的《天空前奏曲》。我之所以会选这首曲子是因为它的曲名，这是一首让人心情雀跃得静不下来的曲子，跟现在这个嘈杂的心情十分吻合。

到了这里，我忽然有一首想拉的曲子，于是转而选了一首爵士小提琴曲。琴弓拉出来的第一个音符便带动了当下的气氛瞬间改变。接着是一阵复杂的旋律，我感受到自己的手指头快速地舞动，顿时涌上了一种畅快的感受。

我拉得忘我。

直接由共鸣箱发出来的声音相当悦耳，小提琴的每个部位一起作用而发声。声波回荡在整个空间里面,夹着小提琴的下颚也直接地将音符传入了我的脑海之中。

我成了曲子的一部分。

最后收尾的是佐由理演奏过的那首曲子——《来自远方的呼唤》。

这首曲子我至今拉过无数次。不知何时开始,我已经拉得比佐由理还要好上许多。我可以完美地诠释其中的每一个音符,然而这样的结果却让我觉得有些落寞。

不过为什么呢?此时我手中的旋律却仿佛第一次听到。

《来自远方的呼唤》……这是这么动听的一首小提琴曲吗?

屋檐、墙壁,停机棚内四处的缝隙透进了阳光。尽管距离太阳攀升上天空还有一段时间,不过此时外头应该已经有些明亮。

拓也脸上忽然显得有些焦躁。此时的我,尚不知他过去三年究竟发生了什么事。

佐由理依旧躺在沙发上沉睡着。我忽然想起了过去三人共同在外头那片草原上漫步的模样,佐由理背着她的小提琴琴箱,走在我跟拓也的前面。她不时回过头看我们,脸上带着一脸愉悦的神情。

佐由理曾说,她有种一切将要消失的预感。

现在这个时候,这样的预感也同样涌上了我的心头。

我拉着小提琴,然后闭上了眼睛……

停机棚的外头此刻一定下起了雪。

细雪中的废车站月台、细雪中的车站建筑,风化而残破不堪,却从四处透进晨曦光辉的路桥……

我想象着停机棚外的景致。

真美。

太美了。

我深爱着这一切。

下一刻我们听到了宣战布告的第一手报道。

8

我们将佐由理搬上了薇拉希拉的驾驶舱后座,并且帮她绑上了安全带。我跟拓也用尽了力气一起把薇拉希拉从停机棚中推了出来。打从开始建造这架飞机的工程起,我们就始终都在板车上作业。而这辆板车也是一开始就搬到了外头连进停机棚内的铁轨上。因为这个预先就设想到的制作准备,让我们最后移动的工作轻松不少。而在开始建造之前,我们就已经计划好将这架板车当成飞机起飞的弹射装置了。

我们将停机棚的大门完全敞开,让飞机整个暴露在黎明前的夜雾中。

我们推着薇拉希拉沿着铁轨移动,同时抬头仰望着天空。在地平线边缘的天色是偏橙的红色,而天顶的部分几乎还是夜色未褪的深灰色。

我们在轨道交换器的地方扳下手把,改变了铁路的连接方式,将薇拉希拉推到了预定的直线起降跑道起始处并固定板车的轮子。

我上半身钻进了驾驶舱,启动引擎的点火器。薇拉希拉的引擎在此刻获得了生命,喷射引擎尖锐的音爆扬起了机尾后方的空气而产生强烈的震荡。这种让人振奋不已的异样感甚至让我期待着佐由理会不会早一步在这个阶段就从梦中清醒。

这段时间里,我跟拓也没有什么交谈。我们从不会说些言不及义的话来维系彼此之间的默契,这不是我们两人的相处模式。

我坐进了驾驶舱,前座不像佐由理坐的后座有椅背可以靠。其实前座本来也有椅背的设计,不过我们为了将后座的输入设备全部集中移到前座而把它拆掉了。没有椅背最大的问题是在起飞过程中面对G力的时候,我可能比较没有办法稳定身体的姿势。

不过,这个缺陷倒也让我可以一回头就看见佐由理。

我跟拓也在起飞前默默地再看了一次佐由理的容貌。我是直接转过头面向她,拓也则是爬上驾驶舱用的阶梯。

一会儿之后拓也帮我关上了滑动式的挡风玻璃,然后下了阶梯离开了飞机。接着他只是静静地看着我们,没有特别做些多余的手势或要我们出发。

我转头面向前方,看着直直朝着北方延伸的起降跑道。

在这条铁轨的彼方,那座高塔便耸立在海峡对岸的岛屿上。

这时的津轻海峡上已经可以断断续续地看到几盏明灭交错的火光。一定是双方已经开始交战了。

我抬头往上看去,美日联军的战斗机编队划过了天空,留下宛如爪痕一般的飞机云扬长而去。我已无法分辨身上的震动究竟是引擎引起的,还是我紧张的情绪使然。

我耐着瞬间蹿上心头的麻痹感,同时将操作杆向后拉动。喷射引擎的音频顺势上扬。

这时我开口给了自己一个必备的指示。

"起飞!"

我的声音在引擎的音爆中完全听不见。

板车的安全锁解除,喷射引擎的力量在解放的瞬间发出了咆哮。

我仿佛置身在云霄飞车高速驶进回旋道的过程中。由于前座没有椅背,我于是将身体大幅度地前倾。前方的景物在瞬间来到了眼前,然后被薇拉希拉抛到了身后。视线中的一切急剧地以放射状的方式消失在视界的边缘。我让薇拉希拉带起了一阵高速,视界变得狭隘,同时身体也在这阵高速之中不断地被压向后方。

原野边的山岬来到了眼前。

我使劲地握住了右边的操作杆。机体下方传来一阵冲击,这是用以分离板车与机体之间的爆破装置使然。

我的直觉告诉我飞机已经离开陆地。薇拉希拉脱离了铁轨开始航行在透明的空气轨道上。瞬间,心理上一种强烈的退缩感化成了具象的触觉侵入我的大脑。

山峰的棱线沉入了视线下方,云层也同时从视线上方潜了下来。强烈的风压冲击着驾驶舱前的挡风玻璃。

"也许我再也没有机会回到这个地方了……"这种类似舍弃希望

的解放包裹着我的全身。

我在天空中翱翔。

坐在喷射机上飞行的感受几乎与"优雅"二字无缘,我极力地抵抗机体航行中的强烈震荡。身体在强烈的力道中拉扯。剧烈的震荡撼动了我的内脏,让我几乎要吐了出来。飞行中的我不禁担心脑浆会不会就这么被震碎。其中最为难受的则是视线的晃动,我在双手几乎麻痹的触觉中紧紧地握住操作杆。

用力地握住操作杆其实反而会让机体的震荡更扎实地传达到我的手上,然而我却非得这么做不可。飞机可能就此解体的恐惧感侵袭着我,驾驶舱跟挡风玻璃之间的接缝处传出了"喀哒喀哒"的声响。这让我不禁开始怀疑自己是不是有哪些地方做得不够扎实,然后薇拉希拉的航程便会在那个偷工减料的地方开始解体而结束。我拼命地压抑脑中想要拉回操作杆掉头回去的冲动,让薇拉希拉持续地全速飞行。陆地已经消失,广阔无尽的海洋横在视线的下方。

到海上了……

我多花了一点时间才察觉到飞机已经离开了本州,海面上弥漫着一片雾气。

——我得飞过这片海峡!

强烈的寄望让我将操作杆前倾。薇拉希拉压低了高度,在贴近海面的距离低空飞行。我不禁怀疑起了海面的浪花是否会打到飞机的机腹。尽管我无法回头,但由于飞机飞行时的真空效应,后方肯定扬起了一阵阵的波涛。来自海面的反作用力让薇拉希拉机首不断地上扬。我使劲地不让飞机减速,并且压低机首。这个动作让我的身体自然前倾。

　　海面扬起的水蒸气打湿了飞机的外壳。我看着前面,远方出现了许许多多的黑色船舰身影。尽管此时它们在视线中因距离远而显得渺小,但其实应该都是大型的战斗舰。在那些舰艇的空域,各方的火线不断交错。数道连续的火光朝着天空画出了倾斜的直线。那大概不是机关炮就是固定式火箭发射器射出的飞弹。然而从远方看去,那不过就像冲天炮一般的规模而已。我根据屏幕指示的路线,避开了远方的战区。

　　在不祥预感的驱使下,我抬头望向天空。上方正进行着一场近距离的空战。

　　灰色与海军蓝的两架战斗机持续在空中追逐,其余的数架则像夏天的苍蝇一般窜来窜去。我不禁缩起了脖子,好像还喃喃地发出了一点声音。

　　薇拉希拉的雷达隐秘性非常好,只要没有被肉眼搜寻到,就不会被发现。再说他们大概也没有任何一架飞机有余力注意低空飞行的薇拉希拉。

　　我试图这么安慰自己。

　　天空中有两架飞机垂直朝下方飞来,F-23的后方尾随着一架米格机。F-23在我的正前方急剧地掉头攀升,米格机亦尾随而去。下一个瞬间,米格机射出了空对空飞弹。这个情景犹如一只肉食性的鱼类锁定眼前的一只猎物,一口气冲了出去一般。

　　在飞弹击中之前,那只肉食性鱼类的猎物几度拍动了方向舵,像极了动物临死前的挣扎。这架F-23在我行进的路线上爆炸,那是极为强力的爆炸，凝缩得紧密的黑烟仿佛带着固体的扎实触感。

我闪躲着散落而来的飞机残骸，细小的破片依旧打在薇拉希拉的身上发出了声响。

此时机首仿佛轧到了什么东西。

挡风玻璃染上整片的鲜红色。我察觉到飞机撞到了某种软质的物体，让我瞬间扬起了一阵哀鸣。

我眯起了眼睛，身体因战栗而颤抖，然而我依旧没有松开手中的操作杆。我不顾一切地继续飞行。风压驱散了挡风玻璃上的红色液体，前方的景物此时再度映入了我的视线。尽管挡风玻璃上的血痕已然全部消失，我慌乱的气息却无法平复。

我扬起了一阵毫无意义的嘶吼。在这阵号叫之中我抬起了头。

一个令人感到亲切的景物映入了我的眼帘。

"陆地！"

我喃喃自语的同时，薇拉希拉已经离开了海峡，进入了北海道的领域。

我拉起了操作杆，将操作杆固定在扬起机首的角度而放空了自己的意识。在一种虔敬的心情下，我注视着大气的流动。

薇拉希拉穿过了云层，飞到了距离地面极高的空域。它浮出了云端。

我终于来到了世界的尽头。

9

此刻我置身在整片天蓝色的世界。我喜欢蓝色。如果这个世界是由某位设计师从头到尾统合规划出来的,那么这位设计师在蓝天中铺设了白云的想法真可以说是天才。海面上的雾气与白烟已然消失,包围着我的只有透明澄澈的空气而已。

我关掉了引擎的油门,喷射引擎的音爆与机体的震荡随之消失。

同时间我握住了控制超导引擎的启动手把。解除安全锁的同时,我缓缓地将手把上提。

这时候,一片横在驾驶舱上方的水平刃状物分成了前后两半。它原先的模样乍看之下有如薇拉希拉的主翼,但其实跟飞机的扬力作用毫无关联。前后两块水平的刃状物分别以两道各自的轴心做出了些微的倾斜,然后在我的面前一前一后地开始以顺时针及逆时针的方向旋转。

那是两道螺旋桨,这时候代替了喷射引擎成为薇拉希拉的飞行动力。

我早就想这么做了。

两道螺旋桨以两种不同的方向快速回旋,它们带动了大气的流动将气流往飞机后方拨送。超导马达的声音几乎传不到机首。若非竖耳倾听,完全不会注意到马达的声音。

它非常安静。我翱翔在这片令人心旷神怡的蓝天之中。

只要稍微瞥一眼,我便可以看到下方的世界。底下空无一物。在这够不到地表的高空,下面除了透明的空气之外什么也没有。尽管这对现在的我来说根本是理所当然的事情,然而一旦肉眼确认过之后却会在心理上出现些许的恐慌。这里跟虾夷岛的土地之间有一段很大的高度差,看起来就跟空中摄影一模一样。脚底下什么也没有,方向舵踏板上的双脚传来一阵不寒而栗的感觉。我整个人倚靠的这张椅子底下,什么也没有……

这样的事实让我瞬间不知所措而连忙回头。我看到佐由理的胸部在呼吸间大幅度地起伏,耳边清楚地传来她的呼吸声。这个景象让我平复了紧张情绪。我呼了一口气。为什么呢?只要知道自己现在不是一个人便可以安心……

我在屏幕中叫出了地图确认现在的位置。

双手交替松开操作杆,在牛仔裤上拭去掌心的汗水之后又握了上去,然后我将操作杆缓缓地向右推。薇拉希拉也同时做出了反应而向右倾斜。在倾斜中我向后拉回了方向杆扬起机首改变行进方向。

联邦国的高塔就耸立在机首的方向。

塔就近在眼前。这个距离让人不禁想要伸手抓住它。

是塔!

那座高塔传来强烈的压迫感,瞬间涌出的情绪让我完全无法保持平静。它比我想象中要来得更为巨大。塔周围的地表就如同拓也给我看的那张空中拍摄的照片一般,画出了一个漆黑的圆形拓扑空间。薇拉希拉此刻飞进了那个区域上空。在这块深邃的黑色空间上方,我笔直地朝着高塔飞去。

我来到塔前。它非常巨大。

在远方无法判别,靠近之后才得以看到这座塔四角形柱的外观。不过它的四个角都被削掉了,所以正确来说应该是八角柱状。塔的表面全部都做了镜面处理,清楚地映照出了天空还有浮云。

一股情绪涌出了喉咙哽住了呼吸,鼻腔一阵刺激让我低下了头。眼眶中的泪水在我低头的同时顺着脸庞滑落。我咬着牙试图强忍住接下来的眼泪,然而眼眶中的泪水却宛如决堤一般不断地涌出。

怎么回事?

这是怎么回事?

塔就在眼前。

我飞到塔的前方。

我将操作杆向左倾,绕着塔飞行。几次回旋之后,薇拉希拉再次飞进了塔的阴影处。光线变得昏暗,而塔面上的倒影却在这个时候变得清晰,清楚地映照出了蓝天白云,还有薇拉希拉白色的身影。飞出了塔的阴影,塔面变成一片皑然的白色,驾驶舱内的各处此刻也反射着阳光而呼应着塔的颜色。我的意识被整片的白色光线所覆盖。飞机绕着塔继续回旋,我飞进塔的阴影,飞进了倒影横在上方的空间,然后飞到了阳光下。一会儿之后薇拉希拉再次为阴影所覆盖……

飞机呈螺旋状缓缓地向塔顶攀升。每次飞进塔映出倒影的空间我便可以看到镜中的自己。飞机已经上升到了极限,然而塔却依旧向上延伸。薇拉希拉的挡风玻璃无法看清楚头顶上的景物,我于是扬起了机首,从挡风玻璃的前侧观看上空的景致。从这个地方仍旧看不见塔顶。塔朝着天空持续延伸,两侧的轮廓在远方的消失点交会,然后不见。

我想就这么永远在塔的周围持续回旋。这样的感受大概一辈子也不会嫌腻吧。

我也想让拓也尝试一下这样的感受,还有佐由理也是……

"佐由理!"

我不禁唤起了她的名字同时回过头。

她依旧静静地沉睡着。

她是否处在褐色的螺旋状塔群中眺望着薇拉希拉白色的双翼?

我们到了,佐由理。

这是属于你的地方……

"佐由理……"

我叫着她的名字。

"这是我们约好要带你来的地方呀!"

佐由理不理会我的呼唤。我松开了握在油门上的左手,并叠放到握着操作杆的右手上。我闭起了眼睛,同时暗自开始祷告。

"神啊……"

我呼唤着至高无上的存在。过去我从没有对任何一种宗教产生过认同,然而面对这片蓝色天空,还有这座白色的巨塔,我以这辈子从未有过的虔诚之心祷告。

我自然地以"神"称呼这个至高无上的存在,然而即使不是神也没关系,我对着超越自然万物的力量祷告。它在我的心中化成了巨大的形貌,比起眼前这座塔更为巨大。它化成了这个水蓝色的星球,再从这个星球化身为深邃的宇宙。我看到一个巨大的齿轮有规律地操作着为数众多的巨型天体，齿轮发出了咔咔的声音转动着，同时更进一步推动了宇宙背面的另外一个宇宙。

我对着脑中的一切祷告。我的祷告化成了方尖碑[①]，刺穿了复数的平行宇宙。

塔……

"拜托你，请让佐由理从睡梦中醒来……"

薇拉希拉持续地绕着塔回旋打转。塔的外墙映出了天空、云彩，还有薇拉希拉的身影。塔的墙面、塔的角、云、天空、薇拉希拉……

我忽然间觉得头晕……

塔的墙面上映出的薇拉希拉改变了方向，笔直地朝着我而来。

薇拉希拉的倒影占据了我所有的视线。

白色……一片白色的景致将我包围。

我，连同薇拉希拉，一起被吸入了塔的内侧。

*

接下来要写的内容是距离前一段故事结束许久之后我才回忆起来的事情。

在多年以后，因为某个契机，使得之后的这段故事仿佛挣脱了布满铁锈的枷锁再次苏醒过来一般，出现在我的记忆中。

[①] 方尖碑，古埃及和西亚常见的一种纪念碑。碑形细长，碑体四方，顶部呈现金字塔状。

能否说它是我的亲身经历其实我不敢断定，因为在这段经历结束的那一瞬间，我便将它完全给遗忘了。

我飞在褪了色的天空之中，这片天空的颜色仿佛经过长时间日晒而显得黝黑的肤色。它的颜色跟我住了三年的宿舍墙壁有些类似。

这里有无数的塔群林立。这些塔跟虾夷岛上的巨塔流线的外形不同，每一座塔的模样都呈现复杂的扭曲。塔群的材质仿佛素烧风干的瓦砾。然而这些塔群的外观上完全看不到接缝，都是一体成形的模样。每座塔的表面都以红色的颜料画出了复杂的图样。

空气中飘荡着一股密闭藏书阁中的霉味。

这些塔群一座一座逐渐失去了色彩。它们逐渐变成全影像一般的半透明状态，然后慢慢地消失。仿佛这些塔群原本就只是幻影一般，此刻它们将回归到原本不存在的事实。

我不知道何时开始已经脱离了薇拉希拉的驾驶舱。我不存在于眼前的这个世界之中。此时的我与佐由理合而为一，我既是我，也是佐由理。多重的梦境彼此交错，这些塔群也开始融合成为一体。这里是塔群汇集之处，是平行世界的交会点。所有的平行世界都是人们的梦，这里是每个人梦境交会的特殊空间。在这个一切梦境的源头，我跟佐由理的灵魂处在同一个容器之中，我是佐由理，佐由理也是我。所以我能够完全明白她的一切。

佐由理站在其中一座塔顶。

她看着颜色逐渐消逝的天空，那一对前后以不同方向回旋的翅膀。

她喃喃地道出了那双羽翼的名字。

"那是……薇拉希拉……"

一种清醒的预感蹿上了我的心头。

快了……

塔群消逝的速度加快,它们逐渐失去了颜色,变成半透明、透明,然后不见。

"梦消失了……啊,原来如此……"

一种豁然开朗的感触。

"我知道接下来什么东西将会消失……"

那是……

"这种感受,现在这种感受……"

那是……

"……不要!"

清醒的预感忽然被逼退。

拒绝。拒绝。

这副躯体用全身的力量排斥方才蹿上心头的那种感受。消失的塔再次漆上了原有的色彩。土壤般的褐色,那有如土壤烘烤之后的颜色逐渐变得厚实……

"佐由理!"我出声叫道,声音中带着强烈的制止这种行为的意念。

——不可以这样!

这种想法同时在我跟佐由理的心中浮现。排斥这种感受的人是我。若是我将会从此失去现在与佐由理同化的感受,我便不想从这样的梦中清醒。我不想离开这个梦,不要!

"为什么？浩纪来找我了呀！在这个梦中，我能够理解浩纪的一切。除了这个我什么都不要。我不想失去现在这个梦……"佐由理的意识开口说道，"这个梦里虽然什么都没有，但对我而言它却是我的一切。只要浩纪愿意留下来陪我，那我就要永远待在这里。"

她的意识中带着些许的哀愁。这同时也是我的心声……

"我一直都是孤独的一个人，在我被关进这个梦里之前，我一直都是孤独的。明明外头的世界是如此美丽，但是那些美丽的事物，还有幸福与愉悦的感受却永远都不会来到我的身边。

"所以我曾经想过外头的世界是不是哪里不对劲儿，也许那个世界并不是真实的。除了那个世界之外，一定还有某个不会让我觉得孤单的其他世界存在。所以也许我曾经希望能够把外头的世界抽换成另外一个不会让我觉得孤单的世界……

"浩纪，这里什么样的梦都有，所以我不想回到原来的世界。我们到别的地方去吧？"

这个世界中所有的塔开始一齐唱出了洪亮的歌声。

佐由理听从虾夷岛上那座高塔的指示，而那座高塔则努力地想要完成佐由理的愿望。她掌控着"现实"。这里的其中一座塔颜色急剧地变得鲜艳，同时开始发光。那座塔的塔顶开始发出了光芒，这道刺眼的光芒变得越发强烈。

白色的光芒覆盖了整个世界。

"现实"在这阵光芒中被另一个世界所覆盖。

这个新的"现实"跟我与佐由理过去所生活的那个世界几乎没什么两样。也就是说，两者之间只有细微的差异。

在这个新的现实之中，日本并没有被美国与联邦国切割成南北两个区块。实际上在这个世界中，拥有广大领土的联邦国根本从来不曾出现过。尽管以俄罗斯为中心的共产主义邦联曾经存在过，然而在这个世界中早就已经瓦解。北海道无论过去或现在始终都是日本的领土，日本也从没有因为战争而被迫相隔两地的亲人。冈部社长与他的太太也始终生活在一起，当我去虾夷工厂玩的时候，社长夫人为我端了茶水出来。所谓的日本国家铁路局已经不存在。这个机构已经民营化，分割之后取了 JR 这个名字。亏损的铁路线难逃停驶的命运，所幸津轻线铁路依旧持续运营着。我最爱从这条铁路上眺望津轻半岛的田园风光了。我从车厢内透过窗户看着眼前的这片景色。当然，无论朝哪里看去，那座塔也从来不曾存在过。我在丝毫不曾受到塔的刺激之下挥别了我的少年时光。

我跟拓也还有佐由理来到了那个废车站旁，正处于夏日风光的美丽山丘上。我们在这里制作飞机。

那是带有螺旋桨的水上飞机。

复座式驾驶舱中我坐在前面，拓也坐在后面。螺旋桨回旋带动了飞机，浮筒一跃飞离了水面。

佐由理兴奋地沿着湖岸追着我们奔跑。

这里没有任何人是疏离的。不幸的际遇不曾出现在任何人的身上。

这里没有那座高塔。

佐由理也从来不曾陷入长期的睡眠。

飞机翱翔在天空之中。

我、拓也、佐由理，我们三人将永远相处在一起。我不会去什么东京，拓也也不再需要进入什么军事大学。

所以……我不会遇到理佳，拓也也不会遇见笠原真希……

"不对，佐由理！"

我跃下了水上飞机，脱下安全帽，同时笔直地朝着佐由理那头奔去。

我站在佐由理的面前。我们置身在土褐色的塔顶。天空的颜色充满了杂质，仿佛大理石的花纹一般带着条状的异样色彩。佐由理紧握的双手缩在自己的胸前。每当她试图忍耐让她觉得难受的事，还有空虚寂寞的心灵，她都会出现这样的动作。

白色的薇拉希拉不声不响地绕行在我跟佐由理的上空。由于它回旋时必须侧着机体，所以它光滑的正面总是对着我们。它以我跟佐由理为中心，画出了一道又一道的圆圈。

"我知道你心中的痛苦。"我说，"而你也知道我的痛苦。这样的彼此相知不是才有价值吗？是吧？因为这些痛苦全都是我们的一部分，不论悲哀或不幸都是。所以心灵的伤痛，或者是被伤害的事实都不可以当作从来没有发生过。过去所受到的伤痛也不能就这么轻易地忘怀。因为，这些都是促使我来到你身边的力量呀。"

"可是……"

"被忘记是一种很可悲的事……不是吗，佐由理？"

"可是！"佐由理激动地反驳着这样的说法，"要是我醒来，我就会忘记这种感觉了！我会忘记你对我是多么了解，我也会忘记你在想什么的这种感觉。我所要求的只是我们彼此理解，彼此都将对方当成自己的一部分……我所要求的就只有这样而已！可是一旦我醒来，这些就会全部消失了。我只渴望你的这种心情只有在这个梦里可以续存，而你醒来之后也就不再会认为我就是你的一切了！"

"但是这毕竟是梦呀！"

"你怎么这么说……"

"佐由理，你自己应该也很清楚。我就是你，所以我想你应该要从这场梦中醒来……"

"可是……"

"没问题的。"我对佐由理示以一个微笑，"接下来的所有事情都可以迎刃而解的……你不要担心。"

佐由理周围的塔群一个接一个地消失在这片天空下。这并非方才那种逐渐变得透明的消失方式。这些塔群，在瞬间化成了发光的尘埃而一下子溃散。

"不过神呀，拜托你……"

佐由理站在此刻仅存的一座塔顶道出了她的祈愿。

"拜托你，不要让我忘记此刻这样的心情，哪怕只是在我苏醒之后的短暂瞬间也行……"

薇拉希拉做出了一个大幅度的回旋然后朝着我的方向飞来。

"拜托你，我一定得告诉浩纪，我们两人的心灵借由梦境的联系究竟是多么特别……我得告诉他，在这个杳无人烟的世界里，我多么渴望能够与他接触，而他又是多么盼望能够找到我……拜托你！"

那架白色的薇拉希拉上面有我的身影。

"我必须告诉他，我究竟有多么爱他。只要我可以告诉他这件事，其他的我别无所求……"

薇拉希拉占据了这个容器的视线。
"所以就算是短暂的瞬间也好……"
眼前一片皑然的白色。
"请让我记住这样的心情!"

在佐由理的声音中,我忘记了薇拉希拉撞进那座白色巨塔之后发生的一切。

*

"神啊……"我祈祷着,"拜托你让佐由理从睡眠中清醒……"
薇拉希拉依旧绕行着表面有如一整片镜子的高塔持续回旋。塔的表面映出了蔚蓝天空的倒影。
躲在白色云朵身后的朝阳透出了光芒,强烈的光线打在佐由理的脸上。
我感受到一种类似胆怯的预兆。
将操作杆锁住后,我转身看着后座的佐由理。我的眼中只有这个少女。
强烈的朝阳仿佛要将她融化。
她慢慢地,慢慢地睁开眼睛。
我也圆睁着双眼。
心脏在一张一收的脉动之间短暂地静止。
我朝佐由理伸出了手,指尖轻触了佐由理的脸颊。中指的指尖传来柔嫩的触感。

"佐由理。"

高塔从塔芯射出了光芒。那是有如刀刃一般锐利的强光,带着一种凶猛的气势。

"藤泽……"

整座高塔包围在一阵强光之中。这阵光芒一刻比一刻更为强烈,无边无际地向外蔓延。随后一阵冲击席卷而来。这阵冲击并没有影响到薇拉希拉,不过空气的质感明显地改变。

塔苏醒了。

我没有将注意力放在那座塔上,只是专心地注视着佐由理。她脸颊上的肌肉微微地收缩,瞳孔也跟着适应此刻的光线而调整。她的指尖、呼吸,我看着她每一个细小的动作。

地上的黑影变得更为深邃。

这座白色的巨塔从没有一刻停止增强身上的光辉。紧接着,宛如银河一般的光点画出了弧线,以螺旋状的轨迹攀上了整个塔身。

我感受到那块黑色的区域开始快速地侵蚀周围的地表。另一个有别于"现实"的宇宙从塔的根部钻了出来。山脉倒塌,大地崩裂,"它"的势力范围逐渐扩张。

北海道的土地正逐渐地遭到这块岛屿中心产生的虚空吞噬,然后一点一点消失。

大概最后整个世界也都会成为"它"的食粮吧。

我们注视着附近的一切在塔的鸣动之中消逝。

我的手依旧放在佐由理的脸颊上。她真的回来了吗？我对此感到不安。我不知道这三年的沉睡对于她的意识究竟会造成多大的影响，也不知道她是不是还会记得我。

"佐由理……"我呼唤着她的名字。

一瞬间，她发出了呜咽，随后眼泪便决堤般从她的眼眶滑落。她的脸颊很快就全湿了，仿佛一辈子的眼泪都在此刻宣泄出来。

"我……"

佐由理抓住了我的手。

"我有一件事非得告诉你不可……那件事非常重要……"

她使劲地紧握着我的右手，仿佛不这么做我就会消失一般……然而我却无法从她用尽力气的模样中感受到多么强劲的力道。她似乎使不出什么力气。

"可是我忘记了……"

她的胸口跟肩膀不断地颤抖。我听见她的啜泣。哭声没有停顿，眼泪也不停地滑落。

"我忘记了……"

佐由理哭着复述了一次同样的字句。她借此苛责自己，然后仿佛一个稚子一般号啕大哭了起来。

"没关系啦。"我说，"你醒过来了，接下来的一切都会顺利解决的，你不用担心……"

佐由理抬起头。

薇拉希拉没有发出任何声音继续翱翔在空中。我跟佐由理，在这双羽翼的导航之下来到了约定的地方。

我露出了笑容。

"你回来啦,佐由理?"

10

我压低薇拉希拉的高度,底下的黑色区域逐渐扩大。我来到了够低的地方之后收起了螺旋桨,将机体的推力换回喷射引擎。薇拉希拉背对着塔,朝着南方飞去。此时飞机并没有像来的时候一样全速飞行。尽管我们现在很着急,但是我希望尽可能地不要刺激佐由理。

航行辅助系统通知我时候到了。在离塔十公里的地方警示音响了两声。此时我该做的就只有按下一个按钮,这是易如反掌的工作。机腹的飞弹匣打开,一个红色桶状物从飞机上落下。

这颗导向飞弹在天空中维持了一秒的自由落体运动后,尾部点上了火光,随后拉出了一条带状的白烟。飞弹微微调整过方向之后画出了一道弧线,朝着我们身后的那座高塔疾飞而去。

塔身发出了另外一道光芒,那是橙红色的火光。爆炸后的火焰瞬间席卷了整座高塔。红色的烈焰以弹着点为中心同时朝上下两边蔓延,整座塔变成了鲜艳的红色。

一阵爆炸声响之后冲击波从后方袭来,我全力控制机身。就在这个时候，一阵幻觉似的记忆化成了影像出现在我的眼前。然而我却不以为意，在脑中思考起了许许多多重要的事情。佐由理将她的额头贴在我的背上，她抓着我的上衣，不断低声啜泣着。她仿佛手指头使不出力一般，几度重复揪着我衣服的动作。

我们飞入了海峡上空。两方的战斗机持续在海上交锋。船舰上的火炮依旧朝着天空画出了橘色的直线。我们笔直地穿过了这个战区。身后那座高塔化成了火柱，终于在此刻露出了内部螺旋状的结构，然后在强风吹袭之下倒塌。

那个黑色区域侵蚀地表的动作现在应该已经停下来了吧。换句话说，这个世界不会被吃掉了。但是对我而言更重要的意义是，佐由理不需要再次陷入长期的睡眠了。

我们回到废车站，四处找不着拓也的踪影。

11

到此，我的故事算是结束了。

至少我想写的部分在这边全部写完了。起初我并不想再继续写下去，不过看来不写不行。因为一旦起飞之后，就非得找到某个地方降落，无论是飞机、人，或是文章，都是如此。

拓也失去踪影的事我先前已经提到过。接下来的十几年间，我再也没有跟他碰过面。五年前他寄了自己高中三年的日记给我。神经质的他，将日记里高中三年以外的部分全部都用小刀割开拿掉了。那个包裹是从联邦国寄过来的。

因为某个契机，我跟笠原真希碰过一次面。她可爱的脸庞跟灿烂的笑容一定十分相称。然而，在我跟她见面的过程中，她始终没有笑过。我们彼此客气地打了招呼，然后客气地道别。她说她在那天之后就再也没有见过拓也了。

我跟水野理佳刚才联络过。她的手机没开，所以我打了电话到她的家里去。电话是她自己接的。

"我试着独自去完成自己该做的事。"她说，"从那天开始我就一直在思考着，我应该要更扎实地接触这个世界。我不该拜托别人成为我跟这个世界的桥梁，而是应该自己去面对自己的人生。"

她稍微沉思了一下之后再度开口说道：

"不过让我产生这种想法的人是你喔！我看到你之后觉得我应该也要自己去面对这个世界。我想我一辈子都不会忘记这件事。"

她向我道谢。其实该说谢谢的人是我才对。让我找回自己的人正是理佳。她引导我走向重生的道路。

她挂了电话之后，我将话筒摆在耳边五分钟左右没有放下，持续听着里头传来嘟嘟的声音。一种难以释怀的感受在我的心中挥之不去。这大概会成为我一辈子讨厌电话的契机吧。

我跟佐由理在这个失去了约定之地的世界中重新开始生活。

在回到青森以前,大学入学测验的结果出来了。第一志愿的公立大学落榜,但是我考上了第二志愿的私立学校。我回到东京整理了行李,然后离开了宿舍。接着我在大学注册的同时申请休学,然后回到青森。我在青森跟佐由理展开了只有我们两个人的独居生活。

佐由理在三年的长眠期间,无论身体或是精神都变得非常虚弱。我们找不到她家人的踪影,因此我必须守护佐由理,而我也不想让其他人碰她。生活必需的花费方面我就不再详述,总之都还过得去。我守护着她,帮助她调养身体,跟她说话,并且无时无刻不将她拥在怀中。对我来说,没有比这些更为重要的事了。

佐由理不记得自己在三年的沉眠之中做过的任何一个梦。

我们一起生活了两年。

青森很冷,越是住在这里,就越能深刻体会这里的恶劣气候。不过我有好长一段时间对于这个"应该看得见那座塔"的风景有些无法适应。每当我在一片宽阔的土地上朝着北方看去,总免不了歪着头思索一下,然后偶尔不禁道出了狐疑的语气,问着为什么会这样?

第三年我带着佐由理一起来到了东京。我到大学复学。

这时候她外表上已经恢复了健康。在我们刚开始一起生活的时候,她对于睡眠有着极度的恐慌。不过这样的反应现在已经不再出现了。她变成一个只是睡眠方面有些不稳定的二十一岁普通女生。二十一岁……

不知道为什么,我始终对于她变成二十一岁这件事情有些无法适应。

我到了二十一岁,她当然也是这个年纪,这没什么好不可思议的。不过这个理所当然的事情却让我始终抱持着些许的奇妙感觉。我开始拥有足以被称为成人的能力。无论谁到了这个年纪都会如此,这没有什么好奇怪的。

不过到底是为什么呢?在她二十一岁生日造访的时候,我却觉得这一刻不应该到来。

她爱着我。每当我回到家的时候,她一定都会在家里等我。当我走进玄关她就会出来迎接,然后用她那微小的力气抱着我不放。这个举动仿佛是在确认某种无法用语言传递的意念,并且想将这样的意念传达给我。这时我都会用我的双手搂住她的肩膀,然后陪她站在玄关直到她满意为止。

在这日复一日的生活中,佐由理只属于我一个人。这对我来说就是所谓的幸福。而我也只属于她,这是一种恬静、安逸的幸福。过去她曾在电车中让我的心涌起一阵宛如暴风雨般的情绪,如今已经不会再发生了。我们只是单纯地努力填补彼此的需求。

然而这样的生活中我偶尔会因为太过安逸而感到恐慌。这种反应也许是因为我过去总是在命运的压迫之下,不得不违背自我意志的生活方式。这种恐慌让我在不知不觉中发现自己的心灵变得干涸,就像一片逐渐融化的雪原……

每当我有这种心情的时候,我就会想要碰触佐由理,想抱她,然后将脸贴到她乌黑的秀发上。我失去了许许多多的东西。现在我所拥有的，就只有佐由理而已。她是我手中唯一残存的冰晶，我小心翼翼地呵护她，不要伤害她，然后将她放在我最珍惜的地方。

我们的生活中有过几次奇妙的事情发生。

其中之一跟飞机有关。

一个礼拜天，我跟佐由理一起来到高圆寺的某座公园散步。天气晴朗，公园里相当热闹。我们漫步在林间的小径，然后靠在水池边的栏杆上看着乌龟游泳。之后我们坐在草坪上悠闲地享受阳光。

就在这个时候，三个看起来像是小学生的男孩在我们身旁玩起了纸飞机，其中一个男生做的飞机完全飞不起来。就算乘着风丢出去机首也会前倾，然后马上落地。飞机掉到了我的身旁，我拾起了这架纸飞机。

"浩纪，你可以修好它吗？"佐由理开口问道。

我想这架飞机应该是重心出了问题，但是此时的我已经不想再管任何跟飞机有关的事情了。我在美日联军与联邦国开战的那天之后就对飞机完全失去了兴趣。该飞上天空的时刻已经过去了，现在的我是该停留在地面上的。我摇摇头，然后打算将飞机还给那个男生。

这个时候佐由理从旁取走了飞机，然后看了看它。她仔细地审视过飞机的每一个角度之后取下了她头上的发夹夹到飞机的机腹上。她顺着一阵风将飞机送了出去，飞机在空气的流动之中，宛如原本寄宿在体内的灵魂复苏了一般流利地划过了空中。

"你真行……"佐由理的做法让我打从心底感到佩服。

她吓了一跳，对于自己方才所做的事情露出了一脸难以置信的表情。她伸手抓着自己的脚尖，然后认真地回想这一切的经过。

"为什么我会呢?"她喃喃自语道,"我根本就没有折过纸飞机……"

另外一件事情跟一只猫有关。

我们租的房子位于一栋五层楼的公寓一楼,门前有一个小小的庭院。这个庭院小到只要种几株盆栽就足以将它完全塞满。

秋初的时候,一只猫来到了我们的院子里。它眼睛以上是灰色的,鼻梁跟脸颊是白色的,是只很小的小猫。大概是那年春天刚出生吧。

我试着丢了一颗栗子给它,它吓了一跳,然后走近那颗栗子,闻了一下之后高兴地吃了起来。那天开始,它一天会到我们家两次,渐渐不怕生之后便会从落地窗进到室内来。

佐由理很疼那只猫,之后那只猫便住在我们家里不走了。虽然公寓禁止养宠物,不过我们没有多加理会,就开始把它当成了家里的一分子。

那只猫很黏佐由理,但是不知道为什么跟我不会特别亲近。我仿佛感受到它跟佐由理之间彼此培养出了什么样的关系。那只猫常常会压低身子,专注地盯着停在盆栽上的小虫子看。而佐由理则面带微笑地看着它作势就要扑上去的模样。猫通常抓不到会飞的虫,所以她总是咻咻地笑着看着猫错失虫子的模样。

大概两个月之后,那只猫离开了。

某天我跟佐由理来到附近的超级市场买东西。那只猫不肯跟我们出来,加上我们顶多去一个小时就回来了,我们于是将它锁在家里。然而,我们回到家的时候猫却不见了。房里的门窗全都上了锁,它应该没办法跑出去的才对。我们在屋内找呀找的，甚至猜想它可能困在哪里出不来，因而搬动了房里的所有家具。就连衣柜里的东西也全部搬出来了，却还是没有看到它。

"该来的时候终于还是来了。"

佐由理如是说道。她的神情看来有些落寞，不过，她的反应却让我觉得有些太过冷静，明明是那么喜欢的猫啊！

几天之后我从梦中醒来，发现她躺在我的身旁抑声啜泣着。我转身将她抱了起来，却在这个动作中感受到她身上的一阵颤抖。

"我好怕……"佐由理开口说道。

我告诉她没什么好怕的。她听了默默不语。

"浩纪，我想跟你道别……"这年冬天她忽然对我说出了这么一句话。

"道别？"

如此突兀的词句忽然挂在她的嘴边。

"我想我不能再这么跟你继续下去……我想我必须自己一个人生活。"

"为什么？"

"因为我会跟你撒娇，会把所有的事情都推给你做。就算我什么也不做，你都会帮我做得好好的……"

面对这个突兀的话题，我陷入了一片慌乱的情绪。

"佐由理，我如果做错了什么我会改，所以你不要说这种话好不好……"

"不是这样的,你什么也没有做错。"

她摇摇头,身后的长发也跟着在半空中摇曳。

"我想试着在自己的规划下,自己一个人生活看看。"

尽管我的脑中一片混乱,却也终于知道她将要离开我的事实。

"跟你在一起的三年里面,你总是呵护着我,守护着我。"她将脑中纠结的思绪一点一滴地抽了出来,"被你如此细心地呵护让我觉得很愉快,但是相对的,我跟这个世界接触的部分就只剩下你一个人而已了。你很坚强,什么都会,我却是个什么都做不到的人。我觉得这样不行。我想要走出你的臂弯,走出这座城堡,然后让自己暴露在这个世界上……"

"可是我觉得……就算你说的事情真的都对,但是我们也不需要道别吧?只要我们两个人一起仔细地思考……"

"不对,我觉得这种做法一定不可行……"

佐由理继续将她脑中的思绪一点一滴地抽出来,而我则是默默地倾听。

"我觉得我得开始去做我自己。我必须要在没有你的地方,不依赖你,然后选择自己该走的道路,自己一个人生活……现在大概是时候了。我要是现在不走,我就会永远黏在你的身边。我想做我自己。我必须弥补自己沉睡了三年……不,应该是弥补过去六年的空白。我得取回过去我所失去的时间。"

我沉默了。

曾几何时,我也曾经为了取回我所失去的自己而下定决心。我无法反驳。她的心情我可以理解……

"我知道了。"

我如是作答,声音显得有些沙哑。

我并不想要理解……

"这三年间我幸福得好像在做梦一样……"

她笑得仿佛下一刻就要落泪。

"我一点也不想从这场梦中醒来。"

佐由理离开这个家的准备还有所有的杂事都没有让我插手。她仿佛之前就做好准备一般,全部一个人处理好了。

"我不会告诉你我搬到哪里去喔。"

她提着行李,在离开家门的前一刻留下了这么一句话。

"为什么?"

"为了让我不再跟你撒娇。要是我听到你的声音,再跟你碰面,我的决心就会崩溃的。"

"你今后打算怎么办?"我开口问道。

佐由理带着一点点的不安,还有一点点的笑靥开口说道:"重生啰!"

"浩纪,你可不能认为我不爱你喔。我一直都很爱很爱你。今后要是我遇到什么挫折我就会想起你,我会想到你也在这片天空下努力地生活,这么一来我就可以获得继续努力的动力。浩纪,你也要想我喔。我想你一定不会碰到想放弃的时候,不过我希望你偶尔会想起我一个人靠着自己的力量在某个地方努力着。"

我经常会仰望天空,然后想起此刻也依旧生活在这个世界某处的佐由理。

这么一来我就变成一个人了。

每个人的人生都是自己一个人过,不是只有我而已。

我不断地告诉自己我不寂寞,
但是事实并非如此。
这样就好。
让所有的寂寞与悲伤都随风而逝,
让我就这么朝着一条透明的轨道前进。

《小岩井农场》（第九段）

最后让我写一段跟冈部社长有关的消息。

佐由理从我身边离开之后的第二年,冈部社长仿佛忽然想到了我一般捎来了一封信。几张转寄的标签贴满了信封。信封上贴的是我过去从没有听过的国家通行邮票。这时候他应该也离开那个地方了吧。

信封里放了一张冈部社长跟夫人的合照。我不知道他寄这张照片来到底是什么用意,不过我猜大概是为了炫耀。这位大叔也未免可爱得过分了点,真是的。他的太太当然跟他差不了几岁,现在也有一定的年纪了。不过尽管上了年纪,照片中的她却也依旧是位美女。说起来,其实她美得会让人吓一跳。

经历了战争跟塔被炸毁的事件之后，虾夷回归日本。也就是说，那年的冬天我们驾驶薇拉希拉飞越海峡的结果，至少造就了这么一对夫妻的重逢。这也意味着我们那年所做的事其实不是没有意义的。

这么一想便觉得心里多少有些安慰。

说到照片……

我在搬离跟佐由理一起生活的那间公寓之前整理过房子。我之所以会搬离那里，是因为我无法承受一直待在充满回忆的地方所带来的煎熬。我选择了离开。在整理的过程中我找到了一样东西——夹在某本书里的一张照片。

那是中学时期的相片，是我跟拓也还有佐由理三人愉快的合影。相片中的背景是废车站，我们站在破破烂烂的车站建筑前一起拍了这张照片。

在我看到这张照片的时候，在那座"白色的巨塔"中发生的事情全部一起回到了我的记忆之中。

我为什么会忘记那件事呢？那明明是如此重要的事。

那时候的我跟佐由理合而为一，我们彼此就是对方的一切。

这个奇迹已经消失。

不，也许该说让我想起了这件事反而是个奇迹。佐由理大概现在已经不记得了吧？这段记忆是无法从那个世界带回到"现实"里来的，是没有必要想起来的记忆。想不起来对她也许反而是件好事。

忘掉的事其实就等于从没有发生过。

这个世界上就只有我还记得那件从没有发生过的事情。这件事终究还是对我造成了不小的打击。因为被遗忘其实是一种悲哀。

我看着照片，心中不禁涌起了激荡的情绪。

这张照片究竟是什么时候照的呢？

我完全不记得我们照过这张照片。是我不记得了吗？

我们三个人一起入镜，那么到底是谁按下快门的呢？

是用了自动快门吗？也许是吧。

我试着回忆起废车站周遭所有细微的景致，包括枕木堆，还有废弃的公交车轮胎。那么我们到底是将相机固定在什么地方呢？这点我怎么想也想不起来……

然而，照片终究是存在的。

我放弃思考照片究竟是怎么照出来的，只是静静地注视着照片中的三个人。

照片中的三人散发出一种难以言喻的幸福气息。这股幸福的气息强烈地撼动了我的心灵。照片中的三人脸上都没有露出笑容。佐由理歪着头表现出有些困惑的模样，拓也觉得拍照是件很蠢的事情而没有看镜头，我则一脸严肃的表情（我从前就不善于面对镜头了……）。

尽管如此，照片中却洋溢着某种特殊的气氛。那个世界仿佛聚集了所有最美好的事物，并且散发出一股温柔强悍的气质。这三个人让人感到没有任何事情能够动摇他们。那是一种什么都不怕的信心跟勇气。

我紧紧地抓着那张照片不放，静静地伫立在原地，眼睛一直盯着此刻已然消逝的那个夏天。

图书在版编目（CIP）数据

云之彼端，约定的地方 /（日）加纳新太著；陈颢译．— 北京：北京联合出版公司，2016.3（2023.6重印）
ISBN 978-7-5502-5949-2

Ⅰ．①云… Ⅱ．①加… ②陈… Ⅲ．①长篇小说－日本－现代 Ⅳ．① I313.45

中国版本图书馆 CIP 数据核字（2015）第 197628 号

雲のむこう、約束の場所
©Makoto Shinkai / CoMix Wave Films ©Arata Kanoh
All Rights Reserved.
First published in Japan in 2006 by KADOKAWA CORPORATION ENTERBRAIN
Simplified Chinese translation rights arranged with KADOKAWA CORPORATION ENTERBRAIN
through Tuttle-Mori Agency, Inc., Tokyo and Beijing Kareka Consultation Center, Beijing.
Simplified Chinese edition copyrights : ©2016 by Beijing Xiron Books Co., Ltd.
著作权合同登记 图字：01-2015-4055 号

云之彼端，约定的地方

作　　者：〔日〕加纳新太
译　　者：陈　颢
责任编辑：管　文
特约监制：何　寅
产品经理：夜　莺
特约编辑：唐　宁
封面设计：所以设计馆

北京联合出版公司出版
（北京市西城区德外大街 83 号楼 9 层　100088）
河北鹏润印刷有限公司印刷　新华书店经销
字数 270 千字　880 毫米 ×1230 毫米　1/32　12.25 印张
2019 年 10 月第 2 版　2023 年 6 月第 28 次印刷
ISBN 978-7-5502-5949-2
定价：48.00 元

未经许可，不得以任何方式复制或抄袭本书部分或全部内容
版权所有，侵权必究
本书若有质量问题，请与本公司图书销售中心联系调换。电话：010-82069336